新中国70年70部
长篇小说典藏

周克芹

(1936—1990)

当代作家，四川简阳人。长篇小说《许茂和他的女儿们》获第一届茅盾文学奖。

新中国70年70部
长篇小说典藏

许茂和他的女儿们

周克芹——著

学习出版社
人民文学出版社

图书在版编目（CIP）数据

许茂和他的女儿们／周克芹著. —北京：人民文学出版社：学习出版社，2019
（新中国70年70部长篇小说典藏）
ISBN 978-7-02-015522-4

Ⅰ. ①许… Ⅱ. ①周… Ⅲ. ①长篇小说—中国—当代 Ⅳ. ①I247. 5

中国版本图书馆CIP数据核字（2019）第157641号

责任编辑 李 宇 薛子俊
装帧设计 刘 静
责任印制 徐 冉

出版发行 人民文学出版社 学习出版社
社　　址 北京市朝内大街166号
邮政编码 100705
网　　址 http：//www. rw-cn. com

印　　刷 北京新华印刷有限公司
经　　销 全国新华书店等

字　　数 221千字
开　　本 680毫米×960毫米 1/16
印　　张 20 插页2
印　　数 1—5000
版　　次 2004年5月北京第1版
印　　次 2019年9月第1次印刷

书　　号 978-7-02-015522-4
定　　价 55.00元

如有印装质量问题，请与本社图书销售中心调换。电话：010-65233595

出版说明

为庆祝中华人民共和国成立70周年，全面展现中华民族的文化创造能力和文学发展水平，深入揭示新中国70年来的伟大历程、辉煌成就和宝贵经验，激励人们为实现“两个一百年”奋斗目标、中华民族伟大复兴的中国梦而不懈奋斗，我们策划出版了这套“新中国70年70部长篇小说典藏”丛书。为将该丛书打造成思想精深、艺术精湛、制作精良的精品丛书，我们成立了丛书评审专家委员会，成员均为密切关注和深刻了解我国长篇小说创作动态的资深评论家。委员会从历史评价、专家意见和读者喜好等方面对新中国成立70年来众多优秀长篇小说进行综合评定，从中选出70部描写我国人民生活图景、展现我国社会全方位变革、反映社会现实和人民主体地位、弘扬社会主义核心价值观和讴歌中华民族伟大复兴中国梦的精品力作。这些作品，大多为曾获中宣部“五个一工程”奖、“茅盾文学奖”等重大国家级奖项的长篇小说，政治性、思想性和艺术性高度统一，代表了中国文坛70年间长篇小说创作发展的最高成就。

我们致力于“把提高作品的精神高度、文化内涵、艺术价值作为追求”的使命任务，通过这套丛书的出版，在讲好中国故事、传播中国声音、阐释中国精神、展现中国风貌的同时，倡导精品阅读，引领和推动未来的中国文学原创出版。

“新中国70年70部长篇小说典藏”
评审专家委员会名单

评审专家委员会主任：李敬泽

评审专家委员会委员（按姓氏笔画排序）：

丁　帆	白　烨	朱向前	吴义勤	何向阳
应　红	张　柠	张清华	陆文虎	陈思和
孟繁华	胡　平	南　帆	贺绍俊	梁鸿鹰
董保生	董俊山	谢有顺	臧永清	潘凯雄

项目统筹：吴保平　宋　强

目　录

第一章　雾茫茫

一

在冬季里，偏僻的葫芦坝上的庄稼人，当黎明还没有到来的时候，一天的日子就开始了。

先是坝子上这儿那儿黑黝黝的竹林里，响起一阵吱吱嘎嘎的开门的声音，一个一个小青年跑出门来。他们肩上挂着书包，手里提着饭袋；有的女孩子一边走还一边梳头，男娃子大声打着饱嗝。他们轻快地走着，很快就在柳溪河上小桥那儿聚齐了。站在桥板上，风格外大些，他们使劲儿跺着脚，笑骂着最后跑来的一个睡懒觉的同学，然后就嘻嘻哈哈走过小桥去。随后，几个挑着菜篮赶早场的社员出现在小桥上，篮子里满满地装着时鲜的蔬菜：莴笋、萝卜、卷心菜、芹菜，还有香葱、蒜苗儿，他们是到桥那边的连云场，甚至更远的太平镇的早市上去。

晨曦姗姗来迟，星星不肯离去。然而，乳白色的蒸气已从河面上冉冉升起来。这环绕着葫芦坝的柳溪河啊，不知哪儿来的这么多缥缈透明的白纱！霎时里，就组成了一笼巨大的白帐子，把个方圆十里的葫芦坝给严严实实地罩了起来。这，就是沱江流域的河谷地带有名的大雾了。

在这漫天的雾霭中，几个提着鸳篼拣野粪的老汉出现在铺了霜花的田埂上和草垛旁，他们的眉毛胡子上挂满了晶莹的水珠。不一会儿，男女社员们，各自关好院子门，走向田野。生产队平凡的日常的劳动就这样开始了。各种各样的农事活动井井有条，像一曲协调的交响乐一样演奏起来。这种音乐是优美的，和谐的，一点也不单调乏味。

妇女们凑在一起儿做活路，没有不说话的，葫芦坝上的新闻总是最先从她们干活的地里传出来。这一天——也就是一九七五年冬季的这个茫茫迷雾的早晨，在坝子南端靠近梨树坪的油菜地里，她们先是漫无边际地谈着关于孩子尿床这样一个令人烦恼的老题目；不一会儿，雾霭中不知是哪一个女人"哎"了一声，说道：

"真是，山不留人水留人哪！……你们听说了没有啊？许四姑娘决定不走了。正在这节骨眼上呀！"

她的消息，可以说是当天的特大新闻了。闹喳喳的妇女们一下子不开腔了，大家都愣愣地互相对望一眼，似乎那个"许四姑娘"走与不走的问题是一件什么大事一样。经过短暂的沉默之后，脑子反应最快的几个女人开始发表评论：

"为啥子嘛，跟自己那个离了婚的男人在一个大队住着，每日里低头不见抬头见，多难堪呀！何苦呢？"

"葫芦坝这块背时的地方，她还留恋个啥子？……走得远远的，也免得触景伤情嘛！"

"说的是！她手上又没有娃儿，未必就守一辈子寡么？常言说得好：寡酒难吃，寡妇难当呢。"

"呸！你这完全是'封建思想'！"

"咋个是'封建'喃？你……"

"好啦，好啦，莫争输赢了。管人家闲事干啥子？各人心头有个打米碗。走也好,不走也好,依我看呀,未必没得男人,就不过活了?”

“啧啧,嘴皮子硬!你自己试试看!”

人多嘴多,说啥的都有。自由发言的讨论会在深入下去。有的说,四姑娘许秀云生来性情温厚,心肠又软,准是在等待着郑百如回心转意,来个“破镜重圆”。但这个判断马上有人给推翻了,说是郑百如的老姐儿郑百香已经透露过:她那个正走红运的老弟已在二十里外的严家坝“对上了一个象”,严家坝那位老姑娘可比“这个”漂亮得多。又有的人猜测说,许秀云一定不会在娘家久住,早迟都是要走的,原因是许茂老汉脾气古怪,老头子原是不赞成四姑娘跟郑百如离婚的,眼下四姑娘暂时不走,一定是因为对她三姐给她介绍的那个男人不满意。……消息灵通的人们马上提出担心:要真是这样,可就麻烦了!——因为半月后,许茂老汉的生日,人家“那个”就要来赶礼,商量结婚的事。“新客上门,是开玩笑的么?麻烦!看他们拿来咋个办?”

从梨树坪那边的猪场外面,有一个女人长声呼唤着:“猪儿溜——溜、溜、溜……”走过来了。

地里的妇女们听见声音便有人提议:“三辣子过来了,问问她究竟是真是假啊!”

“猪儿溜——溜、溜、溜……”一个高大结实的中年妇女一阵风似的从大雾中走了出来,她边走边问:“喂,你们看见小猪儿跑过来没有啊?”

“没有看见猪儿。三姐,过来一下,我们问你个事儿嘛。”

“老娘这阵不得空呢!猪儿溜——”

“许秋云,站一下嘛,问你正经事呢!……别着急,等会儿我们大家帮你找猪儿。”

三姑娘许秋云站住，侧过脸对着地里的妇女们，笑骂着：“理骚婆！你们一天到晚嘴不空！”

“又骂人！……呃，听说你那个四妹子又不走啦？”

“放屁！哪个嚼牙巴乱说的？”三姑娘脸色一沉。

“怎么，你还不晓得呀？”

善良的邻居大嫂们怪许秋云太粗心大意了，既是亲姐姐，又是“介绍人”，一向就像母亲那般爱护和照看着她那走厄运的四妹的，竟然连这样一个重大的事变都还不晓得！于是，她们向许秋云建议道：

“你不信，亲自去问问嘛！”

“三姐，帮忙可要帮到底啊！”

许秋云说：“好啦好啦，收工以后我过去看看。”说完，便挪开她粗壮的腿脚走了，清晨的田野上，留下她高亢的声音：

“猪儿溜……背时的雾，还不散！……猪儿……”

地里干活的妇女们的话题又拉到更广泛的范围了。她们说：“好个三辣子！要不是她呀，四姐儿早没命啰！……这两姊妹，一个强一个弱，真是，一个妈生的，性情儿这样的不同。”

“她们许家那么多姐儿妹子，哪一个和哪一个相同？不都各人有各人的性情，你算一算看……”

“是啊，没有一个像她们爹！”

“就是嘛，要不是他独断专行，爱‘凫上水’，四姐也不会给误了这么多年。……从前秀云不是像花朵儿一般么？谁不说她好啊！可如今啦，才过三十岁的人，倒变得跟老太婆差不多了，谁见了不心痛啊！”

“哎，四姐儿就是性子太软弱了一点。”

“哼！老娘们想不通：为啥好人要受气，恶人该享福？这如今，葫芦坝上的事情，真能叫人气破肚皮！真叫人想不通。”

“算啰，莫扯远了！这雾茫茫的天气，有谁走来也看不见，叫人家听了去，又该惹下一场祸事！如今有些话，难说！”

“是啊，好大的雾！许茂大爷每天一早出来拣狗粪，别叫他听见，要不然，又要骂人家‘干涉内政’了！”

“哈哈哈……”

“嘻嘻嘻……”

二

其实，许茂大爷这天清早并没有像往常那样出来拣狗粪。——他正在生四姑娘的气哩！

再过半个月就满六十五岁的许茂老汉，高个子，宽肩膀，面目严厉。他已经到了那种享受庄稼人荣誉的年岁。这一辈子他养了九个女儿，有些顽皮小青年背地里称他做“女儿国国王”，可谁也不敢当面这样称呼他。多年来，他是以自己勤劳、俭省的美德深受一般庄稼人敬重的。单看那一座带石头院墙的三合头草房大院，就很有点与众不同的气派，宽敞、明亮。这正是他自合作化以后逐年辛勤劳动的见证。当年女儿们在家的时候，依着各自的爱好种在院坝里的花草树木，如今虽然她们大都离开了这座院子，却还照样的一年四季轮换着开花。院子里鸡鸭成群，猪羊满圈，谁见了都会说老汉的日子过得不错。

清早，许茂老汉刚刚跨出房门，便看见四女儿从外面搬了许多石头进来,在院子西墙角上那间堆放茅柴用的孤零零的小屋屋檐下,已经垒起了一个小小的灶头。机敏的老汉眉毛霍地抖动了一下,站在自己高高的阶沿石上,厉声问,“咋个? 你……垒起那些石头干啥子?”

四姑娘转过脸来,一对大眼睛闪着几分忧郁的光,对老人赔笑道:“爹,我正要给你说呢,我……不走……”

老汉不相信自己的耳朵:“说啥?”

“不走了。”四姑娘直起腰来,向老汉走近两步,拍打拍打怀里的泥土,淌着汗的瓜子脸上现出红晕:“我想了这几天,实在是不走的好。”

“你说啥?”老汉像突然遭了雷轰,直气得横眉竖眼,跳起脚吼道:“胡说,哪有这样撇脱! 哼,哼!”他气得鼻子打响,说不下去了。

老汉本来就极不赞同四姑娘的离婚。在他看来,郑百如是个大干部,在葫芦坝上掌着实权,那是惹不得的,撕破脸皮更不划算。偏偏公社的妇女主任竟然给予支持,法院也批准了,虽然向来注重面子的老汉,总认为这是件丢人现眼的事情,却也不敢阻拦。离婚以后,公社又同意四姑娘搬回这个早已没娘的“娘家”来住,老汉心上就像顶着一根棒槌,很不顺心,成天黑着一张脸。直到两个多月前,居住在本队的三女婿罗祖华受三姑娘之命,在耳鼓山上托亲戚给四姑娘找到了一个可以落脚的人户,前不久老汉又亲自上耳鼓山走了一遭,得出了结论:“可以。”答应了那个中年丧妻的男子,在他做生的那天下山来,以便当着他的全体女儿、女婿和亲戚们,正式把亲事确定下来,并择定一个就近的日子成婚,把四姑娘送上山去。他这一年来的不舒心,才觉得轻松了一点。可是,事到临头,四姑娘公然宣布“不走了”,真是鬼迷心窍! 老汉简直忍受不了啦!

"你老人家莫生气啊！……"四姑娘见老汉马起脸不说话，凄然说，"请你老人家看我娘的名下，拨给我这间破屋。……我一辈子就在这儿，做些吃些。我能做，再苦再累我不怕……"说着，垂下了她那好看的长睫毛，积蓄多日的眼泪，像断了线的珠子，扑簌簌滚过脸颊。

"爹，吃饭啦！"老九许琴从灶屋里出来招呼。老汉仍然在很响地喷着鼻子，吓了她一跳。她走到四姐身边，四姐扶着那间破屋小门框，头埋在手腕子里，低声抽泣。九姑娘愣愣地站了一阵，眉毛不由得皱了起来。

茫茫大雾飘过来了。草房的屋檐上，忍冬树的叶片上挂满了的水珠儿，在悄悄地滴着；几树腊梅含苞待放，每一个生机勃勃的花骨朵儿都挂着颗颗晶莹的露珠。葫芦坝上的浓雾啊，你能说清四姑娘何以做出这样一个令老汉生气的决定么？

三

吃过早饭以后，许琴在自己的卧室里换了一身干净衣裳，揣上钢笔和小本儿。她对许茂老汉说："爹，我到公社开会去了。"

老汉装着没有听见，挠起锄头往河边菜园地去了。

九妹子掩好房门，走下阶沿，来到院坝西墙角那间孤零零的小屋前，叫了一声：

"四姐……"

许秀云正在打扫着小屋里陈年剩下的柴草渣儿。她闷着头不说话，动作有力而敏捷，憋着一股子劲在干着自己给自己安排的事业：她要自立门户了。

二十岁的团支部书记、高中毕业生许琴,这时候声音里充满了同情,她说:“四姐,这是何苦来呢！爹生那么大的气,说不定三姐知道你这样做,还要跟你闹的。”

秀云望了九妹子一眼,回答道:“老九,我这会儿心里像一团乱麻,你快走,开会去吧。”

老九偏不忙着走,她上前抓起秀云的手来,说道:“我有句话,你可别怪我多嘴……四姐,你才三十岁,还这样年轻,一辈子的事,还长呢！何必这样。”

秀云使劲捏着九妹的手,叫她莫往下说。

“老九,不要说这些。这会儿我啥都不能对你说。说出来你也不懂,你还小啊!”

九妹子望着四姐那双水汪汪的大眼睛,也忍不住哭了。秀云催九妹快走,别耽搁了开会,许琴才离开了小屋。

大雾迷漫的田野里,到处都有人声和锄头碰在石子儿上发出的清脆的响声,只是看不见人罢了。这样倒好！免得人家看见团支部书记刚刚哭过的一对红红的眼睛。老九快步走着,穿过桑园,折向南边的河沿,顺着长长的麦子地走,不一会儿就到了小桥头,一路上没有碰见一个人。当她踏上桥板以后,却猛然看见五步开外的桥栏边倚着一个男子:三十来岁,面孔白净,眉目也还端正,穿件补了疤的青布短棉袄,头上没有戴帽子,一寸来长的短发直冲冲地立在头上,配上他那瘦小结实的身个儿,给人一种精灵、干练的印象;只是由于眼睛里表现出的那种游移不定的眼神,你才不会过于相信他的诚实。他含着矜持的笑容招呼许琴,声音有点嘶哑:“九妹,早啊!”

许家九姑娘碰见这个人,心里很不自在。因为这不是别人,恰恰就是一年前她还称呼他“四姐夫”的郑百如,葫芦坝大队党支部副书记兼大队会计。

“稍等一会儿,一路走嘛,龙庆还没来呢。”郑百如和蔼地说。

许琴感到十分局促,便答道:“我上街还有点事要办,我先走一步……”

“忙啥子嘛?”郑百如用一只脚尖在桥板上有节奏地拍打着,做出心不在焉的悠闲样子,接着又问道:“你四姐怎么又不改嫁啦?”

“你怎么知道的?”九姑娘心里一惊,她被对方那个大模大样的神态激怒了,说了声:“我不晓得。”便对直走过桥去了。

郑百如在她身后笑道:“二队的妇女们都在油菜地里说嚼了,你还装做不晓得呢,嘿……”

许琴大步往连云场街上走着,她仿佛听得见自己心里怦怦跳动的声音。平常她最怕同郑百如单独待在一块,她说不出什么原因来,只是感觉到他那眼神里有一种刺人的东西,叫她浑身不舒服。自从和四姐离婚以后,有好长一个时候,他不和许家的人说话,见了面也不打招呼。许琴觉得不说话不是很好么,谁稀罕和他说话呀!……今天,郑百如改变了态度,主动招呼她,她倒反而不安了。

走进连云场的街道,许琴直奔上场口的供销分社副食品商店,她要去把家里发生的事变和自己心里的闷气对另一个人诉说诉说。她跨进店堂叫了一声:“七姐!”

柜台后面的女营业员闻声抬头,满脸兴高采烈,招呼道:“老九,这么早就来了?嗨,我正想找你哩……”说着便丢下几个称盐打酱油的社员,拉了九妹往楼梯口走。许琴看着那几个顾客,十分过意不去,她小声对她七姐说:“我等一等,你先把东西卖给人家吧。”七姐向店堂外的买主们说了一声：“稍等一会儿，马上就来。”便拉着许琴上楼去了。

许琴的七姐名叫许贞，是一个衣着漂亮的二十四岁的大姑娘，参加工作三年了，在供销社里干过各种各样差事，如今人家又分派她卖酱油盐巴，恰好这又是她最不愿干的一门业务。她平常很难得回家，领了工资也不往家里捎一点点，全花在自己一个人吃喝穿戴上了。许茂老汉早对她一肚子气，只是没有机会发泄。

这会儿她把九妹拉进楼上自己的宿舍里，安置在铺着羊毛毯的床上坐下，从镜子背后取出一张二寸见方的相片来，不在乎地说道：

“你看怎么样？……他叫小朱。”

相片上的青年，尊容并不好看：高颧骨、塌鼻子，鼻孔底下横着一抹小胡子，长长的头发梳得十分考究，似乎还是“电烫泡泡头”呢。许琴对相片扫了一眼，皱了皱眉头，问道：

“上回那个小刘怎么了？这会儿又钻出来一个小朱……”

“小刘吹了。”许贞回答道，很有点理直气壮的样子，“你不晓得么？他嫌我卖酱油的。哼，我还看不起他是个小学教师呢！这年头‘叫咕咕’有什么好？最晦气！……这个小朱，人家是‘工人’。”

正直而又天真的九姑娘，她此刻并不打算分享七姐的庸俗的幸福，她只是为着四姐的不幸，想来求得一点同情。然而，今天显然来得不是时候。她站起身来，要下楼去。

许贞忙拉住她：“呃，你帮我先给爹说一声这个事……”

“你自己去对他说才合适嘛。”

“死女子！不帮忙？将来你总有一天要请我帮忙的！”

“呸！”九姑娘暗暗啐了一口，便噔噔噔下楼，一口气跑出店门。

许贞在她身后大声说："散了会过来吃饭。"

九姑娘放慢了脚步，向公社走去。一种沮丧的情绪，莫名其妙地抓住了她。这个二十岁的姑娘第一次产生这样坏的情绪。

"简直没有一点儿同情心！"她走在街心，终于这样斥责起来了。但具体斥责的是谁呢？是七姐么？是她爹么？还是那个郑百如呢？或者还有别的什么人？……她自己也说不清楚，只是仿佛有一点无形的阴影，投到她的周围，使她感到一种不名的压抑和悲哀。

快到公社门口的时候，公社大门斜对过的邮政代办所里，年老的乡邮员老关高声叫道："那不是许琴么？……快来快来，有你的信，还有一个大包裹，昨天刚刚到！"

许琴接过信来，见是她八姐写来的。八姐前年参了军以后，开到东北去了，今年正在一个军事学院学习。信上写着：

琴妹：你好！爹和姐姐们都很好吧？你上月里的来信收到了，我知道今年家乡的收成还是不太好，心里真替你们着急。……第一次全国农业学大寨会以后，葫芦坝行动起来了吧？要知道，要把农业搞上去，斗争也是很复杂很艰巨的。你是团员，一定要跟大多数干部群众一道走在斗争的前列。

昨天，我用省下来的津贴，给爹买了一件皮子，不知道合适不合适，请四姐用这些皮子给爹镶一件厚厚实实的皮袄吧。四姐的针线活做得最好，我们姐妹们谁也不如她的手巧。……她离婚以后回到我们家来住了，你要热情对待她才好，有空多帮助她学习，提高思想觉悟。十年前她读过初中，文化水平还是有的，只是这些年来太不幸了。……我最近常常在想，个人的遭遇，同整个社会的动荡是不是有关系呢？失去了的个人的幸福，是不是只有当国家的情况好转和安宁的时候，才会重新到来呢？四姐是个好人，总有一天她会得到幸福的。今年全国的形势比去年好，那样的日子正在到来。……

许琴站在代办所门外读信，刚刚看到这里，郑百如走来了，他笑问道："老九，哪个给你来的信？"许琴忙一把将信纸团拢来往衣袋里塞，回答道："八姐的信。"一边说一边往公社大门走。乡邮员老关叫道："还有包裹呢！"她回头对老关说："散了会再来取吧。"便跨进公社大门去了。

四

很大的一个会议室。今天参加会的人不多，除了各大队的大队干部外，就是公社一级的单位和学校负责人。

许琴走进会议室，很自然地便参加到一群年轻姑娘的队伍中去，她们都是各大队的团干部。每一次开会都是这样的；有许多空的位子她们不坐，偏要挨挨挤挤地坐在一个角落里；而且，开起会以后，她们还叽叽喳喳说话。

今天的会同往常有点不一样。九姑娘一踏进会场就感觉出来了。台上坐着的，并不老是原来那几个公社领导人，却添了几个陌生的干部，其中有位约摸四十开外的女同志，短发剪齐耳朵背后，神态镇定安详，好像她不是坐在台上，处于众目睽睽之中，倒像是坐在自己家里一样的平静。她在沉思，很少向台下望一眼。

"这是县委工作组的颜组长，名叫颜少春。……"一个先来一会儿的胖姑娘对许琴说，"来搞农业学大寨运动的。传达全国第一次农业学大寨会议精神，搞个试点……”胖姑娘对于新来的工作组似乎很了解，“看，那一个高个子，他叫齐明江，是宣传部的工作员，从前在县中上学，他是‘高七二’的，跟我哥哥同班……”

许琴并不注意胖姑娘的报道。她在回味着八姐信上的话语，正沉浸在激动之中。

“……四姐是个好人，总有一天她会得到幸福的。……那样的日子正在到来。”这是什么意思呢？那样的日子真的到来了么？我怎么看不出来啊！……“今年全国的形势比去年好。”也许是我们葫芦坝太偏僻了吧，什么都没有到来！还是这个老样儿，爹一天比一天更自私，更暴躁。三姐从前是那样热爱集体，现在越来越“抵触”啦，对什么宣传都不相信。七姐呢，成天追求个人享受，比以前更叫人讨厌了。四姐的幸福在哪儿？从前郑百如欺负她，如今虽说离开了那个火坑，可是独个儿住在那孤零零的小屋里，沉默得像个影子似的，她的幸福在哪里呢？……葫芦坝的事情真叫人想不透！那个郑百如，看他挺神气的样子，他把四姐害得好苦！都说他这个人能力强，是个人才，可他为什么在家庭生活中会那样卑鄙？还有呢，共青团的工作也不好做，大家的心思，不知道在想些啥啊？

团支部书记并不是每时每刻都是无忧无虑的。许琴此刻的心思没有集中在会议上。不知为什么，平日里一些零零碎碎的事情这会儿都浮上心头来了，这些事情连在一块形成一个又大又粗的马耳朵符号。她差不多没有注意去听公社书记的报告，也忘了把她带在身边的笔记本摸出来。

一阵热烈的鼓掌声把她从乱纷纷的思绪中惊醒过来。这时，那位工作组长走到讲台前面来了。许琴下意识地摇了摇头，强使自己把注意力转移到会场上来。她睁大眼睛去瞧颜少春组长：圆圆的脸，端正的鼻子，含笑的眼睛，眼角的皱纹，两鬓的几丝白发……许琴仿佛觉得自己在什么地方见过。在哪儿见过呢？想不起来了。

颜组长没有念稿子。她像摆家常似的介绍着大寨、昔阳的山水，描绘着那里的人们是怎样劳动和生活的。她一连讲了几个有名有姓的大寨的农民的故事，语言生动，充满着感情，把会场上的干部们都吸引住了。接着，她又讲起了本省山区某个大队的故事，她说刚刚参观了那个大队回来不到一个月。

“那儿的山，又高又陡，不像我们这些浅丘地带。那儿的田啊，地啊，山上山下都有，庄稼长得一色的好。那里的干部们可不怕自己的庄稼长得好，不怕收得多！……你们笑什么？依我看啦，我们这儿的干部就是怕把庄稼做好！不是么？庄稼好了，社员富了，‘资本主义’就要冒出来。——这话好糊涂啦！人家可不这样看，他们集体经济越来越强大，单是大队购买的拖拉机就好几台。社员们的生活越过越甜，口粮五百多斤，一个劳动日挣一块五，可他们说，眼下他们还很不够，还要往高处攀呢！……同志们，我们这连云公社的社员分多少啊？昨天我看了看分配表，全社七十个生产队，有一半的口粮不足，不到三百六十斤，你叫社员怎么吃，日子怎么过呀？国家有多少粮食来贴呀？劳动日有的队不上三毛钱！这也算过的‘社会主义’呀？群众单凭这一条，就可以埋怨我们了！……同志们，我们都是干部，是人民的勤务员，看到群众的生活困难，我们作何感想呢？我们不应该努力吗？不应该检查和克服工作中的缺点错误，来一番整顿么？我们不应该努力把生产搞上去，使群众从内心里体会到社会主义制度的优越性么？”

台上的公社干部们首先鼓起掌来，接着，会场里爆发起热烈的掌声和欢笑声、议论声。人们使劲儿拍着手板，借此表示：颜组长的话说到他们心坎里去了，说出了他们这些年来想说的话！

许琴兴奋得脸色绯红。阅历很浅、初见世面的姑娘，那种纯真而又热烈的情感，完全被这位领导同志征服了。她挤在一群姑娘堆里，仰着脸，聚精会神地凝望着台上的颜少春，渐渐地，眼睛都湿润起来。……这原因，当然是复杂的。九姑娘生下地来，就没有了母亲，她时时在自己幼小的心灵深处给自己描绘着温柔慈爱的母亲的形象；当她长大起来，那种对于母亲的向往渐渐被一种对于生活的热爱和追求所取代的时候，却正遇上了一个乱世年头。在她周围的社会里，人们不是相互猜疑，就是互相斗争；姐姐们出嫁以后，丢开了一切书籍和关于理想、未来的谈论，整年累月为自己和孩子们的衣食忙碌，甚至吵架恸哭，书上读到过的关于美好生活的描写，在她们生活的葫芦坝上全然不是那么一回事儿。邻居们抱怨着分得的粮食比十年前更少了，日子越过越艰难。父亲改变了过去热爱集体的态度，整日在自留地劳动，背地里咒骂这个那个，变得越来越孤独、自私和不可理解了！

人们大凡都是从自己直接的、具体的生活感受出发来进行思考的。可怜的九姑娘，既没有更多的经历，又没有离开过她那个生活圈子，这两年担任大队团支部书记，她能像一般的团干部那样带头参加集体生产劳动、做好人好事、组织青年们学习，但却解答不了一些必须解答的问题。每当有的青年问她："什么时候才能过上幸福的生活啊？"她便回答不上来，只好笑一笑，把人们常说的话："我们青年比起老一代人在旧社会的牛马不如的生活来，不是已经很幸福了么？"重说一遍。每当她的三姐大声武气对她埋怨："你如今当团支书，宣传的话跟二十年前的团支书宣传的一个样，哪个舅子还肯信！这些摸不着看不见的话，还是收拾起来吧！”遇到这种时候，许琴就完全没有更深刻的理论去说服她的三姐，她是多么希望人们齐心合力把集体生产搞好，把葫芦坝的生活建设好！她更是多么希望有一个好的领导人，能够用智慧的眼光看透葫芦坝群众渴望改变面貌的心思啊！

眼下，这个单纯而又天真的九姑娘，似乎从颜少春的身上看到了这样的希望。直到散会的时候，她仍然处于兴奋和激动之中。

散会以后，许琴刚跨出公社大门，一眼看见许贞站在街中央，正和散了会出来的郑百如谈话，许琴忙回头对着身后挤出来的一个老头说：“龙大叔，你回去吃午饭不？”葫芦坝的大队长兼代理支书龙庆是个乐呵呵的人，正害着眼病，他抬起两只红红的眼睛回答道：“你不回去有地方开伙食，我不回去肚子吵得凶啊，哈哈……”“那就请你给我爹说一声，不要等我回家吃饭了。”“好的，好的，你七姐不是在前面等你么，看……”

许贞迎上前来，笑容可掬地招呼道：“龙大叔，到供销社吃饭去吧。”

龙庆笑吟吟地说：“谢了谢了，我的眼睛痛，家里还等我吃药哩！”说完，像逃跑似的从一旁闪开去了。

许贞很有礼貌地笑了笑，表示歉然。又对许琴说：“走吧，饭都打好了。”

许琴瞅见郑百如站在那儿，好像七姐也邀了他吃饭，心里怪不舒畅，便推辞道：“我就在公社食堂吃。”

善于表情的七姑娘把脸一沉，做出嗔怪的样子，不容分说，挽起许琴的手臂就走。

许琴回头看了一眼，见郑百如也跟了上来。许贞把嘴巴凑近妹妹的耳朵，悄声说：“郑百如这一向态度变好了，刚才在街上碰到我，对我说四姐从前对他如何如何的好。看样儿，他回心转意了。呃，要真能和四姐重新好起来……”

许琴不屑地耸了耸肩膀。

许贞责备妹妹说：“你也跟三姐一样固执了，人家是大队干部呀！如今什么事情不讲个‘关系’呢，三年前，要不是他，我还‘出不来’呢。他有权啊，有什么办法？如果，四姐真能和他复婚的话，将来叫他设个法，钻个招工或上大学的机会，把你也‘推’出来，不是很好么……他还是很讲人情的呢！”说到这里，她故意放慢脚步，等着郑百如走拢身边，便用一种怪吸引人的外交口气，对郑百如笑道：

“四哥，难得请到你，偏偏今天又没得好菜。”

郑百如也笑道：“有一年多了吧，没来打搅过你啦！”

“啥打搅啊！”许贞嫣然一笑，“请还请不来呢！这一年多也真是生疏了，瞧不起我们姓许的啦？嘻嘻……呃，未必你就不给我们帮点忙了么？九妹的‘问题’还没有落实呢！都二十啦，什么时候才能够‘出得来’呀？”

许琴的血涌到脸上来了，她使劲儿拧许贞的手腕子，许贞“哎哟”了一声，才没有再往下说了。

郑百如颇为得意地一笑，却又矜持地说：“推荐人的事情，我一个人也关不倒火啊。不过，慢慢儿来吧。”

此时的九姑娘简直像走在刀上似的，再也耐不下去了，她瞅见对面走来一个姑娘，便灵机一动，对那个姑娘说道：“素华，你又借得有啥好看的书回来么？借我看看吧！”

素华是公社妇女主任曾德容的大女儿，中学时跟许琴同学。

她回答道："有两本，走嘛，你先挑一本去看吧。"

许琴像得了救似的，不由分说便挣脱了许贞的手臂，拉着素华快步逃开了。

许贞在她身后说道："快一点来，等你啊！"

许琴回答说："别等我。"

素华在她耳朵边说："我上午就看见你七姐的'那个'来了，是一个留小胡子的'颤花儿'，讨厌死了！……我借到一本《青春之歌》，你拿去看吧，真是好书！你可千万莫叫别人看见了，如今的事情……"

许琴早就曾听人说那是一本好书，十多年前就享有盛名的好小说，可是自己生不逢辰，没有看过。这会儿，她又一下子高兴起来，把刚才的不愉快抛到脑后去了，脚步轻快地跟她的同学在洒满阳光的小街道上走着，头也不回地往下场口走去。

五

临近正午的时候，雾散开了。葫芦坝依然是青山绿水的老样儿。那些即使是冬天也不枯落的一簇簇翠竹和大片大片的柏树林盘，使这块坝子永远保持着一种年轻气盛的样子；而那些落叶的桑树和梨儿园子，远远看去，灰蒙蒙的，像一片轻烟，又给人一种悠然迷离的感觉，加上这环绕着大半个坝子的柳溪河碧绿碧绿的流水，葫芦坝确实是个值得留恋的好地方！

许茂在他的自留地里干活。从早上一直干到太阳当顶。他的自留地的庄稼长得特别好。青青的麦苗，肥大的莲花白，嫩生生的豌豆苗，雪白的圆萝卜，墨绿的小葱，散发着芳香味儿的芹菜……

一畦畦，一垄垄，恰好配成一幅美丽的图画。精巧的安排，不浪费一个小角落，细心的管理，全见主人的匠心。只有对庄稼活有着潜心研究的人，才会有这样的因地制宜、经济实效的学问。许茂这块颇具规模的自留地，不是一块地，简直是一件精美的艺术品！这是他的心血和骄傲。这些年来，他所在的生产队的庄稼越种越不如前几年，而他的自留地的“花”却是越绣越精巧了。凭着这个，老汉有理由蔑视那些把庄稼当成儿戏的人们！有人说许茂落后，他还有一肚子气哩：谁叫他们把集体的土地瞎糊弄？谁给他们权力叫他们不把庄稼种好？麦子地，连土疙瘩都有碗口那么粗，一点儿底肥都没施，能收庄稼么？难道硬要叫一个掌管着自己家庭的吃穿的社员，把自留地也丢了荒，或让它长满杂草，才算“先进”么？

许茂老汉今天在这小块三角形的土地上给越冬的韭菜再培一层土，好让它在春天来到的时候长成嫩白的“韭黄”，在春节年下能卖最好的价钱。他蹲在那里细心地干着，若说他此刻是在劳动，不如说他在休息。他的眼睛瞅着旁边一畦豌豆苗的又胖又嫩的“尖儿”，默算着这一轮可以掐多少豌豆尖。眼下的菜市，别说连云场，就是太平镇上也还没有这样新鲜的菜。如果弄到县城去卖，价钱更高，但是来回百多里，耽搁一天工夫，中午还得下一顿馆子，来去奔波，还是跟在连云场卖差不多。……他这样斟酌着，暂时忘却了清早四女儿留给他的不愉快。

薅油菜的妇女们收工了。说说笑笑地从许茂身边经过。她们看见老汉蹲在那儿，就都闭了嘴，好些人用敬畏的眼光瞅着他高大枯老的身子，也有人露出鄙视的神情。妇女队长王桂贞故意含着笑问他道：“许大爷，你家秀云今天有啥子事么？没有出工呢。”

许茂老汉“唔唔”地答应着，支吾道：“是有一点事。”

“什么事嘛，往天四姐从不耽搁的呀！”王桂贞装做一本正经地说。

老汉偏是个爱面子的人，多年来严守着“家丑不可外扬”的格言，他不便提到清晨的事变，于是重复地答应了一声：“唔唔……”就把人家打发走了。

妇女们抿着嘴唇，不让自己笑出声来。

等她们走远以后，许茂心头倒真的有些着急起来了。他知道他每一个女儿的脾气。四姑娘虽然心慈面软，可要真坚持一桩事情，那是一定要坚持到底的；不像三女儿，那个“三辣子”虽然肝经火旺的，吵闹之后还容易说服一些。他就怕四姑娘使那个“闷头性”——你吵她、骂她，她埋着脑壳不开腔。以往的经验证明，吵闹的结果，十回有十回是老汉失败的。

“咋个办哇？”

许茂老汉茫然地望着开阔的静悄悄的葫芦坝田野，耀眼的太阳射得他眯起眼睛，刚才干活的时候不曾出汗，这会儿却觉得棉袄一下子变得又厚又重，浑身毛焦火辣的。

他突然又想起很快就要“祝生”的事情了。这件事，前些年辰他并不在意；不知为啥，近几年他却把这件事当成生活中的一个重要事件了。也许是年岁的关系吧，平常日子省吃俭用，到祝生这一天，却毫不吝啬，早早地做好一切准备，把卖小菜和鸡蛋的钱，一角一分地积起来，买回酒、肉、粉条和各种好吃的东西，让女婿、女儿、外孙以及亲戚们来饱餐几天，把什么都吃光以后才离去。那几天正是老汉最高兴的日子：他不仅破例地要喝一点酒，而且酒后还要和女婿们谈谈庄稼经；远地归来的女儿们听着他幸福地回忆起合作化、高级社年代担任作业组长那阵，如何费心费力地经营集体的农副业生产，都不由得十分感动。因为那些年，她们都在娘家，一家人好热闹，老头儿忙着集体的事情，整天脸上泛着红光。那年头，是许家最为昌盛发达的年代，也是许茂一生中最为光辉灿烂的年代啊！……当然，在为他祝寿的日子里，大多数的客人都不是来白吃他的，特别令他感兴趣的是家住川西坝的第二、第五和第六三个女婿，他们各自领着一家大小，带着丰厚的礼物前来，他们的孩子们一个个都穿戴整齐、长得像小猪仔似的分外可爱。至于对待出嫁在本大队的三个女儿，虽然不能说老汉有嫌贫爱富的思想，至少可以认为是表面上没得那么亲热。

就说老大许素云两口子吧，提起他们，许茂老汉的心就会感到冰凉。前年，在葫芦坝的政治生活中发生过一场酝酿已久的大风暴，许茂老汉的大女婿金东水首当其冲，结果是金东水的支部书记被停职；不久，倒霉的金东水又遭了一场祸事：火灾毁掉了他的住房。当时，身任大队长的龙庆跑来找许茂商量：要老汉把他宽敞的房屋腾出两间来给老金夫妇和两个孩子暂住。许茂先不吭声，进到自己屋里独个儿召开了一次紧张的“形势分析会”。这位精明的庄稼人思前想后，竟得出了一个目光短浅的结论，他断定金东水摔了这一跤以后，是永远也爬不起来了。这倒不是老汉嫌弃大女婿的为人，金东水从部队转业回来，当上支部书记以后，也确曾像他许茂当年办高级社那样，尽心尽力地领导集体生产，使老汉觉得好像又回到了那兴旺的年代。可是结果呢，啪嗒一声摔下来，谁知道以后会有个什么结局？他终于心一横，毫不犹豫地拒绝了龙庆的要求，使人们都惊奇得睁大了一双眼睛。没有法子，老金一家只好搬到葫芦颈抽水房的小棚子里去住，随后，女人又一病不起，老金为她耗尽了火烧以后剩下的全部家私，终于医治不好，临到落气的时候,连口棺材都没有办法买回来。听到大女儿落气的消息,许茂老汉独自弹了泪,到底是自己的亲生骨肉啊!然而,当九姑娘领着几个社员来到家里挖木料去为死者做棺材的时候,老汉却巍然站立在大门口,不让人们进去,九姑娘气得大哭也不顶用。这实在太奇怪了!整个葫芦坝的善良的人们,莫不感到不可理解。人们完全不懂得这个劳动一辈子的庄稼人为啥这般的没情没义?当时,似乎只有龙庆懂得这个,他来到许家门前,把众人劝说离去,默默地望了许茂一眼,然后就承头邀集了几个相好的干部和乡邻,凑起钱来把老金的女人——许茂的从小受苦的大女儿的丧事办了。自此以后,许茂老汉做生,再也见不到大女婿一家的影子,他似乎也没有把他们计算在自己的亲戚名单里了。

许茂老汉太狠了!真太狠了!但他并非生来就是一个没有心肝的人。他是一个被土地牢牢束缚着的农民啊!在他的壮年时代,他也曾走在合作化的前列,站在葫芦坝这块集体的土地上做过许多美好的梦。那时候,他那间三合头草房大院刚刚兴建起来,他的女儿们常常可以听到他爽朗的笑声。但今天,在中国社会处于二十世纪七十年代的动乱的时刻,当葫芦坝大队的集体土地上的荒草淹没了庄稼苗的年代,他许茂还能笑得出来么?他怎么能不担惊受怕首先顾着自己。这是自私自利!是的。可是许茂老汉什么时候也没有夸过自己"大公无私"呀!当许多人高喊着革命的口号进行着政治战争,几乎忘掉了土地的时候,许茂确曾为着自己的利益,运用他惊人的智慧,在力所能及的范围内拼命聚集着财富。他甚至不怕被人家取笑,曾专门干过一段时间拣废破字纸的工作。那年头连云场、太平镇遍街都是大字报,他每天晚上跑十来里到场上去撕下来,存放好,定期卖到供销社的废品收购站去。他理直气壮、慢条斯理地干着那件事,并不认为有什么不好或下贱;后来,街上的大字报少了,他倒觉得是十分遗憾的事情呢!

在那个年代,社会把许茂忘掉了!高喊着政治口号的人们,不仅没有注意到乡村里油盐柴米等等"经济小事儿",反而想出了种种的妙计不让乡下人过日子!没有人给许茂这个农民一点实际利益,没有人找他谈心,也没有人对他进行耐心的批评或适当的教育,却有人在背地里议论这个老汉的"资本主义";甚至连他的女儿——担任团支部书记的许琴,整天忙着社会工作,也把他朝夕相处的父亲忽略了。

许茂老汉几年来就在这样的"空隙"里生活着和发展着。然而,今天早上,他的生活秩序也给四姑娘打乱了。四姑娘惹起的一场麻烦事,确实严重影响了老汉的心情,而且必定会冲淡许家即将到来的"节日气氛"。——对这一点,老汉尤其愤慨极了!他骂起来:

"肇皮!……看样子她硬是不走了?……哼哼,'做些吃些',说得撇脱!"

遇事都有主见、按着自己的方式思考问题和决定"政策"的许茂老汉,绝不相信这样的事情:一个女人没有自己的丈夫、孩子和家庭,可以独立生活下去。他对于女人们个人感情和精神方面的利益,向来不考虑,他用以指导自己行为的方针,是实实在在的"现实"。他决定:假如现在迁就了她(像那些没有出息的父亲那样),那么,将来不论对她还是对自己都是永远的麻烦。非叫四姑娘许秀云离开不可!葫芦坝有什么好留恋的?他不打算在自己家里养一个离了婚的老姑娘!

代理支书龙庆从几丈远的大路上走过,阳光刺着他生病的眼睛，只能隐隐约约感觉到许茂蹲在一个地方，于是便喊道："许大爷，过午了么？你家老九叫你莫等她吃晌午饭了，下午还要开会呢！"

许茂站起身来回答说："听到啦！"接着骂道："死女子！跑野了！"他对幺女儿有一种特殊的感情，这当然不是什么"皇帝爱长子，百姓爱幺儿"那些闲情逸致，而完全是从最实际的考虑出发。他早把许琴的生活前途给安排好了的。他的已故的妻子生了九胎，他曾一次又一次地盼望她生一个男娃儿，但直到许琴出世，老婆害"产后寒"过世为止，他没得到一个可以继承他的"事业"的儿子。旧的传统思想压力曾使他痛苦得咬牙切齿，然而现实主义者的许茂却并不因此悲观厌世，他不久就习惯了，他把老九当儿子看待。在他看来，既然老九被确定为一个"儿子"，那么，必须像教育儿子那样对她的前途进行苦心经营，他尽了最大的力量供她上学，一直读完高中。他从来不反对她参加社会活动，虽然他觉得那是没意思的事。但他相信，这样的世道，一个庄稼人的家庭里，有个把人当点公事也并不是坏事情。老九一年年长大起来，他不声不响地注视着葫芦坝上的青年人，看有没有一个称他心的小伙子，他要寻一个"上门女婿"。但那条件当然是非常的严格，他不能让自己这座带石头院墙的宽敞的草房院落在一个浪子手上。

许茂听说九姑娘不回来，自己也无心回家煮饭。他又开始他的崇高的劳动了，一面干着，一面继续思考。他有着良好的思考习惯，他会自言自语地表达他思想里面的矛盾斗争，而且不向任何人请教就能作出他自以为正确的决断。

这样一个身体健壮的老人，并不是不会感到肚子饿的，半下午的时候，他肚子里一副健康的肠胃就开始咕咕叫了。太阳一打斜，柳溪河上的风就吹过来，这会儿，他又觉得身上的棉袄太薄太轻了。他想到圈里的猪，应该喂了。但他没有回去，还发狠地干着。

太阳落坡的时候，他还坚持着干下去。为了明天在连云场的早市上赢得人们的赞叹和惊奇，他弯着腰，用最准确的动作，一根一根地把豌豆尖掐下来。每一根豌豆尖几乎都掐得太长了些，带着一截根本没法吃的老秆儿。他这样不顾质量的行为，完全是出于他的丰富经验和通晓价值法则：他知道，眼下即使捎带着更长一点的老秆儿，也能卖出去，大约再过两三天以后，卖豌豆尖的庄稼人多起来了，那时候再注意质量也不为迟。

许茂老汉背起背篼直起腰来，正要回家的时候，一件意想不到的奇迹发生了；他看见郑百如正向他对直走来。

这会儿，天色完全黑下来了。许茂过去的四女婿从公社开完会，不走通往郑家瓦屋的直路，却绕着河边的小道来到老汉面前，白净的脸盘上完全没有平常那种骄矜的神态，眼里流露着负疚的神情，站在许茂面前。老汉完全没有想到，不由得心里有点失措了，但他并没显得慌张。他尖利地望着对方，两手拄着锄把，等着人家先发话。

郑百如笑嘻嘻开口说："爹，才收工呀？"

郑百如当面这样恭顺地叫他"爹"，在许茂的记忆里已经是好几年以前的事了。那是同许秀云新婚前后的事情。这不能不使许茂更为吃惊，但他依然不说话。

郑百如故意躲开老汉的目光，收起笑容，用略为沙哑的声音说道："哪阵你老人家有空，我想跟你谈谈自己的思想。哎，想想过去的事情，我真后悔，都怪我年轻无知。自从和秀云离婚以后，我才知道我是大不该！"

许茂心头涌起一种满足和胜利的喜悦，但他还是不开腔。他常常用这个办法逼得对方把真话全说出来。

但是，郑百如却在这里打住了。他只是告诉他说：今晚他要开会，没有时间了，过两天再到许茂家来“汇报思想”，听取“批评帮助”。说完，又用求告的眼光望了许茂一刻，便折转身从麦田的小径离开了。

许茂喷着鼻子，一步一步慢慢往家走。及至走入院子门以后，还有点心神不定。他把背篼放在高高的阶沿石上，搔了搔脑壳，自语道：“呸！……这又是咋个一回事啊，未必你们这几年还没有闹够么？”

院子里静悄悄的。梅花散发着幽香。四姑娘的孤零零的破小屋里亮着灯。正房却是黑黑的，老九还没有回来。

六

罗祖华，一个文文秀秀的农民。二十年前读过高小，如今三十六岁，已近中年，是葫芦坝一个不可多得的人才。他担任着二队副队长的职务快十年了，社员们没有不说他好的。这是一个多才多艺的农村土专家，泥木石篾样样精通，编篼绞索、犁牛打耙、抛粮下种、担抬推拉门门在行，什么样的难活、技巧活，到了他手上，没有做不好的。只是，正像人们常说的那样——瓜无个个圆，人无样样全。老成厚道的农村实干家罗祖华，对于为人处事方面的学问简直少得可怜。然而，这有啥关系呢？在待人接物、处理有关亲戚邻朋等方面的事情，用不着他动脑子，家中有个聪明干练的女人。

他女人就是许秋云。在许茂“女儿国”里，秋云排行第三。许家三姑娘不仅身材高大壮实，吃得、做得、累得，而且能说会道，直来直去，又好管个闲事，外号人称“三辣子”。从许茂家里出来的姑娘，就数她泼辣。罗祖华和许秋云的结合，是农村中老年人称之为“新式结婚”的那种方式，即：媒妁之言父母之命加互相了解自由恋爱。这一对性情全然不同的夫妻，组成了一个和睦美满的家庭，十多年，一口气生下五个娃娃。不消说，日子是过得紧巴巴的。那年头，一家大小穿的用的吃的都有些困难，祖华有时利用早晚空闲做点筐子、小板凳什么的，由三姐拿到街上去卖些零钱来贴补着过活。人们说，他们的小日子过得还顺当，原因主要是罗祖华诚心诚意当个“炬耳朵”，这话当然是太片面。其实，就算是个“炬耳朵”吧，这又有什么不好？何况许秋云是个百里挑一的好当家，她的话，在罗祖华听来，没有一句不是正确的。

秋天里，秋云对罗祖华说道：“四妹长住爹爹家里，也不成个体统，你不是要上耳鼓山给队上运木料么，顺便到你伯娘家去走一趟，问着个合适的人户，给四妹找个落脚处。”祖华从来不会给人做媒当“介绍”，感到这差事很为难。女人又教导他：“只要那人性情好，年纪也相当，其他条件都可不讲；就是死了女人、又有个把娃娃的，也可以。”祖华按着这些条件上山去，在他一个远房伯娘的帮助下，果然找着了那样的一个“人户”。一提亲事，人家就同意了，真没想到这么顺当。回家来一说，女人还夸了他两句。四姑娘对三姐夫的好意，当时也没表示反对，大家都认为是默许了。下个月初，那个“新老挑”就要下山来给老丈人祝生，待正式确定了关系，四姑娘秀云的新的家庭生活也就要开始了。

罗祖华有生以来能亲自办成功这样的大事，还是头一遭呢！为这个，人们惊喜地说，别看祖华老实巴交的，还真能办事呢！这些日子,他暗自庆幸着自己的成功,心情一直处在兴奋之中,专等着老丈人许茂生日到来。算算:只有十多天了。

然而就在这天,传来了四姑娘“不走了”的消息。开初,在地里听妇女们叽叽喳喳议论,他还认为不是实在的。下午收工以后,他装着个没事的样子,抱着幺娃,以摘梅花为名,到老岳父的院子里看了一遍之后,心都凉了半截。正如没经历过大事的人一样,他是经不起成功也经不起失败的。特别是:当他想到耳鼓山上的人将怎样的责怪他不讲信用,就觉得那后果确实不堪设想。回家的路上,眉毛胡子都堆在一起了。

女人收工回家来,也正为这个意外的消息愤愤的,在灶屋里把些个瓢儿碗盏弄得哗哗哗地响,见罗祖华抱着娃娃,拿着一枝花回来,她劈头就骂:“你倒有闲心!游魂去了?事情办成这个样,还装起不晓得哩!”

真是活天冤枉!怎么能怪他罗祖华嘛,何况他为这事正愁得不得了呢!但是,在这样的时刻,他是绝对不开腔的。

接着,许家三姑娘又骂起许家四姑娘来了:“贱皮子!三心二意!……你要在这背时葫芦坝守老么?你不同意,为啥不早喂个四板牙?事到如今,你拿些‘活路’给我做!……”紧接下去,这位心地善良的三姐就对可怜的四妹子骂些粗话出来,“嗨!这才是鸳篼抬狗——不受人尊敬呢!你死婆娘有能耐,自己去找一个嘛!”

罗祖华坐在灶下去烧火,心情颓丧。但他知道:这事该怎么办,女人自有主张,别看她愣眉鼓眼,咋咋呼呼,她心里的主意有的是。

吃罢晚饭,秋云对男人说道:“把门关起,我要找她死东西算账去!今晚不回来了。”临出门又吩咐说:“你又睡得像个死猪样嘛!

别忘了叫醒一个个起来屙尿!”

罗祖华答应着,女人像风一样去了,他心里轻松了许多。他信服女人,他对她的能力向来是崇拜的,她此去准能把这一场意外的风波搁得平平顺顺。祖华洗过锅碗、喂过猪儿之后,便监督着每一个娃娃把尿撒干净,并哄他们上床睡觉。办完了这一切,他便在方桌前坐下来,轻轻舒了一口气,对着煤油灯,掏出一张十天前的《四川农民报》,注意地寻找起有关“养猪业”方面的报道来。很快,他的思想就集中到报上的文章里去了。

也不知过了多久,外面突然有人敲门,他抬起头想了想,回过神来以后,便笑道:“嗨! 你不是说,不回来,还是回来了。”忙起身过去,恭恭敬敬把门闩抽脱,把顶门杠拿走。

门开了,却不见他女人。门口站着的是一个戴干部帽子,披毛领子短大衣的白脸皮男子。

罗祖华的笑立刻凝固,意外和惊愕竟然使他尴尬得一时发呆了。

来人正是郑百如。自从离婚以来,“老挑们”再也没有来往。就是过去秀云还在郑家的时候,因为他罗祖华为人老好,终日埋头生产,郑百如从来也没正眼看过这位三姐夫,如今竟然走进屋子来了,而且态度显得那样的谦卑,跟他平日里那种趾高气扬的神态比较起来,简直换了个人似的。

“三哥。”郑百如按着过去的亲戚关系,这样亲热地招呼罗祖华:“吃了没有? ……三姐睡下了么?”

“呃……没……她……”罗祖华没有女人的指点,一时不知道该怎样接待这位不速之客。但他想道:“不说亲戚吧,人家是大队干部呢。兴许是来问问我们队里工作情况吧?”

果然,郑百如知道“三辣子”不在家,态度变得随和多了。一开始先询问起二队养猪生产的情况,盖猪圈的材料还缺不缺,猪儿的饲料粮食还有多少等等。罗祖华是分管队里副业的,这些问题他像明白自己有几个手指头一样,清楚无误地作了汇报。随后,郑百如又谈起大搞农田基本建设的事情来。

“今冬明春任务大啊,思想上放松不得啊!……你们二队那些个外流劳力回来了没有?还没有呀,那可不得行!今年可跟往年不同呀,上面的精神来得‘陡’啊!……三哥,你我这些当干部的,还不就是执行上面的精神么,上面咋个说,下面就咋个干,不是么?”

“是,是嘛。”罗祖华不怎么紧张了。面前坐着这个人,平常开大会讲话威风凛凛,眼角也没挂过一下当小队副队长的老实疙瘩罗祖华,而今,“三哥,三哥”的叫得这般亲切,说话也完全是平等商量的口气。罗祖华亲热地从平柜上把叶子烟篼儿端过来,请客人裹烟。

从前的太平镇中学的初中毕业生,后来当过一阵大队会计,前年又升任党支部副书记的郑百如,从大衣兜里掏出一盒“金沙江”牌香烟,抽出一支递给罗祖华,自己却不抽。

“为啥不吃啦?”罗祖华觉得奇怪。

“哎,抽不起啊,干脆慢慢戒掉算啰!”郑百如一本正经地说。随即又问道:“三哥,今年子决算出来,你家的超分款能补得清么?”

“慢慢补嘛,哪一年我们也没欠多少时间。”罗祖华说这话有点气短,而接着又提到他常常羡慕的耳鼓山来了:“人家山上的生产队,像我这样七口人开饭,两个强劳动力的社员,就不补款,还进钱呢!……哎,我们这个葫芦坝……”

郑百如岔断他的话:“哎,你家娃娃多,困难户嘛……我叫他们研究一下,公益金给你解决一点。”

“不,不,我们能补得清。”

罗祖华想也没有想过要队里照顾。但副支书体贴人的话,却使他着实地感动了。

郑百如摆了摆手,说:“我知道你是个干梆硬撑的人,有困难也不开口。可我们大队干部看问题也得实事求是嘛!……当然,你不好开口,我给他们打个招呼好了。”

话既不多,却很诚恳。老实人罗祖华今晚才第一次发现他过去的妹夫原是一个多么直爽的好人!但是他罗祖华是绝不要队上给他“免了”超分款的。

“不不不,四兄弟……”他脱口称呼起亲戚来,“请你千万莫去提这个,我们一家领情就行了,领情……”

“哎,何必喃!……好啦,今晚不谈这个吧。”郑百如挥一挥手,“暂时不谈这个事,该咋办,我晓得咋办。可是,我今晚还有话对你说哩,三哥!”

“你有话对我说?”

“是呀,是呀!你我两兄弟,平日搞集体的事,谈的都是工作,总是找不到时间来交换交换思想。呃,三哥,你看,当兄弟的缺点不少,你要帮助帮助我呀!”

“嘿嘿,这话……”罗祖华又被感动了。

“三哥!你看我这个人咋样?”

“你?”

“嗯!”

“这个……”罗祖华吸了口烟,动开脑筋了。可是,这几年在葫芦坝上风云直上的人物郑百如的形象，在他脑子里并不那么清晰。是好？是坏？是不好不坏？很难下断语。要说他好吧，为啥子两口子关系闹得那样的坏？四姨子是个百里挑一的贤淑女人呀！……要说他坏吧，可人家这几年为啥能入党、能当上支书呢？……在人事关系上平日里有点迷迷糊糊的罗祖华，突然想到几年前郑百如在群众大会上斗争金东水的事情来了。前任支部书记金东水也是他的亲戚，是他和郑百如俩的大姨夫，都叫“大老挑”的。郑百如把金东水像敌人似的斗倒了，而他罗祖华却从来不曾认为“大老挑”是什么“坏人”，这咋个说呢？说不清！

“哎，三哥！我的缺点不少啊！”

罗祖华回过神来，真是老天帮忙，嘴里顺口说出了人们常说的那句不痛不痒的实情话：“哎，人嘛，谁个能没有缺点喃！”

郑百如顺势接下去：“当然，干工作嘛，哪能不犯错误，哪能不得罪人的？这，我自己心里明白，上级教育我一次，我改正一次，一步一步锻炼嘛，这倒没啥了不起的。可是，三哥，我这辈子干了一桩糊涂事，真是糊涂透顶啊！如今想来，吃不下饭，睡不着觉，后悔莫及呀！……”

煤油灯闪闪烁烁，看去，白净的脸上罩着痛苦的阴影，眼里好像模糊着一层泪水。罗祖华偏又是个听不得苦戏的人，心肠比老太婆的都软，于是劝慰道：

“何必呢，当心身体啊！”他虽然不知道人家的“糊涂事”是指的什么，但仍充满同情心地顺口说：“俗话讲，人有失足，马有漏蹄呢！”

“失足……”郑百如痛苦地咬着这个字眼，感慨地说下去，“一失足成千古恨！如今我怕没有机会来改正的了。”

“哪能呢!”

“三哥,我俩不见外,今晚才把这话向你吐露。”

“啥子事啊?”

“秀云的事。”郑百如终于说出来,“如今想来,都怪我,都是我对她不好!为啥要离婚?……一时的气盛,就离了。可是,到底是夫妻一场啊,一夜夫妻百日恩,我和秀云是八年的夫妻啊!……想起她对我的种种好处来,我真恨不得杀了我自己!我真是一时糊涂……”

郑百如捂着脸说到这里,罗祖华的心被彻底感动了。不由得抹了抹眼睛。

两个三十多岁的汉子、从前的“老挑”,沉默了。他们对着煤油灯,谁也没再说啥。一直过了好久。

后来,郑百如站起身来,用帕子揩了揩眼睛,打算告辞了。罗祖华真心诚意地挽留他再坐一会儿。可他执意要走,说是还有工作,要去找几个队的队长布置清理劳动力的事情。罗祖华感叹着把他送出门。

未圆的月亮高高挂在天上,天空碧蓝如洗。冷风“呜呜”地扫着葫芦坝深夜的田野。罗祖华在回转家门的时候想着:“是啊,知过必改!他对秀云不好,如今自己认识到,后悔了。一夜夫妻百日恩,这话实在!”

第二章　未圆的月亮

一

在四姑娘的记忆里，这间孤零零的小草房有着悠久的历史。她还是个小姑娘的时候，小草房就已经是这个样儿了。她清楚地记得，那时候，她们姐妹们像一群小鸡似的挤在这又矮又小的屋里。后来，她们长大了，合作社的劳动工分簿子上记载着她们辛勤劳动的成绩，日子过得一年比一年好，许茂靠了合作社的优越性，也靠了姑娘们的劳动成果，修起了新房。一家人高高兴兴搬进气气派派的新房以后，回过头来看这小屋，突然觉得它是那样古老而又丑陋！只是因为许茂是个实在的庄稼人，破小屋才没有被爱好整洁的姑娘们给拆掉；精打细算的主人给它派上了新的用场，用来堆放茅柴、杂物……然而，做梦也没有谁能想到，二十年后的今天，许家这个四姑娘，在欢乐中度过了少女时代，在辛酸里耗尽了妙龄青春之后，孤零零地又回到这个门框都已经歪斜的小屋里来了！

不过，许秀云是个爱好的女人。即使是在这样心情恶劣的倒霉的日子里，她也不能让自己随随便便地睡在肮脏阴暗的地方。花了一整天的工夫，她把小屋里里外外收拾得干干净净，屋内斑驳的泥墙，被抹光了，糊上一层白纸，在临院坝的一堵墙上，开了一个小小的窗洞，还剪了一块果绿色的旧布权当窗帘挂上。灶头砌在墙外，烧火的时候，屋里也不被烟熏，没有灰尘，清爽而又明亮。天落黑了，点起煤油灯来，小屋里居然也显得温暖而有生气了。

独自一人吃罢夜饭之后，她关在小屋里洗了一个澡，换了一身干净衣裳，这是做姑娘的时候就养成了的爱清洁的习惯。此刻，当她梳着乌黑的长发时，镜子里映出了她清瘦的容颜。曾经是那么丰满的脸蛋，像被刀子割去一部分似的；曾经是那样闪亮闪亮的眼睛，如今显得是又黑又深，她不由哆嗦了一下。她想起了这几年的漫长而凄清的岁月，眼里又汪起一泡泪水。她不再去看那面镜子，坐在床沿上，十个指头迅速地在后脑勺上动作，一会儿，浓密、乌黑的长发盘成了一个髻子。

谁要是打算从四姐这样的女人的行动上去探索深藏在她心底的奥秘，那一定是徒劳的。那依然美丽的面容，看上去是有一点忧郁憔悴，但那眼神里却分明含着希望的光芒。虽然有时她独自陷入沉思，可她整天手脚不停地干活，不论地里还是家里，不论粗活还是细活，她总有头有尾地干着，从不丢三落四。人们说，这是一个有心计的女子。是的，她太有心计了，像平静的大海，什么都容得下，爱和恨，悲哀和希望，什么都深深地藏在心底，表面看去，不起波澜。她不是那种多愁善感的城市姑娘，不，她没有离开过这土生土长的葫芦坝，她只上过农村的初级中学，她几乎没有机会接触过那些动人心魄的文艺作品，没有见过比葫芦坝更为广阔的天地。但，这并不妨碍她成长为一个贤良、敦厚、含蓄深沉的女人。也许是葫芦坝的青山绿野？也许是柳溪河潺潺的流水？也许是家乡的蓝天白云？也许是春日的和风、夏季的暴雨？……谁知道是什么！她是开放在深谷里的幽兰。纯洁的兰花，不论是开在这穷乡僻壤，还是那繁华都市，她们开在什么地方都一样的名贵，一样的崇高！

四姐又开始了每晚必做的针线活。这会儿缝的是一件白底碎红花儿纺绸面子小棉袄，这件用她从前的旧衣服改制的小袄已经快完工了，好几个夜晚她一直在缝。当她结好最后一个针足，用雪白的牙齿“噔”一声咬断线头的时候，院子里响起了脚步声，接着，有人向她这小屋的门口走来了。她迅速把小袄儿塞在枕头底下。

“四姐!”

秀云打开门，许琴兴冲冲地跨进屋里，迅速环顾了一下这布置一新的小屋以后，九姑娘惊喜地叫道：“你真会收拾哩!”

秀云脸上掠过一丝笑意。说：“这会儿才回来，看你跑得满头大汗的。”

许琴手上拿着一本厚书，把腋下夹着的包裹往床上一放，说道：“这是八姐寄回来的皮子，要你给爹缝起来。还有一封信，你看嘛。”说着掏出八姐的信来。“八姐的信上说得真好呢！她说，你的日子就要一天天好起来了！……呃，你自己看吧，我还要出去一下。”说完返身跑出小屋去了。

秀云扶着门框见老九向大门口走，忙问道：“这会儿，还往哪儿跑呀?”

“我找昌全他们说个事情，马上就回来。”九妹回答，接着又转身对秀云解释道：“工作组来了，带队的是个女同志，她可好呢！今天开完会以后，我找到她谈了很久，我心上的疙瘩都解开了一大半。她说，打算搬到我们葫芦坝来，过两天就要来了……”说完就奔出了大门。

秀云回身坐在床沿，在煤油灯下铺开信笺，一字一句慢慢读，当她读到“……四姐是个好人，总有一天她会得到幸福的。……”这些句子的时候，心里一热，血涌到脸上来，她忙合上长睫毛，细细地品评着这些话里头的意思。但是,她没有像许琴那般地易于激动,过了一阵,脸上现出凄然的一笑,淡淡地摇着头,茫茫然地注视着老八的信封上那几个清秀的字体。又过一会儿,突然眼睛一亮,她想起了老九说的"工作组要来了",暗自思忖:"这是一个什么样的工作组呢?"

正在这时候,三辣子许秋云闯进院子来,人还在梅花树那儿,声音却先传进了小屋:"好呀,这才巴实哩!硬是要安营扎寨了么?"这酸溜溜的口气钻进四姑娘的耳朵,像刀子在割她的肉。

守院子的大黄狗,竟连许家三姑娘的声音也听不出,围着她汪汪直扑。三姑娘被困在院子里,嘴里骂着粗话,只见她一脚踢了出去,大黄狗"吭吭"了两声,退下阵去,也许是它从这一踢的当儿才认识了来人是谁。

三姑娘立在小屋门口,不往门里跨,也不开口,只是圆瞪着一对杏眼,张着嘴直喘粗气,像要把那个身子单薄的四姑娘吞了似的。四姑娘望她一眼,忙低下头去,叫了声:

"三姐来了,屋里坐呀!"

许秋云上前,一屁股坐在床沿上。眼光从这小小的床铺移到如洗的四壁,从这空荡荡的房子移到站在角落里的形单影孤的妹子,一路上涌到喉咙里来的骂人话,不知怎么的,说不出口了。好一阵,才说道:

"死人!你倒是开腔呀!……哎,我天不怕,地不怕,就害怕你这低眉顺眼的苦相!"

四姑娘立在墙角,凄然一笑,说:"你也没有问我啥子,叫我说什么嘛!"

"哎,气人!"许秋云使劲拍着自己粗壮的大腿,"你这是……打的啥子主意啊?”

四姑娘抬眼望着三姐,没有回答。

这时,三姐再也骂不出口了。沉重地叹息一声,无可奈何地说道:“我把你这冤家……”

看见三姐的气消下去了,四姑娘才走到床前,挨着她坐下。三姐侧过脸来,直望着四姑娘的眼睛,声调缓和多了,问道:“你究竟打的啥主意呀?”

四姑娘对她摇了摇头。

“你未必安心这样半死不活地过一辈子?”

四姑娘点点头。

“为你,把我心都操烂了!耳鼓山上那个人难道配不上你么?”

四姑娘又摇摇头。

“那,你为啥死赖在这儿不走?”

四姑娘的眼泪涌出来了。

“你倒是说话呀!我的娘!”

四姑娘镇定着自己,没让泪水流下来,她吞声说道:“三姐,难为你,你像娘一样疼我……可我对不起你。我实实的不走,我真不愿意离开这葫芦坝,真的……我舍不得……”

三辣子沉默了。她使劲儿拍打着自己的脑门子,但她的脑子帮不了她的忙。别说是她三辣子,整个葫芦坝上,至今还没有一个人的眼睛能够看到四姑娘的心灵深处去。

来的时候气壮如牛,这一阵,面对着这性情温柔、捏一捏都会碎的许四姑娘,却无计可施了。

这样过了好一阵,突然,罗祖华像从地里冒出来似的,出现在四姑娘的门口。三辣子见他那兴高采烈的样儿,吃了一惊,一肚子的怒气便向男人泼去：

“你串死么？要吃奶么？……我说过不回去的，你倒跑来干啥！”

罗祖华的脸红喷喷的，高兴得合不拢嘴，他向他女人招招手，又扫眉又瞪眼，叫她：“你出来，我有重要话说。你出来呀！”

三姐极不耐烦地跨出小房去。罗祖华扯着女人的衣袖站在屋檐底下小声小气地说开了。四姑娘仍坐在床沿上没动，一会儿，外面的悄悄话逐渐变成大声的交谈传进房里来了：

“真的？……是真的么？”

“真的！当真的，你还不相信？”

“不相信！那个人的话难相信！”

“嗨！你刚才要是在场就好了，人家都哭了呀！俗话说‘男儿有泪不轻弹，皆因未到伤心处’嘛，我看人家是知过必改！两口子的事情，哪能那么认得真嘛，俗话说‘一夜夫妻百日恩’呀。”

“你别这么酸溜溜的……让我想想看，这……”

“呃，四妹子不是不愿意上耳鼓山么，谁能猜透她是什么心事？说不定……俗话说‘破镜重圆’……”

“那耳鼓山的事情呢，你去退信？”

“你去问问她，先拿定主意再说。”

罗祖华两口子的谈话完了以后，三姐重新回到小屋，拍了一下巴掌，说：

“嗨，龟儿子郑百如今晚才算说了句人话！……哈哈哈……你猜他对你三哥咋说？他说他对不起你，过去的事，全是他错了，如今后悔了……”

四姑娘听到这里，霍地站起身来，脸色煞白，撇过脸去。

三姐忙问:“你怎么啦？哦?”

刚才罗祖华和许秋云在门外嘀咕的时候,那些什么“破镜重圆”之类的话语,已经传到了四姑娘的耳朵里,刺痛了她神经系统中最为敏感的那一部分。再听三姐直接说出“郑百如”三个字来,那种从生理上感到厌恶的感觉,就像在夏天的柳溪河边的茂草丛中看见蛇一样;只是差一点儿没有“哇”地叫出声来。但是,当她站起身来,撇过脸去,略为冷静下来以后,才突然意识到眼前真的发生了什么样的事情。对郑百如的这一手,她压根儿没有想到过,没有半点儿精神上的准备来迎接这场新的折磨。霎时里,过去八九年间郑百如给她的生活投下的条条阴影,郑百如对她、对葫芦坝的乡亲们犯下的宗宗罪恶,像疾风在她眼前扫过。

十年前,那个只读了半年高中就被学校开除回来的郑百如,那个使葫芦坝上每一个诚实的待嫁姑娘都讨厌的花花公子,是怎样在一个夏日的黄昏,趁着她在河边洗衣服的时候,将她拖到芦蒿丛里,强奸了她。而软弱的四姑娘只能饮泣吞声,不敢向家庭、向组织上透露半点儿声息……

结婚以后,四姐做了母亲。曾经被毁灭了的少女的幻想,被新的希望鼓舞着,渴望着美满的家庭幸福;但是,不久又失望了:孩子在一次病中夭折。而在“文化大革命”中突然红火起来的郑百如,竟然带了连云场上那个烂污女人回家来睡觉。

在郑百如瓦房里,经常设酒摆宴,他们那一群家伙,怎样的咒骂共产党,怎样的挖空心思诬陷四姑娘的大姐夫金东水——当时的大队支部书记,又怎样的暗地里偷盗队里的粮食,筹划投机倒卖……而郑百如在干下了这一切罪行之后,又是怎样的威胁她:将她绑起来,举着明晃晃的刀在她眼前晃来晃去……

后来,郑百如掌了葫芦坝的大权,要换老婆,正式的换一个。他们离婚了。

…………

离了婚,对四姑娘来说,是一次解放,逃离了苦海。离婚以后,劳动惯了的朴实得像泥土一样的四姑娘,心里依然对未来抱着希望,希望永远忘记过去了的痛苦,希望那春日的和风来到的时候,播种、发芽、开花、结果。虽然,这个缺少文化教养的农村劳动妇女懂不得多少革命的道理,她的希望也还很朦胧,然而,那希望确实照耀着她依然热烈的心。一年来,她悄然无声地生活,全靠着那一点希望鼓励着。

怎么也想不到郑百如有这一着!而这一着又是怎么发生的?是为了什么?

好心肠的三姐,凭着她直通通的火热的肚肠,怎么能了解四姑娘心灵上的创伤?又怎么能晓得当妹子的此刻的心情!她只见秀云脸色苍白,便说道:

"这事儿,能成倒好,只怕后久他龟儿子又变心。那种男人只怕你管他不住呢!"

"三姐!"秀云咬了咬嘴唇,说道:"刚才三哥来说的那些话,只求你莫往心上记,也千万莫要对人说,那是万万不能答应的!"

"看你啊!"三姐总爱自以为是,她说:"你把我当成那些没长心颗颗的人啦?我才不像你那罗三哥,我也能转个心思呢。我说呀,这个事怎么能一口气就答应了他呢!条件都不讲清楚?既是他自己求上门来,总得给他个约法三章,哪有那么撇脱哟!"

四姑娘摇了摇头。

"好啦,睡吧。"三辣子爽快地说,"管他妈的!我们睡下商量吧，等他龟儿子着急去！”

罗祖华在门外假装咳嗽，但是三姑娘没听见。秀云说：

“三哥还在外面等你哩！”

罗祖华硬着头皮在门外问道：“哎，你真的不回去么？那……我就走啰！”

“死鬼！”三辣子对着门外嗔道，“老子们今晚不回去，看得不得死个人来摆起！”话虽这样说，她还是起身向门外走去。在小屋门口又回过头来望着四妹子，像诳小孩似的说道：

“睡吧睡吧，天垮下来，还有我给你做主呢。莫叫人笑话我们许家没得个男儿汉！”

四姑娘知道三姐的脾气，只当没听见她这些不顶用的大话。

二

龙庆还没有睡。屋里没有点灯。这倒不是为了省两个煤油钱，主要是眼睛痛，畏光。他坐在他家惟一的一只破靠椅里，怀里抱着个竹烘笼儿，闭目沉思。

公社的干部，这些年来对这位久经考验而又饱经风霜的基层干部抱有一种难以改变的成见，都认为他是个和事佬，缺乏斗争性，还多少有点糊里糊涂。其实不然。他是睁着一只眼闭着一只眼过日子，表面糊涂，心里可明白着呢！喜欢他的社员们都说他是假装糊涂，心正！

去年批林批孔运动一来，好家伙！金东水突然成了全公社支部书记的“典型”！不论什么运动，谁要当上了“典型”，那可不好玩的。老金被宣布“停职检查”，公社党委决定让大队长龙庆做“代理支书”。他心里好苦！他对公社领导说心里话:“老金他反对大寨式评工记分,复辟三包一奖,这个罪也有我一份呢,我俩商量过来的。如今你们这样一降一升,别人不说是我有野心,整他下台么！……后人也要骂我!”他坚决不当代理支书。后来,要不是金东水私下对他说:“事已至此,我斗不过人家,是得下台。你就应承了这个差事吧,要不,支部的大权落到姓郑的人手上,葫芦坝的老百姓可就苦啦!”这样,他才担任起这个职务来。遇着什么大事,他还常去找老金先商量个谱子。有一回,老金开玩笑说:“你搞两面政权。”他不懂什么叫“两面政权”,便在一次干部会说:“我们现在要搞‘两面政权’,多多听取各方面的意见。”自那以后,郑百如那派的人就给他起了个绰号,叫他“维持会长”。他也不明白这“维持会长”是个什么样等级的“干部”。

好在他这样“维持”着,葫芦坝的生产才保着一个起码水平:说好,好不了,减一点产也不多,包括他龙庆本人在内的大多数庄户人家的日子过得紧绷绷的,“农闲吃稀,农忙也吃稀”;要说坏吧,也不见得坏到哪里去,地里虽然耕作粗放,杂草和庄稼苗一齐长,然而也还没有一片一片地丢荒。耳鼓山和葫芦坝多年就是两个“对手赛”的单位,而人家耳鼓山的集体和个人早已搞得仓满囤流了,葫芦坝呢,这两年一到冬春就得靠吃国家“救济”。对这一点,社员们埋着一肚子怨气,龙庆何尝又不埋怨？只是他觉得自己不贪不占,秉公正直两袖清风,社员缺吃的,他不也缺煮的？真是同甘共苦！这样一想,他也就暂时地觉得心安理得了。

今天夜里他可没有去想以上那些事情,他在考虑着明后天的工作安排。摆在眼面前的一桩工作是:工作组就要来了。而急着要办的事有两件:一是落实一个住处,工作组要有一个吃的、住的、办公事的地方；其次就是主持召开一个全体干部会议，把所有的大队小队干部一一介绍给工作组。然后，他龙庆就听工作组安排了，像每次的运动一样，工作组来了，他就“靠边站”。对，他从来认为这是理所当然的。凡是已经成为惯例的事，都是“理所当然”嘛！

在工作组住哪里才合适些这个主要问题上，龙庆代理支书的思想从桑园坝到梨树坪，从东到西把整个葫芦坝的庄稼人户挨个挨个地考虑了一遍，此刻，他已经把注意力集中到许茂老汉那个带石头院墙、种着满园花草的草房院子里了。那儿整洁，宽敞、明亮。主要是，许家人丁少，空着的房间就有两三间；更重要的还有，许茂家的生活——也就是饮食，比起别的农家来，多少要像样一些；虽然许茂老汉也吃得俭省，然而“底子”比人家厚实得多。

“对，对，就这样办。”他喃喃自语着。

龙家的守门狗在门外的田埂上“汪汪”叫了几声，向主人报告：有人往这边走来了。

葫芦坝冬天的夜晚静得出奇，庄稼人多数是不在黑夜里互相串门的，除非为着火烧眉毛的急事。有的人，为着人民的利益或别的利益，在这寒风飕飕的夜里还在田野奔走；有的人则纯全是为了追求自身的利益出门，而迟迟忘返；有的人却又仅仅是心里有什么话亟待向什么人说一说，真是“不吐不快”，简直不能等到明天，为这个目的甚至于不顾可能遇到闲言闲语、讽刺打击！……今天夜里，葫芦坝阡陌纵横的田野，笼罩在深蓝色的夜幕之中，小草儿已经枯了的田埂路上，正有那么些人在奔走着。

这会儿朝着代理支书的草屋走来的是个精神勃勃的青年，淡淡的月光倾泻在他的宽厚结实的肩膀上。他名叫吴昌全，葫芦坝第四生产队的会计，太平镇区级中学毕业的高中生。要不是这些年废除了前些年那种考试制度，他完全可以凭着自己优异的才学，考进某个高等学府去钻研他喜爱的无线电专业，而不会出现在长着红花草和小麦的田野上。他家里如今只有一个母亲了，母子俩在葫芦坝上所有被人敬仰的正派人物中间是最受尊崇者。要是今夜的月光再亮一些，就能看得清楚他那方正、英俊的容貌，以及脸上那种诚恳的腼腆得叫人放心的神情。这种青年，如果你问他个人的理想是什么？他一定答不上来；然而你千万不要因他的语言迟钝而失掉了对他的兴趣。他会用他那种朝朝暮暮、持之以恒的无言的劳动回答你：他是生活的真正的主人！自从高中毕业回乡以后，他没有片刻的迟疑，立即就投身在田野里，而且很快地便对农业科学研究产生了强烈的热爱。第一年，他在他们四队科研小组的试验地里使用“九二〇”激素喷射棉花，减少落花落铃、创造了高产以后，给他对未来农村生活的幻想涂上了极为鲜丽的色彩。他满怀激情自个儿在肚里思忖着：在这社会主义的土地上，用科学的方法生产，葫芦坝的乡亲们还会缺吃少穿么！……小伙子在葫芦坝上抓住了通向未来生活的门环，决心用脑子和肩膀、知识和气力闯进那个目前还对葫芦坝紧闭着的科学的大门。如今他的科研组那片小小的园地，已经成了葫芦坝上一颗明珠，吸引着大多数的年轻人，也使那些懂庄稼经的老汉们大大地吃惊。金子放在金盘子里，不显得怎么样，然而，把金子放在泥土上，它就立即闪光耀眼了。我们的吴昌全在葫芦坝上，正是一块真金子！

龙庆高高兴兴地迎接着这位受人敬重的农村知识分子，把惟一的破旧靠椅让给昌全，自己在一条木头凳上坐下来。

“三娃，快把灯盏点起！”代理支书高声向着隔壁叫喊，有一个少年立即应声过来，划着火柴，点燃了方桌上的墨水瓶改装的煤油灯儿。

“怎么样?”龙庆先开口,“你们那些治棉花蚜虫的‘金小蜂’,该没有冷死吧? ……哎,我的眼睛痛,有几天没到你们四队去了。”

吴昌全凑过去看了看龙庆的病眼,真诚而体贴地说:“龙二叔,你熬夜熬多了。”

龙庆承认着,同时补充道:“还有,火大,医生说,虚火上攻!”

“是么? 少熬点夜,将息几天,调剂一下才容易好。”

“不容易! 恐怕要痛七七四十九天才得松活。”

昌全善意地笑了,问:“为啥要四十九天?”

“我今年四十九岁。”

“哈哈哈……”年轻人对于龙庆的不科学的解释,感到好笑,但笑的一点没有轻慢的意思。

“害病也是一种‘矛盾’,内部某些方面失调,不平衡,同外部环境的矛盾就会激化,于是,身体的某一部分就出现病态来了……”吴昌全给代理支书讲起“病理学”来。讲着讲着,龙庆居然觉得自己似乎也懂得这个道理了,他不住地点头,嘴里乐呵呵笑着。

但是,葫芦坝第四生产队的会计,今晚不是为着讲“矛盾论”、“病理学”来的。他来询问一件有关决算工作上的事儿。晚饭时候,郑百如特地去他家通知他明天到大队集中清理全年粮食账目,说是“千方百计,非得‘跨纲要’不可!”郑百如告诉了小伙子一些“跨纲要”的办法:“比如说,社员分回家去的水谷子,原来打的七成,如今提高一点,算个八九成;又比如,社员们一年四季分回家的粮食蒿秆,一捆麦草把儿里边难道没有一斤二斤小麦? 谷草里不是也有没打净的谷子么? ……这样算下来,今年葫芦坝粮食过纲要是没有问题的! ……”吴昌全不明白郑百如为什么要在决算工作已经快结束的时候兴这个花样。他紧张地问龙庆：

“这是上边的精神么？”

“不是。上边没有这个精神。”

吴昌全稍稍松了一口气，说：“不是上级来的精神，我就放心了。我妈说，如果真像郑百如说的，是‘上级’叫这样干的，那，可真是一场大祸害哩！”

然而龙庆却暗暗地倒抽了一口冷气。假如这桩背时主意真是“上边”想出来，布置下来的，那么，龙庆他不会紧张到如此地步。正如葫芦坝几年来推行的“工分一年一评”的办法，他明知这是个从根根上破坏葫芦坝农业生产的背时主意，但因为那是“上级”叫干的，减了产，他问心无愧。可是，如今郑百如布置的这个“跨纲要”的花样，并不是上级叫干的呀！葫芦坝搞这种虚虚假假的事，他这个代理支书的责任可就重大了。将来要是群众反对，上级检查，郑百如一口赖掉，祸事不都在他龙庆身上了！……龙庆心中暗暗叫苦。

“郑百如是副支书、大队会计，这些事他和你都商量过没有啊？”昌全问道。

龙庆摆着手说：“没有，连信都没有给我带一个呢。”

“这太不像话了！”年轻人愤然说道，“难道产量不是从地里长出来的，是靠算盘上‘算’出来的么？这是欺骗自己。反正我们四队不得干！今年没跨纲要么，明年好好干，争取跨过去嘛！”

纯洁得像一张白纸的小伙子，面对复杂纷纭的政治生活，还缺少着一个心眼呢。你为啥不往深处看啊！

“好了，我回去了。”吴昌全站起身来告辞，并补充道，“我特地为这事来问一问的。”

龙庆没有挽留他。送出了这位刚正不阿的青年以后,“扑”的一声吹灭了灯火,坐回到他的破靠椅里,心悸地继续沉思起来。

三

“好,我走了,大娘。”许琴站起身来,这样说道,“刚才说的事,你说给昌全哥行了。”

吴昌全的母亲金顺玉含笑挽留:“还早呢,再坐一会儿,他就回来了嘛! ……平时你难得到我们家来呀!”

许家九姑娘红着脸又重新坐下来。不知怎么搞起的,她的神态有些不自然了。她举目环视着这间堂屋的四壁和摆设,其实这已经看了多少遍了。正中墙上,毛主席的彩色印制相片,装在一个玻璃镜框里,端端正正地挂着;棉花、水稻、小麦、果树等等的科技图表贴满了四壁;屋梁上挂满了一排排装着良种的小布袋儿和各种各样的农作物标本;桌子上,高脚煤油灯罩着一个洁净透明的玻璃罩子……这一切,她不知道看过多少遍了。

金顺玉大娘挪了挪椅子,靠近九姑娘,突然问道:“今天从你们二队过来的人说起你家四姐的事。她不走了,可是真的?”

“嗯。”许琴点了点头,脸上露出一丝愁容来。

“为什么啊?”

“不清楚……”九姑娘说,“我想,不走也好,她的性情太软弱了,走到哪里,都难说那个男的不欺负她。要是像我三姐那样,看谁敢欺负!”

金顺玉大娘笑着摇了摇头,说道:“道理不在这个‘性情’上。呃,你回去对她说说,这一回要自己拿定主意,走,还是不走,都要把决心下实在，这辈子再经不起这些年这种周折了。可怜！好端端的一个女子呀！十年前，她也像你如今这个模样儿，你俩的长相简直像一个巴掌打下来的。只是，她那会儿爱低着眼皮，怕羞，不如你这么大大方方。唉，你们的娘死得太早了……老九呀，你叫你四姐抽空常到我家走走，有什么心头的闷气，也好吐一吐。”

“嗯。”许琴感激地点了点头。

这吴昌全的母亲是土改时期入党的老积极分子，只是近几年才没有担任什么职务。她的热心和正直，是许琴深知的。加之，许琴的已故的母亲和眼前这位慈祥的老大娘曾经是几十年的老乡邻，过去往来得很密切的，因此她的话在许琴听来分外亲切。

金顺玉大娘的话又一下子转到吴昌全身上去了。这位热心肠的女共产党员，对葫芦坝乱纷纷的人事关系和路线斗争，心里像明镜似的；然而对于亲手抚养大的儿子，却越来越感到不了解了。儿子是个光明正大的男子汉，这，她清楚，但她总感到儿子对她隐藏着某种秘密。对自己惟一的儿子心灵中那个神秘的角落，总是做母亲的需要探索和了解的。她曾努力地试图了解，儿子却从不泄露半分。为这个，她多少有些忧虑。现在她对许琴说道：

“你这个团支书，对青年人的思想情况掌握得怎么样啊？……比如，我家昌全吧，近年把，我就不知道他在想些什么。如今这个社会风气呀，我就有点担心！”

许琴笑道：“大娘，别人我不敢说，是昌全哥么，我敢保险！你尽管放心好了。”

大娘心里“咯噔”了一下，不由得想道：“呃，难道那把钥匙在这个姑娘手上么？”她忙接着说道：“放心？如今这些青年，有些事就不愿向自家的老人吐露一点点儿，哪怕是亲生的娘母。这，叫我怎的能放心!”

九姑娘笑笑,表示同意,说:“不过,他对你都保密,那就真是不应该了。”

大娘紧接着试探一句:“你们常在一起开会学习,你一定了解。你难道也对我保密?”

“我? ……”许琴脸红了,很有点难为情的样子。

大娘忙补充一句:“你是团支书呀! 对团员的思想一定比我们了解得多些。”

这句话把九姑娘从困窘的羞涩中解脱了出来。她回答道:“我这个团支书没有认真把责任负起来,工作做得很不好。昌全哥的水平比我高多啦! 大伙都很敬重他。他……”

“他怎么啦?”

“他好像有什么心事。”

“唔,是有心事。”

“可是,我却不了解。”

“哦,原来你也跟我一样,不了解啊!”

金顺玉大娘显得有点失望。这时,她才不得不把她的忧虑明白地对这位团支书说出来:“我家昌全是五一年五月间生的,再过半年就满满的二十五岁啦! 看着一年年大了,亲戚邻里不少人给他介绍对象、提说亲事,可他一概拒绝了。后来,他干脆对我说:‘娘,以后你给挡一挡驾吧,就说我已经有对象啦!’我问他对象在哪儿,他总不回答我。有一回我又问起来,他却伤心败气地对我说:‘娘,你莫怄气,实对你说吧,我这辈子发誓不结婚了!’……天哩! 你看他这是咋回事嘛! 别的我不忧,说实话,他就一辈子不结婚我也不那么忧虑,我怕的只是他真的找上个不好的姑娘,造下一辈子的祸害!”

停了停,许琴才说道:“大娘,昌全哥的这方面的事情,我今晚不听你说,真是一点儿也不知道。不过,你老人家还是放心好了,他又不是那些轻浮人,他不会走歪了步子的。”她这样热心地劝说对方,然而心里却在想着:“这个昌全哥是咋个的?一会儿说有对象了,一会儿又发誓不结婚!……这样的一个聪明耿直的人,搞起科研来那样能干,为啥在感情生活方面这样无能呢?”

想到这里,吴昌全那朴实、英俊的身影突然占满了她的思想。她隐隐约约感觉到,那位一心扑在事业上的青年的心,似乎正经历着一种什么痛苦的折磨。这样的感觉,不由使她那少女感情的天平,不知不觉地向他倾斜过去。……是的,所有正直忠诚的人的痛苦,都能引起忠诚正直的人的同情。这是一种伟大的、心心相印的同情。这种革命者的高尚情操,正在冶炼着年轻的团支书的心灵。

金顺玉大娘从许琴沉思着的眼神里,看见了一种纯正而又炽热的东西,她暗想:“我家昌全要是能够娶上许家这个九姑娘,那就好了。”可是,她怕当着面这样说,会使许琴难为情,便把到了嘴边的话又咽回肚里。然而,一个重要的决定已在她心里作出来了:这件婚事,她要亲自出面来提。她要直接去找许茂老汉!这件事不能拖延,甚至不能推到两三天以后,必须明天就去谈。实在说,天底下离了许家的姑娘,谁还能配得上她的儿子吴昌全呢?

是啊,是啊,葫芦坝许茂家里的姑娘,个个都是好样的!

接着,这一老一少两代妇女开始谈论一些别的事,她俩越谈越投契。对于眼下葫芦坝的事情,以及葫芦坝以外的事情,如像近来太平镇上的武斗啦;县上的拖拉机厂自从建起来以后,烟囱就没有冒过烟啦;农村的评工记分便宜了懒汉二流子啦等等问题。这位土改时期的老党员，和这位七十年代的团支书，思想和看法竟然是这样的接近。……

正谈得兴浓的时候，吴昌全回来了。

昌全看到许琴坐在自己家的堂屋里，先是一怔，继而淡淡地点了点头，算是招呼，然后，便一头扎进隔壁的卧室里去了。

当娘的忙问道：

“呃，龙二叔咋说呀？你见到他么？”

昌全在屋里回答道：“不是上级的布置，也不是支部的决定，是郑大会计的鬼花样！”

“老龙的意思该咋个办啦？是执行，还是不执行呀？”

“他也没咋说，反正我们四队不执行。”

许琴听他俩一对一答，摸不清头脑，正要问一问，金顺玉大娘却改变了话题，对儿子说道：

“你出来呀，团支书找你研究工作呢！”

吴昌全踱到堂屋来了，抓了根板凳靠墙壁坐下，离许琴远远的，冷淡得很。

许琴说：“今天在公社开了一天会。下午分头安排的时候，团委布置了几项工作，有宣传工作、扫盲工作、科研组的工作，还有卫生村。宣传方面，要我们各大队团支部立即把原有的业余文艺宣传队恢复起来，编排一台小节目，内容是宣传第一次全国农业学大寨会议的精神。今晚我找你商量，主要是各生产队以团小组为骨干成立科研小组的事。县委工作组到了公社，马上就要下队来了，颜组长对成立科研组的事很支持，叫我们立即行动，以团员、青年为骨干，请老农做参谋，把各队都搞起来，先订出规划……我给颜组长讲了你搞科研的情况，她听着高兴极了，说是一定要来向你学习呢……呃,昌全哥,你看咋办?”

吴昌全说:“各队都成立科研组,这事早该办了。可是,具体咋个成立,我可不懂行。你们团支部去办吧。”

许琴笑着惊叫起来:“哦哟,‘你们团支部’!这话亏你说得出口呢,你不是团员呀!”

“我这个团员,快超龄了。”

“在组织里一天,也得做工作。”

“嘿嘿,我可是……”

“怎么?怕把你们小队搞科研的好经验传给外队?你保守么?自私么?”

许琴这个团干部,懂得一点怎样做动员工作,她这连笑带刺的一长串话,再加以她那活活泼泼的神态,柔中有刚的清脆声音,是谁也无法招架的。吴昌全只好说:“好啦好啦,你说咋办吧。”

于是他们一起商量起来。只要是搞科研,而不是演剧或干其它什么差事,吴昌全总是乐意接受,并决心实实在在地干一番的。他们终于达成了协议:明天召开团支部会议研究这个问题,让昌全去作指导。

商量已定,许琴又向金顺玉大娘告辞了,大娘说:“忙啥呢,难得有空,再摆一会儿龙门阵嘛!……你怕夜深了不敢一个人回去?我叫昌全送你。”

许琴虽然嘴里说要走,脚杆却并没有要往外移动的意思。不知为啥,她真愿意多坐一会儿。

于是,三个人你一言我一语,抓住每一个话题,漫无章节地说了开去。

不知过了多久,看看时候不早,金顺玉怕许茂老汉责怪,才示意叫吴昌全护送许琴出门。此刻，上弦月已经快要搁在西山上了。

四

从前有句俗语："屋漏又遭连夜雨，行船却遇打头风。"

四十岁的壮年汉子金东水的命运似乎正好应验了这句古老的俗语。

全国解放以后，才第一次穿上鞋子，提着书包上村小读书的少年金东水，在老一辈无产阶级革命者辛苦创建的平平坦坦的大路上走着，无忧无虑地度过了他的青春年华。接着是：当兵、复员，平凡的劳动，虽然清苦却有乐趣的家庭生活，继而是做党的工作，担起建设葫芦坝这块社会主义新农村的重担……

这个普普通通的农民干部，真是谁也想不到啊！——当他自己的儿子都已经戴上了红领巾的时候，生活会出现如此的艰难！

在那冰刀霜剑的日月里，人们曾怀疑过：是不是历史果真会在什么时候发生什么误会呢？不！老金自己并不那样认为。曾经学习过"社会发展史"、特别是在部队里用心学习过党史的共产党员金东水，当他在一九七五年冬天的这个夜晚，坐在这荒凉的葫芦颈上守水人的小草棚棚里边，点起煤油灯，一边读书一边指导十一岁的儿子复习功课时，外表看去，他那严肃的方脸膛，还是平常那个样子。支部书记被停职，以及接二连三的坷坎，似乎并没有在他脸上留下什么悲凉或郁愤的痕迹，好像他们父子们的生活，原本如此，什么也不曾发生过。

葫芦坝这个地方，交通闭塞，算得上个穷乡僻壤。然而，这一年春天里"四届人大"吹起的春风，夏天里，传来党中央关于整顿各条战线的喜讯，特别是深秋时节，邓小平同志主持召开了那个农业会议以后，出现在辽阔农村的热浪，鼓动着葫芦坝上这位受贬谪的共产党员的心扉，敲击着千家万户庄稼人的门窗。寡言少语的农民金东水是个喜欢沉思默想的人，他固执地认定：历史像奔腾不息的长江大河一样，有时会不可避免地出现一个漩涡，生活的流水在这里回旋一阵以后，又要浩荡东流的。葫芦坝的事情必将往好处变化！跟随着社会主义革命和建设长大成人，刚刚进入中年时代的金东水，同葫芦坝的上一辈庄稼人大不一样，他根本不相信命运这个东西！

耳鼓山柏树林盘里吹来的风，把小草棚棚顶上的茅草扫得刷刷刷响。门外，东来的柳溪河水在山脚下焦急地拍打着岩石，发出那种迫不及待的叭叭声。左边，一里以外的梨树坪那儿响起东一声西一声的狗吠……在这一切听惯了的音响里，从梨树坪那边的小路上传来了一阵轻轻的脚步声。

"爹，龙二爸来了！"

十一岁的高小学生从课本上抬起头来。

老金侧耳听听，摇了摇缠着青布头帕的脑壳，说："不是他。"

儿子眨眨眼，又说："是昌全表叔？"

"也不像。"

那么是谁呢？谁在这夜静更深的时候朝这荒僻的地方走来呀？

轻快、细碎的脚步声在草棚棚外面停住了。没有敲门，也没有叫喊。警惕性很高的红小兵便扯起童音向门外厉声问道：

"哪一个？"

"是我。……还没有睡么，长生娃？"一个年轻女人的声音这样回答。

长生娃迅速地望了他爹一眼,就跳过去开门;而老金却一把抓住儿子的手膀。

由于事情太使人感到意外,也由于过去那些难以说得清楚的情由,老金此刻,眉毛拧成两个疙瘩,心上的血刷地涌到脸上来了。可是,长生娃哪里晓得过去的事情?他向父亲解释道:

"四姨娘来了!她的声音你都听不出来?"

门外头的脚步声离开了,去远了。

长生娃急得差点儿哭起来!他挣脱父亲的手,一步跳到门边,哗的一声把门打开一看,黑暗中,已看不见人影儿了,只有门槛底下放着一个包袱。长生娃刚要弯腰去拣包袱,几丈开外黑乎乎的小路上传来了那个女人的声音:

"长生娃,你快过来一下。"

孩子一听,顾不得去看包袱里裹着的东西,便急忙忙向他四姨娘奔去了。

老金自从火烧房子、女人病逝以后,生活上常常得到居住在本大队的三姨子许秋云、四姨子许秀云,以及那个还没出嫁的老九许琴姑娘的照看,特别是两个孩子的穿戴,补补连连什么的;有时还给送来一点粮食和小菜。小女儿长秀两岁离娘,怪可怜的,四姨子许秀云没有孩子,就接了过去代为抚养。亲戚处,这都是常情嘛!谁家敢挂无事牌,保证没得个三长两短的?然而,难听的闲言怪话从葫芦坝上"闲话公司"郑百香那里制造出来,而且很快传开了,说是"下台干部"金东水,同他四姨子许秀云"不醒豁"。为了这个无中生有的风波,缺少调查研究的老好人代理支书龙庆曾委婉告诫老金:

“要注意影响啊！莫找些虱子在自己脑壳上爬哟！”

为了这个不光彩的风声，六十多岁的许茂老汉鼓起眼睛，恶狠狠地教训他的女儿们：“不给老子顾脸！看老子捶你们！”

当时，郑百如正要找岔子闹离婚，就以此为“理由”，将许秀云打了一顿，提出离婚。而秀云呢，在郑家的生活早就有许多难言之苦，早就想离开那个狼穴了，便咬牙忍受了这个屈辱，在离婚书上按下了手印，搬回老父亲那儿去了。……为这些，老金不仅成了老丈人的眼中钉，而且整个葫芦坝以“闲话公司”为中心的“舆论界”，几乎把他的形象歪曲得不成样子了。他愤愤地从四姨子那里把小女儿长秀要了回来，自己抚养。下地干活，将小女儿背在背上，有时夜里挨批斗，便将小女儿抱在手上。总之从那以后，即使在小路上与四姨子狭道相逢，他也决不再打招呼，对面走过，他把脸扭到一边去。老金是一个宁肯割脑壳而不愿割耳朵的汉子，他认为：什么样的打击迫害都好忍受，什么样的屈辱终有澄清之日，惟独那样的男女间的闲话受不了！那是伤风败俗的事情！

这一阵，老金粗壮的身子在小屋里焦躁地踱来踱去，他心里烦透了！而这窄小的地面却根本不是踱步的地方。

长生娃回来了，拣起了那个包袱，他站在父亲面前，欢欢喜喜地告诉父亲说：

“四姨娘说的，县委的工作组就要到葫芦坝来了。”

老金听也不愿听，他依然踱来踱去。长生娃才不管他听不听呢，继续报告第二件事情：“四姨娘问你，过几天外公做生，你去不去？她还说，外公的身体一年比一年不行，你一定要去看看他才对头。做生办礼信的事，四姨娘给我们准备齐，过几天送来……”

老金到底听清了儿子这几句，愣了一下，但随即却狠狠地训斥儿子道：

“莫多嘴！不去！不去！”

长生娃莫名其妙地望望他爹，便动手打开四姨娘放在门槛底下那个包袱，原来里边裹着一件白底碎红花纺绸面子小棉袄。看得出来这花色半新的小袄是用旧衣服改制的，但是针线密密，十分的精巧好看。老金有些茫然地把眼光落在小袄上，渐渐的两眼模糊起来。

长生娃欢欢喜喜地奔到床前，把小长秀摇醒过来。小姑娘揉着眼睛，让哥哥为她试穿一下厚实、柔和的小袄。知寒知暖的四姨娘！为了给小侄女儿缝下这小棉袄，也不知对着那盏孤灯，独自熬了多少个深夜！

五

对于性情温良的四姑娘许秀云来说，驱逐旧恨的萦绕本来就是一种痛苦的过程。假如不是因为长秀，不是因为心中有着对未来的朦胧的希望，她断然不会在这深夜里还在凝了霜的荒凉的小路上走着。

一弯残月，在西边，在柳溪河对岸的环形山峦上挂着，依稀的月光被柳溪河上的夜雾隔断了。她看不见脚下的路面，时而跌到路边的红花草田里，爬起来，不得不费神地将沾在衣裤上的红花草叶儿、花瓣儿拍打干净。后来，她终于一脚踏进冬水田里了，裤子给打湿了半截，她爬起来继续走，但是，还是包不住泪水，她哭起来了。

她是在她的三姐由罗祖华陪着离开她的小屋以后，花了多么巨大的努力，冒着多么巨大的风险，才抱起那件小棉袄出门的啊！然而这一切都是为了什么呢？

当然，是为那个叫人心痛的小长秀！大约是十天以前吧，黄昏时分，她和几个妇女从地里收工回屋，正在葫芦坝中间那条联结着桑园坝和梨树坪的“公路”上走着，突然背后传来长秀的声音：“四娘！……”她立即回头循声看去，只见大姐夫金东水挑着一担箩筐，前头装着一只油桶，后头坐着小长秀。长秀被一件大人的开花棉袄裹着，只露出个红喷喷的脸蛋在外边，两只小手抓着箩筐绳子，脸朝着她这里，真是久别重逢啊，孩子高兴地叫着：

“四娘！四娘！四娘！”

她也惊喜地叫了一声：“长秀！”

妇女们也都回过头来，有的热情招呼着这位前任支部书记，现在是抽水员的金东水，有的亲昵地唤着那个没娘的小姑娘的名字。金东水含笑回答着社员们的招呼，但却望都没有望他四姨子一眼，只是那小长秀还把脸对着后面一迭连声呼叫着四娘，孩子拼命地叫着、蹦着，箩筐摇晃着……四姑娘眼里涌出泪水，心都被小长秀的叫声撕碎了！

“可怜！这没娘的娃娃！死在地下的亲娘要知道是这个样儿，也会痛得再死一回的！”

“是啊，你们没有看到小孩子还穿着出生时候的小袄啊！要不是那件开花棉衣裹着……”

“看那双小手啊，肿得红亮亮的……”

妇女们这些心酸的议论像刀一样刺着许秀云发痛的心。

“要是长秀还在我这里，也不至造孽到这个样儿！”她不由得这样想道。但是，她一想到大姐夫那副苍凉而又冷峻的面孔，想到曾经发生过的那种无中生有的谣言,她的心又冷了半截。那天晚上回到屋里,她便开始避开老子和九妹的眼睛,撕了一件从前姑娘时代穿过、至今压在箱底的衬衣,开始为小长秀缝棉衣。一连几天夜里,都是等九姑娘睡熟以后,她才动手缝,一盏孤灯,一根针线,一边缝,一边想着长秀,想着自己,想着现在,想着未来。有多少回,无边的遐想被她自己有意地涂上一点美丽的颜色,有多少回,泪水模糊了眼睛,针尖刺红了手指。这千针万线真真织进了她的辛酸,织进了她的幻想,织进了她的眼泪。她朦胧地意识到:她的命运,她往后的生活再也和小长秀的命运和生活分不开!是的,分不开!要是分开了,她真不知道生活将是什么样儿,还有什么希望!……这个手板粗糙,面容俊俏的农村妇女,心有针尖那么细,任凭感情的狂涛在胸中澎湃,任凭思想的风暴在胸中汹涌,她总不露半点儿声色。她细心地拾取着那狂涛过后留下的一粒粒美丽的贝壳,认真地拣起暴风给吹刮过来的一颗颗希望的种子,把它们积蓄起来,藏在心底,耐心地等待着春天到来,盼望着一场透实的喜雨,贝壳将闪光,种子要发芽。……当她今天早晨,用她那种方式毅然向她的父亲,向她的姐妹,向整个葫芦坝和整个世界宣布她不去耳鼓山的决定时,葫芦坝的庄稼人大吃一惊,纷纷猜测着。这些粗心大意的人啊,也不看看:即使是严霜覆盖的冬天,即使是被寒风刮得凋零的小草,只要扒开泥土看看,那些秋天散落下来的种子已经吸饱着水分,那些枯萎的草茎下面的草根儿,还依然活着!

…………

然而,此刻的四姑娘,好不悲伤!从冬水田里爬起来,鞋子里面汪着泥水,又湿又滑又冷。她浑身哆嗦,步履艰难,她从来没有像这样的疲乏。她曾经经历了那么多痛苦和折磨,都忍受过来了;

今晚上遭到的大姐夫的冷淡，比过去从郑百如那里遭到的全部打击，更加使她痛苦和悲伤！仇人的拳头和亲人的冷眼，二者相比，后者更难受得多。今晚上她原本是有话要向大姐夫说啊！郑百如的突然变化，要求“破镜重圆”，使她预感到：那条蛇准是遇上了打蛇的人的追捕，他害怕了，才不得不假装一副悔过的样子来笼络她。她决不上当，决不会重新跳入火坑！正是罗祖华带来的消息，促使她下了决心，她要去告诉大姐夫，郑百如是一条毒蛇；她要向大姐夫诉说她经过深思熟虑了的决定；她想用自己对未来生活的信心去影响那个“同是天涯沦落人”的大姐夫，要他振作精神，鼓起勇气，朝前看，重建新生活。……但是，这一切都落了空，大姐夫竟连照面也不打。此刻，四姑娘真是伤心透了！她抹着悄然泉涌的清泪，一步一滑地往家走。然而，那个石头院墙里凄凉的小屋果真是她的家么？

四姐啊！你的悲哀是广阔的，因为它是社会性的；但也是狭窄的——比起我们祖国面临的深重的灾难来，你，这一个葫芦坝的普普通通的农家少妇的个人的苦楚又算得了什么呢？……是的，这些年来，从天而降的灾难，摧残着和扼杀着一切美好的东西，也摧残和扼杀了不知多少个曾经是那么美丽、可爱的少女！四姐啊，这个道理你懂得的，因为你是一个劳动妇女，你从小看惯了葫芦坝大自然的春荣秋败，你看惯了一年一度的花开花落，花儿谢了来年还开。你亲手播过种，又亲手收获。你深深地懂得冬天过了，春天就要来。你决不会沉湎于个人的悲哀。

四姑娘好容易才走近了许家的院墙。

她加快脚步向大门口走去。细心的四姑娘在出门的时候就曾想到了老九还在外面，假如粗心大意的老九回家闩上了大门，她回来时可就麻烦了,叫门准会把老头子惊醒的。所以,她临行时用一截草根儿将大门两个门环系住,这是给老九的通知,让九姑娘知道她还没有回来,须要留门。至于明天老九问她昨夜上哪儿去了?她准备撒个谎说到三姐家去了。

当她走到大门口的阴影里的时候,见草根儿已经不在了,她料想老九早已回来。便上前轻轻去推门。可是就在这时候,从后面传来了清晰的脚步声,她的手一哆嗦,忙缩回来。她怕开门弄出响声,惊动了过路人,一闪身,躲在黑暗的门楼底下,屏住呼吸,举目望去,只见两个人影,一高一矮,向着她走来了。

"天哪,这是谁?"她倒抽了一口冷气,捏紧拳头。原来他们不是过路的。

但是,那一高一矮两个人走到离着大门三丈远的那棵梨树底下时,站住不动了。

"好了吧,把你送拢了。"是个男子的声音。

"难为你了……明天见。"是老九的声音。

稍停,老九又说:"我送你回去吧,我们再一起走一会儿……"

男的说:"不啦,送来送去,不送到天亮么?你快回去吧,我走了。"说完转身飞快地走去。

而老九还站在原地,向人家去了的方向望着。虽然田野像一幅黑色的大幕,什么也看不见……

四姑娘望着这幅情景,惊惧消失了,脸上露出一丝苦笑。她向九姑娘走去,轻声问道:

"老九!那……那个青年是……"

九姑娘一惊,回过神来,返身一把将四姐抱住,把她那滚烫的脸颊紧贴在四姐那冰凉的脸上。四姐已经明白了一切。只是催问道：

“那人是谁?”

“昌全哥!”

“啊!”四姐提着的心放下来了。

九妹子已经不小了,开始恋爱了,当姐姐的当然高兴。只是她害怕姑娘家一时被热情弄花了眼睛,找错了对象,贻误终身。听说男的叫吴昌全,四姐放心了。没错,那是葫芦坝上百里挑一的好青年!

姐妹俩在寒风飕飕的田野上,相对站了好一阵。四姐的心变得暖和了。她拉着幺妹子的手,脸上飞过两朵红云,她想告诉妹子一件重要的事情,但那是什么事情呢?……她也觉得渺茫啊!而初恋的少女却没有注意到四姐感情上的变化,她这会儿只想着自己的事,竟然没有问一声她的不幸的四姐上哪儿去来。当然,这点疏忽是应该原谅的。

她们手拉着手缓步向大门口走着。来到门口的时候,九姑娘突然问道:

“四姐,你说,一个人为什么要结婚?”

四姑娘茫然望着老九,回答不上。

这个高中毕业生,葫芦坝大队的团支书竟然说出这样古怪的话来:“哎,不结婚才好!结婚有什么益处!”

四姑娘的视线从幺妹脸上移开,沉思地凝望着黑乎乎的天上几朵草白色的流云,心想:“这姑娘原来还没有到恋爱的时候啊!她眼前的热情,只不过是小孩子们的游戏罢了。……”但她嘴却忍不住反问九姑娘道:

“你是说一个人不结婚才好么,可是,谁又不希望有一个自己的家?蚂蚁子不是也有一家子,一个自己的窝?”

说着她轻轻推开大门。激动在自己热切的希望的情绪之中，细心的四姐也忘了门环上那个草根儿的事。

轻悄悄地闩好大门之后，两姐妹就分手了，九妹子向她自己的卧室走去。

四姑娘掀开小草屋的破门，一脚跨进屋里，伸手向窗台上摸火柴。突然，一条黑影从床上跳起来，扑到她面前，“冬”的一声跪了下去！

四姑娘惊得“啊呀”地尖叫了一声，就仰身倒在门槛上，顿时吓昏了过去。那条黑影却哀声说道：

“秀云，你上哪儿去了？门也没关，我等了你好一阵……你，你原谅我吧。”

九姑娘刚刚走上高高的阶沿石，就听见四姐的尖叫声，还以为是跌在什么树子上了，忙返身奔了过来，叫着：

“四姐，怎么啦？”

老九来到小屋门口的时候，黑暗中嗖地跳出一条黑影，窜过院子，打开大门飞也似的逃走了；差点儿把九姑娘也吓昏了过去。慌乱中，她尖声叫起来：

“有贼！抓贼啊！……”

她蹲下身子去，把手指头放在四姐的鼻子底下一摸，觉得好像已经没有出气了。

第三章　初　访

一

“咋个搞的哟，他们把你安排在那家人屋头?”公社炊事员老文，听说刚到三天的工作组长颜少春立刻要下乡了，便跑来看她，倚在门口，用一种不以为然的口气说。

颜少春把几本书放进挎包里，抬头问:“怎么，不好吗?”她原是县委宣传部长，已经靠边站了好几年，这次她主动要求参加工作组，心情一直是很激动的。

“许琴那姑娘不错。可是——”老文皱起眉毛，露出一种很不放心的神情，“她家那个老爹抠得要命哩！一年四季炒泡菜连油星星都舍不得多放一点点！……”

“哈哈……”颜少春被老炊事员那认认真真的样子惹笑了，“好呀！是个俭省人呢！……你认得那位老人么?”

“认不得? ——除非他化成灰！你颜组长要是在我们这街上住十天，保险你碰到他五回！他如今当‘老太爷’啰，不赶场做啥子? 嘿嘿，穿个长衫子，捏他妈个长烟杆，‘老太爷’的架子绷得蛮像……可是，他要是挑了菜来，你千万莫去买。——为啥喃? 水汽又重，秤还卡得狠!”

“哈哈哈……”

公社炊事员见工作组长把身子靠在被盖卷儿上笑，显出想要听下去的样子，又接着说：

“他呀，就因私心太重了点，这辈子一个娃都没有拣着，净生些女娃子！”

“哦？——”

“当然，我这话有点封建。”老炊事员抱歉地承认，“说句公道话，他许茂这辈子也过得不轻松呢！前半世为女儿多了发愁，很受了些穷，后半世可就靠着女儿发财啰！……你不明白？很简单——他那些女子，一个个又聪明又能干，哪一个不是给他挣工分到二十几岁才打发出去的？……这老家伙，就是心太重了！单给你说一点点儿吧：他有个规矩是姑娘出了嫁不退自留地。按政策，在娘家有一份自留地没有退，到婆家去就划不到，哎，人家男方也好说话，皆因老丈人没有儿子……这笔账可不得了呀！你算，一年到头净种小菜卖，这老头儿发财不发财？”

“这种‘规矩’倒还没有听说过呢。他有几个女儿呀？”

“几个？——九打九个！”

“真不少哩，出嫁了几个？”

老炊事员便一五一十地给颜少春介绍了：九妹子许琴还没放人户；老八去年参了军；老七许贞在上场口的供销社工作，爱收拾打扮，听说快要结婚了；老二、老五、老六嫁到川西坝子，那是好地方；三辣子嫁了个老好人，就在葫芦坝上；大姑娘命苦，解放前许茂穷得养不起女儿们，大姑娘刚满十岁，三斗小麦卖给金家做童养媳，金家也穷，好在不久就解放了，直到一九六三年大姑娘满二十五岁，金东水参军复员回来才团房。两口子正过得和和睦睦，“文化大革命”来了，当了几年支部书记的金东水犯了错误，下了台，接着又是一场火灾，可怜的大姑娘又气又急，一病不起，给金东水丢下了两个娃。……老炊事员介绍到这里，叹了口气，不做声了。

“还有老四呢，嫁给了谁呀？”

“郑百如。”炊事员吐出了三个字。

“是葫芦坝大队那个副支书么？”

“对。”炊事员鼻孔里又哼了一声，“他可是如今葫芦坝上的红人：说能力有能力，讲气力有气力，聪明、伶俐、手巧，全占齐了！只是——”

说到这里，工作组组员齐明江提着行李卷，从另一道门里钻了出来，走到颜组长门口，打断了老炊事员的噜苏：

“颜部长，走吧。”

在家的公社几个干部把两位县上来的同志送出大门，老炊事员跟在后面，悄悄拉着小齐的袖子，叮嘱道：“这年头，庄稼人的口粮紧，饭食马虎得很，你们要是吃不惯，只管回公社来打个牙祭。”

小齐严肃的脸上露出一丝微笑。他紧走几步赶上颜少春。一条短短的吹火筒街上，卫生所、理发店，以及饭馆子里的人，都用好奇而兴奋的眼光盯着这两位工作同志背上的被盖卷儿。因为这几年从上边来的干部全都住旅馆，虽然连云场的小旅馆并不怎么清洁。

从供销社门口经过，颜少春看见门边站着一个穿花呢短外套，高耸的胸前露出桃红色毛衣，下着蓝色涤卡小管管裤子的姑娘，不由得略为惊奇地稍停了脚步，她想：“这是许琴的那个七姐吧？”她记起了老炊事员的叙述，便仔细地对那姑娘望了望，淡淡地露出微笑来，问道：

“你叫许贞，是吧？”

那姑娘正是许茂的七姑娘。她嫣然一笑,点了点头,热情地招呼道:“颜组长,你下乡么?”两只乌黑的大眼不停地在颜少春身边的齐明江身上扫来扫去,并大大方方地接着招呼:“齐同志也下乡么?”

齐明江不由一怔。他不认识这个女青年,她那身打扮和风韵,与连云场这个小乡镇的风俗很不协调。当他望见她那圆润的下巴底下昂然挺起的胸部时,竟莫名其妙地红了脸。

“你怎么就知道我姓颜、这位同志姓齐呀?”颜组长问。

许贞拍着手大大方方地笑道:“这连云场只有巴掌大点儿,你们来了两三天,街上哪个还不认得你们呀！哈哈哈……”这笑声像银铃似的。这年头,只有那种无牵无挂,成天尽想着开心事儿的人,才会这样的笑。颜少春望着许贞,不由得微微蹙起眉毛,她想起了许琴的质朴,就觉得这位七姑娘的鲜丽的外表未免过分。不过她只这么想想,并不表示出来。

“你们住到乡下去,不太方便吧!”许贞一见如故地说,语气里含着讨好的意思。

颜少春微笑着,故意问道:“是么?”

“当然嘛。整整一冬,乡坝头的人尽吃红苕。你们吃得惯么?”许贞直爽地回答,顺便向齐明江瞟了一眼。

颜少春说:“你不是也在乡坝头长大的么？参加工作还不久呢,就……”

小齐催促颜组长:“走吧,时候不早啦!”说着自己举步先走了。

颜少春还对许家七姑娘说:“我这就要住到葫芦坝你们家里,有空你回来耍吧。”

“住我们家里？……好！我一定回去看望你们。”

颜少春和齐明江二人出了连云场，走上那条新铺不久的拖拉机路以后，眼前的世界就大大的开阔起来了——原来这连云场的位置高，是坐落在山顶上的。出了场口以后的道路，顺着山脊梁蜿蜒南去，一直绵延到天边。

如今，在这冬日午后的阳光照耀下，远处青黄相间的山峦层层叠叠，无边无际。四野里静得出奇。近处的红色页岩因为没有绿色树林的覆盖，正在迅速地风化，夏季的滂沱大雨，给这裸露的山包留下了一道道难看的龙爪沟。没有蓄水的埝塘，没有流水的渠道，光山秃岭，悬崖峭壁，给人一种险恶和荒疏的感觉。

路上偶尔有几个背筐挑担的社员走过，脸上挂着淡漠的神色，并不怎样注意这两位背着被盖卷的工作人员。颜少春的心渐渐惆怅起来了。

这位从前是县委宣传部长的女同志，夏天里才从干校调回县里，还没怎么料理一下自己的家务，就怀着那种许多干部曾有过的“重返前线”的喜悦心情，下乡工作了。而她丈夫却还依然在远方的一座矿山里进行着遥遥无期的“下放锻炼”，已经有好几年不曾见过面了。好在他们只有一个孩子，如今已经长大成人，在一个偏僻的乡村小学校做教员。

在这次作为工作组长来到太平区连云公社之前，大约半年的光阴，她曾走遍本县一些过去落过脚的生产队，访问过那些合作化、公社化年代的熟人，得到的印象是难言的，她常常和过去的房东大娘睡在被窝里哭。真是满目疮痍！……但，她也得到机会走出县境去参观取经，看到过一些粮棉丰产、五业兴旺的“典型”，她看见那里农民吃得饱饱的，红光满面。而她是深知肚子饿着是什么样滋味的，解放前，她做童养媳的时候，成天伴随着她的一个感觉就是饥饿。“现在头一步是要设法使农民吃饱肚子！”在一次县委干部会上讨论贯彻中央关于农业整顿问题指示时，她曾冒着被指责为“诬蔑大好形势”的风险，这样提出过建议。

然而，她知道自己并没有什么灵丹妙药可以解救人民于水火。有一点点，也只是过去工作中，党教给她的一些方法。因此，她并不怎么胆怯。

“颜部长，该倒拐了。”小齐在后面提醒她。她停住脚步，向左手的方向看去，有一条盘旋而下的路通向一座小桥。

“那儿就是葫芦坝么？”颜少春细眯着眼望着下面一块不大的地面，“小齐，你为什么老是没记性？叫你们不要喊我颜部长嘛。……那条河叫什么名字啊？”

“说是叫柳溪河。不过，我们这个工作组多半是些年轻人，叫你的名字，合适么？”

“怎么不合适？要不然就叫一声颜大姐好了。不过，最好还是叫名字。……这柳溪河弯得真是好看，水还不少嘛。你看，墨绿墨绿的，好像很深呢！”

“是的。这儿应该是下游，因为那边不远就是沱江了。柳溪河属于沱江的支流。……对面那个山叫耳鼓山，是龙泉山的余脉。……颜大姐，你看，这葫芦坝不就像系在耳鼓山边上的一个葫芦瓜么！……”

他们往山下走，一边谈着。

的确，这块方圆约莫十里的坝子，看着活像一个葫芦瓜，瓜柄很细，系在那高高的耳鼓山前。柳溪河由北向南，绕了一个大弯子，环绕着葫芦坝。远远望去，假如不是那个“瓜柄”系着，这块坝子就真像是飘浮在绿色湖面上的一个孤岛了。

小桥是葫芦坝通连云场的要道。桥面上光溜溜的石板记载着它古老的年岁，已不知是哪一代祖先造就的了。和许多这样的小桥一样，桥头两端各植着一棵黄桷树，隔河遥对。夏季里，过往的行人来到这里，喜欢在这浓荫覆盖的桥头坐一坐；然而冬天，这里却留不住人：天冷，风又特别的大，树上的叶子早就落光了，荒凉得很。

颜少春和小齐下了坡，走过一段沙滩来到桥头的时候，只见空寂无人，小齐便埋怨道：

“这个龙庆怎么搞起的嘛！还说是在这桥上等我们，现在鬼都不见一个。”接着又问颜少春，“颜大姐，你累不累？我们歇一下吧。”

颜少春穿得很厚实，加上背着行李，早就走得发热了，额头上都渗出了汗水，便说：“好嘛，坐几分钟。不过，何必要人家来接呢，我们自己去不是一样。”

把被盖卷儿放在一块光生生的石头墩上，他们就在裸露的树根上坐下来。这样的树根很多，也是被人们早就坐光滑了的，简直就是天然的板凳呢。

坐下以后，颜少春揩着汗说道：“听龙庆介绍，你住的那家人只有母子两个，母亲叫什么玉……是个党员。”

小齐说：“叫金顺玉——很像一个朝鲜人的名字。她有个儿子叫吴昌全，大概跟我的年岁差不多。这样的人家，住着比较合适。可是听说你住的那家人——那个许茂老头儿不怎么样，自私、热衷自留地。住在那种落后社员家里，工作不大好搞吧？资本主义，小生产势力……”

颜少春笑道：“还是不要先划框框的好，住下去以后再说。”

从近来的接触中，颜少春已经了解到小齐是个比较纯洁又非常幼稚的青年。工作热情很高，但缺少实际工作经验，从报纸杂志和人们通常的宣传里一知半解地接受了一些标签式的概念。他认为现在的农村正泛滥着资本主义，农民都是小生产的自发势力，时刻都在企图“摆脱共产党的领导”，走资本主义道路。因而工作组下乡的任务就是“深入小生产的汪洋大海，去剿灭资本主义”，表现出十二分的严肃认真，甚至到了那种疑神疑鬼的地步。来到连云公社以后才不过三天，接触的人不多，但他却认真地对人家一个个地进行“阶级分析”，而且很快发现每一个人身上都带着的一种“阶级的烙印”。比如说像许贞，他第一次见面，只看上一眼，便断定了她是一个“资产阶级”的女子。真是既简单又明白！

颜少春从一旁望着小齐那副认真严肃的面容，总觉得有点好笑，虽然已经二十五岁，却还没有完全脱离孩子气。她想趁眼下就要跨进葫芦坝的土地的时刻，再对他说一说应该怎样做调查研究，怎样相信群众，防止简单化等道理。但是，她正在思索着从哪儿说起的时候，从他们身后传来了脚步声和有节奏的扁担的吱吱声。

他们回过头去，只见从他们刚才走过的路上，下来了一个挑箩篼的庄稼人。

这个汉子年纪已经不轻，不下四十岁吧。有轮有廓的四方形黑脸膛，黑白分明的一对大眼睛。头裹蓝布长帕，身穿灰色对襟短袄，结实的肩头上露出棉花来，肩上的扁担一闪一闪的。怪有意思的是：前面箩篼里装着一个油桶，后面却坐着一个长得很好看的小女孩子。

汉子下完坡，穿过那段沙滩来到桥头了，但他没有停，只是两手托着扁担，轻轻地那么一抛，把担子从左肩换到了右肩上。一瞥之间,细心的颜少春从那汉子的眉宇之间看到了一种深沉、干练而又略带忧戚和淡漠的复杂的神态——只有那种诚实的饱经忧患的庄稼人,才有那样的神态。

“这是谁?从箩篼里的柴油桶以及机器零件看,可能是个农机手。但为什么另一个箩篼里坐着一个小女孩呢?……”工作组长猜测着,那汉子已经从她身边走过,跨上桥面,而且很快过完了小桥,走到河对岸去了。“也许这孩子死了母亲。”颜组长想,但她马上又推翻了这个猜测。“不,没有娘的孩子不会穿戴得那样整洁。看那碎花纺绸面子的小袄儿多好看、多贴身啦!”

也是只有女同志才会注意这些琐碎的细节,齐明江就没有去观察这个。他已经站起身来,打算征求颜大姐的意见:是不是不必等待龙庆了呢?

但是,这时候,河对岸忽然传来小女孩奶声奶气的叫喊:“花!花!我要花……”

“咳!你闹个啥哟!哪有什么花?春天还没来,哪有什么花……”汉子苦笑着说,轻轻地放下了担子。

“那儿,那儿……”孩子固执地指点着,就要跨出箩篼来。

“莫动!我给你找找,在哪儿?”汉子依着女孩的指点走下河沿去。

颜少春紧走几步,站在桥头向小河对面看,只见在那近水的润湿的泥土中,确有一种蔓生的小叶草,星星点点地开放着一些不知名的小花。午后的斜阳,正照射着那些不被人们注意的蓝色的小小的花朵。

那中年汉子摘下了几朵小花,送到孩子手上,便又挑起担儿朝前走了。小女孩可高兴了,她坐在摇摇闪闪的箩篼里,欢欢喜喜地把一朵小花插在头上。

这情景，惹得颜少春笑了，心里拂过一丝暖意。

齐明江惊喜地叫起来："颜大姐，龙庆他们来了！"

果然，对岸一片光秃秃的灌木林中急忙忙走出两个人来。颜少春已经在公社见过面了的：前面用手板遮着阳光向这边瞧的，是代理支书龙庆，后边那个精干结实的五短人是副支书兼大队会计郑百如。这两位葫芦坝大队的当事人果然到桥头上迎接工作组长来了。

"我们走吧！"颜少春背上行李，说。

小齐的被盖卷儿早已端端正正地背在背上了。

二

许茂的三合头草房院子坐落在葫芦坝西头，隔着几方白晃晃的冬水田，同靠近河边的一片桑园遥遥相望。院墙内，他女儿们出嫁前种的许多花草，仿佛还残留着她们鲜花般的少女时代的印记，如今，即使是这样严寒的冬天，冷冽冽的空气里也依然飘逸着淡淡的幽香——几树腊梅今年比哪一年都开得鲜妍。

然而，许茂老汉并不觉得这些东西能给他的财政上带来什么好处。多年来他一直后悔，当初为什么不留着这块空地种蔬菜。在这粮食不足、需要"瓜菜代"的年月里，多么美丽的花朵，也顶不得一斤白菜。老汉不需要花，他需要的是粮食，是货币。虽然他已经积攒了一点，但他却依然老是觉得心头空荡荡的，好像一只老母鸡，除了偶尔下蛋的时候蹲在窝里一会儿，整天的工作就是在草丛里专心致志地觅食。对于雄鸡的多情的呼唤，对于草丛间开放的野花，对于一切都不在意；如果发现了一只蚱蚂，那它必将奋起追击。

除了伴随着老汉的那种永远的精神的空虚以外，这两天，他比什么时候都更加感到烦恼。摆在他眼前的现实的问题很多，至少有两件是最费神思的：一件是关于四姑娘，一件是关于工作组。

关于四姑娘的去留问题，本来就够叫老汉苦恼的了，前晚上闹贼以后，这个问题一下跳到格外突出的位置上，到了非解决不可的地步！……虽然两天来，许茂老汉封锁消息的决策是又英明又成功，葫芦坝“舆论界”还不知道许家院子曾经有过闹贼这件事，但这并不等于说这个严重事件不存在！

想想嘛！那个从大门口逃出去的贼娃子有多奇怪，既不偷许家的粮食衣物，也没偷院子里的鸡牲鹅鸭，（当九姑娘的喊声把老汉惊醒以后，他首先一步就注意检查了这一切，发现连鸡毛也没有丢一片！）那么，那个胆大包天的“贼”又是为着什么来呢？……老汉不敢往下想。他简直恨透了这个犟性的四姑娘。

“这个冤孽！祸水……不叫她立即滚出这个院子去，非给老子闹出丢人现眼的事情来不可！……”

那一夜，偌大一个许家大院子里，三个人谁也没有睡着。老汉坐在床上，拥着厚实的老棉絮动脑筋，但他发觉自己的脑子突然变得不那么好使唤了。他决定先把发生这个极不光彩的、可能引起各种各样闲话的事件的消息封锁起来，再想办法将她“逼”出葫芦坝去。……第二天一早，他把两个女儿叫到身边，故意问道：

“你们真的看到是一个贼娃子么？……你们不是眼睛花么？”

九姑娘被问得迷惘起来，四姐却脸色苍白，低着头，身子靠着一株细小的玉兰花树，什么话也不说。

“惊风火扯的！我这院墙鬼都飞不进来，除非它长了翅膀。……贼娃子会飞么？胡闹！”他继续这样凶狠地瞪着眼睛，训斥两个女儿，一再追问她们，一再要她们承认是自己眼睛花了，根本就没有看到什么“贼”。

老九揉揉眼睛，含含糊糊地说：“我听见四姐喊，跑过去时，不晓得是不是有个人影窜了一下，说不定是条狗吧！……当时狗也在叫……”她是想支吾了事，怕老汉寻根究底的结果，会把昨晚深夜归家的马脚露了出来，惹得老汉的一顿训斥。四姑娘呢，什么也不说，谁也不知道她在想什么。

许茂绝不是一个挺老实的庄稼人，在保护他自己的利益和声誉方面，他不糊涂，挺精明。在他的亲生女儿面前装样子说假话，当然是不应该的。然而，他不这样做，行么？尤其是在那样一个年代，谣言和闲话有时可以毁掉一个人的！他没依没靠，有谁来保护他的利益？

但是，一波未平，一波又起。当老汉正在发狠地盘算着怎样处理四姑娘的去留问题，而且简直连一点办法都还没有想到的时候，发生了另一件恼人的事情：工作组要住到他家里来了。

这是昨天晚上，老九许琴从大队部回家时告诉老人的。她兴奋地对他说：工作组就要来了，工作组有个女同志将要借住她家一间房，并且就在这儿搭伙食。老汉一听，从心底里往外不高兴。牛角胡子抖动得很厉害，瞪着眼责备许琴道：

“是哪个给摊派下来的？是你这个死女子吧？咳！我修房子是为了开旅店的么？”

对于父亲说话的方式，老九早就习惯了，她一点也不畏惧，嘻嘻笑了两声：“修了房子总得有人来住嘛！要不，你修这么宽绰的房子,为了个啥呢?”

说话人无意,听话人有心。刚强而又固执的许茂平时是最忌讳别人说他家里“没得人”的,就像癞子不喜欢听人家说“亮”一样。这会儿要是平常间,他早就给骂开了,怎奈是自己的幺女儿,而且又是面临着一件如此突然的“灾难”!……他没有开腔,只是很响亮地喷着鼻子。隔了一阵,他终于摸黑出门去了。

他去找代理支书龙庆。他要断然地向这位领导人拒绝大队的安排。“……难道葫芦坝二百多户人家都没得空房子?为啥偏要安到我家来?我许茂几时得罪你了?……”他这样愤懑地嘟囔着,向龙庆家走,“什么鸡巴工作组!呸!”

说实话,现在的许茂不喜欢那些被称做“工作组”的人,不是没有原因的。他已经见过各式各样的工作组了。在他看来,土地改革时,把地主的田地白白地分给他,使他不费吹灰之力就实现了年轻时拼命也没法实现的理想,那样的工作组才是工作组呢!……后来,单干户的许茂家里孩子小,没有劳动力,拿着土地没有法子耕种,眼看就要破产的时候,互助合作运动来了,工作组让他入社,及时地解救了他的困难,那样的工作组,多么值得他许茂感激和尊敬!……至于这几年,葫芦坝也来过不少的工作组,但多数时候,他许茂不但没得到好处,却总得吃一点亏,惹一肚皮气。有一回,他自留地里的莲花白秧正长得嫩闪闪的,工作组叫了几个“天棒槌”来,活生生给全部铲掉了;又有一回,他的一群鸭子给他们毒死了;还有一回,工作组叫嚷着要“宰尾巴”——收自留地,好像他们存心不让庄稼人过日子似的,把老汉气得害了一场病。后来“尾巴”到底没有宰,说是上面的清官不准工作组乱收社员自留地。然而,前年子来的那个工作组,又兴起怪事。别的不说,单单是把全大队的老汉老娘们集合到大队部去唱戏这一件事，就叫许茂受不了。多么丢人现眼！许茂没有去，他坚决不去！挨了一顿批判以后，他就躲在屋里装病，整整一个月没有走出大门去。菜园子里的杂草没有铲，长得齐膝盖深，茄子老得烂在草丛里，而且南瓜也叫人家偷去了好几个大的。……说真的，向来都以自己的神圣利益为中心，去判断事物的好与坏、真与假、美与丑、善与恶的许茂老汉，这些年来，对于“工作组”早就不感兴趣了。

许茂摸黑走到龙庆家里，他对龙庆说明自己前来拜访的理由时，断然宣布自己的屋子一间也没有空着的。但这个理由显然难以自圆其说，他便换了一种诚恳的音调说道：“哎，再说，庄稼人的房院鸡呀狗呀，又脏又臭，偏偏我家又没得人手去收拾，人家干部住得惯么。”

害着“火巴眼”的代理支书却说：“笑话！哪个不晓得你家里的卫生讲得好呀？嘿嘿……”

老汉一听，急了，忙压着嗓子说出另一个理由来：“支书，你不晓得，我有‘事’呀！过些日子，女儿、女婿、外孙儿们一大堆的来了，我又往哪儿安置嘛！你给我想想看。”

龙庆揉了揉红眼睛，说：“过几天你做生？……看嘛，我简直把这个事忘了呢！……让我考虑考虑……”

然而，龙庆是怎么“考虑”的嘛！——这天下午，老汉吃惊地看见一个背着挎包的中年女同志直端端地向着他家走来了，老九许琴提着人家的行李，高高兴兴地靠着那个女人的肩膀走着，而龙庆呢，用巴掌遮着眼睛，笑呵呵地跟在后面。

许茂手里拿着竹笆，忙闪身站在院墙里的柴火堆那边，脸色十分的难看。望着一行人跨进院子门，望着那条名叫“招财”的黄狗对来人摇着尾巴，他心里简直难受极了。那个女同志一进门就被满院的树木花草吸引住了，她抬头看着盛开的梅花，没有发现柴火堆那里的老头子。而许琴却淘气地对老汉投去欣喜的一瞥。许茂忙背转身去，用竹筢使劲地搂着茅柴，很响亮地喷着鼻子。

斜阳下，院子里显得明亮、整洁。西墙边的猪圈用石灰涂抹得雪白，圈门上吊起厚厚的草帘子，东墙边的茅柴堆得齐屋檐高，顺墙根有一间房门紧闭的小草屋，门口垒着锅灶，虽然与整个院子有点不协调，但也收拾得清清爽爽的。院坝里的花草林木掩映之下，有一段石板铺成的小小的人行道，走过去，有三级石梯，登上宽敞的阶沿。

正屋的两扇柏木大门关闭着。许琴闪身走进偏房一道小门。从小门进去黑乎乎的，三眼大灶和水缸占据着这灶屋的一半地面，穿过这暖烘烘的小屋，是一间堆放着柜子、囤子和柏木扁桶的角屋，穿过这间散发着粮食和红苕干香味的屋子，再穿过一间放着大床、立柜等粗笨家具的、充满了浓烈的烟草味的住室以后，才是正屋。许琴从里面把正屋的两扇柏木大门敞开，邀请还站在阶沿上的客人进屋去。正屋中间放着吃饭的方桌，正面横着一具高大的漆得发亮的寿木，四周泥墙上贴满了各色各样的图画纸。

正屋里的右手边的小门上挂着一块花布门帘，许琴打起门帘子，把颜组长让进去，穿过两间只有空床而无人居住的小屋以后，才是许琴自己的卧室。

像现时所有那些有知识的农村姑娘一样，九妹子的卧室布置得十分整洁淡雅。这里除了点简单的针线用具外，有一张条桌，条桌上放着镜子书籍和笔记本儿。床上铺着雪白的床单，一条粉红色的被盖叠得整整齐齐,用红色丝线挑着梅花图案的小枕头上还有一本打开的小说书。

“这是一个家道宽裕的人家。”颜少春这样想着,便说道:“我们当姑娘的时候,可没有你如今这样的福气呢!”她脸上挂着欣然的笑意。

许琴不由得红了脸,有点羞涩起来。她把颜组长的被盖卷儿放在椅子上,说:

“颜组长,我们俩伙住一间呢,还是你一个人住一间呀? 你要是喜欢一个人住,我就到隔壁那间去,反正我们家有空房子,都是从前姐姐们在家的时候住过的。”

颜少春说:“我们伙住一间吧,你看行不行?”

许琴高兴地拍着巴掌说:“要得! 有啥子不行啊! 一会儿我把床搬一张进来。”

颜少春坐在床沿上,突然问道:“过几天你那些姐姐们回来给你爹做生,能住得下么?”

许琴吃惊地说:“你咋个晓得的啊?”

颜少春笑而不答。许琴便告诉她:

“我都给她们写信去了,叫她们不要回来!”

“为什么啊?”颜少春惊奇地望着九姑娘。

“不为什么,”许琴回答,“眼下大家都忙啊! 第一次全国农业学大寨会传达下来了,哪里不是一样的。要大搞农田基本建设,人家川西坝怕比我们这里还闹热呢! ……她们拖儿带崽地回来一趟多麻烦,还不就是耍几天,吃几顿,有啥意思哪!”

笑望着这个直爽热情的许家九姑娘,颜少春又问:“不叫她们回来,这是你的意见,还是你爹的意思?”

“我爹……”许琴调皮地用手捂着嘴巴说，“他还不晓得呢！”

“啊呀！他要是知道你擅自写了退客的信，不打你这个死丫头！”

“嘻……他不打我。你还不晓得我爹的脾气，不过是样子挺凶罢了。”

屋外高檐下，代理支书龙庆坐在高板凳上，手搭凉棚，遮着红眼睛，正在和许茂老汉说话。

“工作组同志吃饭给饭钱，给粮票，又不白白吃你。”这位土生土长在葫芦坝上的农民干部，他凭着多年的经验，知道怎样地应付各种各样的人和事，用和缓的口气对许茂说。

许茂站在檐坎下面，手里拄着那根竹筢，布满了皱纹的圆脸拉得长长的，凸起的眉骨下面两只明亮的大眼睛盯着龙庆，说道：

“我姓许的倒不在乎那几顿饭呢。我求告你的事情呢，你怕是丢到……”

龙庆知道他要说出什么话来，忙插话道：“哈哈哈……我早就晓得你老人家不在乎这些小事嘛！只算我刚才没说，算我没说……”

许茂见代理支书如此支吾应付，心想：现在而今，人都拢屋了，再说也白说了。但是，一想到往后的数不清的麻烦，老汉心里十分悲哀：做生来客不方便，这是一；单是夜里在我家开会，还不知要费我多少煤油呢！……“哪个不自私？你龙庆为啥不把工作组往你屋头领去，偏偏把亏让我吃？我几时得罪过你啦？……”他这样想着，不由愤愤地嘟哝道：

“好嘛！你们当公事的就晓得把自己身上的虱子朝我们这些人身上捉。”说完，喷着鼻子转身扒柴去了。

龙庆却淡淡地笑着。办完一桩事情以后，心情轻快，他对着屋里说道：

“颜组长，你休息一下吧，我去通知开会啰！”说完就穿过院坝头的树荫出去了。出门时，他手板遮眼睛，特别向许茂老汉送去一个开心的微笑，并点头告辞，对于老汉的烦恼，这位性情豁达的大队干部竟好像没有看见。

许琴这时从屋里跑出来，将代理支书叫住，转达颜组长的话说：“大队干部们这两天不是正忙着决算分配的工作么，如果你没有紧要的事情，白天就别开会了吧。”

“呵？”龙庆回过头来，睁大了红肿的眼睛。

“不必开会了。”许琴以为龙二叔没有听清楚，又补充道，“颜组长说，大家都挺忙的，白天又何必开会？……”

工作组来了，而不开会，连个见面的干部会都不召开，这似乎已经超过了龙庆同志的常识范围，惊疑的表情长久地凝固在这个经验丰富的代理支书脸上。他边走边想，过了好一阵，才得出他的结论：

“唔，看样子，这个女同志没得经验。”

几分钟以后，颜少春就从房里出来了。她顺手在廊檐下拿起一把锄头。这把锄头明锃瓦亮，柏木把儿光滑匀称，一看便知道它的主人是一位勤劳能干的庄稼人。颜少春喜爱地掂了掂锄头，把它扛在肩上，笑着招呼许茂道：

“大爷，你忙啊！……这把锄头一定好使。”

许茂眯缝着眼睛回过身来，装着没听清楚她的话的样儿，嘴里含糊不清地“唔”了一声。

“大爷，今年这个冬天不怎么冷，你感觉得是不是？”

“唔，是稍微热和一点。”

“听说冬天不冷，明春的庄稼虫口重，影响收成，是不是呀？”

“唔，唔，是有这个说法……”老汉的左眼睛微微睁开，注意地瞅着这位穿灰布衣服的女同志。他觉得这位干部似乎有点不同寻常，他不曾想到如今除了靠着庄稼吃喝的农民以外，还有谁把庄稼放在心上。

颜少春也盯着他，像是要证实一下公社炊事员描绘的形象是否准确似的。接着，她笑问道：

“大爷，你常在街上卖小菜么？”

许茂听着这话，把脸一沉，扭过身去扒柴，嘟哝道：

“不卖，留着干啥子？……庄稼人喉咙细吞不下呢！”

“哈哈哈……”颜少春愉快地笑起来。对于老汉这又顶又撑的回答，她并不介意。

许琴也扛起一把锄头来到院坝里，她们二人相跟着出了大门，向田野走去了。

许茂老汉见她们出去了，便三步并成两步跨到大门口，望着颜少春的背影，心里揣摩着：这是个什么样的人物呢？看样子好像是个“高级官儿”呢。她该不会像前年那个工作组那样的“乱来”吧？只要一想起那次硬把老汉老娘们集合起来唱戏的情景，他不由浑身都起鸡皮疙瘩。

“好嘛！你们硬是安心不让庄稼人过日子的啰。好嘛！”

许茂回到柴堆旁，愤愤地嘟哝着，越是往下想，越是想不通。这两天来的各种各样的恼人的事情一齐兜上心来。人说这老汉刚强，是也倒是。不过他的心脏也和常人一样是肉做的，有时也会疲乏。这一阵，他突然感到力气不行，便丢开竹筢，一屁股坐在一捆干柴火上，直到天色黑尽了才爬起来。

三

出了门以后，颜少春让许琴走在前面领路。许琴快活地问道：

“是不是到四队去看看他们的科研地？”

她本来要提吴昌全的名字，不知为啥，说出口的时候，却变成了“他们”。

颜少春没有注意到这些细小的情节，但她马上回忆起两天以前听许琴讲过的事来，便问了一句：“就是吴昌全科研组么？”

“嗯。”许琴点点头，脸色绯红。

“明天去看吧。”颜组长说，“今天时候不早了，我们就在近边干一会儿活路好了。”说着，她望着前边一片灰蒙蒙的园地问道：

“那片地里有人在挖土？”

许琴说：“不是挖土，是在挖树桩子。”

“那不是桑树吗，为什么挖了？”

“哼！这几年砍得不少呢，砍了树干，还连根子都挖掉。”许琴气愤地说，表示她是不赞成砍树的。

“这是为什么嘛，不养蚕了么？”

“上边开会，叫抓粮食呢，养蚕是不务正业，资本主义。”

“哎，哪儿有那么多的‘资本主义’哟！”颜少春苦笑着说，“走，我们去看看。”

说着，她们走近了桑田。这一片地颇不小，桑树已经年老了，树冠没有经过很好的修剪，显得高高矮矮、乱七八糟的，十分难看。这会儿早已落光了叶子，光秃秃的枝丫愤怒地指向天空。林间分散着一群妇女在挖掘着树疙蔸。

看见许家九姑娘领着一位陌生的女干部走来，正在吵吵嚷嚷的妇女们突然不开腔了。有的在默默地埋头干活，有的直愣愣地望着颜少春。她们毫不掩饰自己好奇的心情，从上到下仔细地打量这位剪短发、身体健康的女同志，特别注意她肩上扛着一把锄头，好像这是一件什么稀奇事。

许琴笑吟吟地对大家说："嗨，你们看这是谁？这就是工作组的颜组长呀！"

"我叫颜少春。"颜组长补充道。

"什么？什么？盐——少春？"一个中年女人问。

"颜，姓颜的颜，颜色的颜。"颜少春说。

妇女们爆发出一阵开心的大笑。笑得许琴都有点手足无措了，她着急地制止道：

"笑什么，笑什么……"

但是，颜组长自己被妇女的笑声感染着，也一同笑起来：

"盐、颜都差不多，随便叫好了。"

一个肥胖的女人说："盐巴的盐，好记。"

一个伶牙俐嘴的姑娘却说："红颜色、白颜色的颜字，不也好记么？"

说着大家又争论起这两个字来。

颜少春心想："随便一个毫无意思的问题，她们都好像对它有趣似的。难道她们心里就没有装着一点使她们牵挂的事情？哪能啊……但是，她们都在想些什么呢？"

过了一阵，颜少春的注意力不由得集中到一个三十左右、容颜消瘦俊俏的妇女身上去了。因为从一开始，她就留心到这个女人既没有笑，也没有跟人家答白，只是埋头狠命地挖。看那单薄的身子,好像很有一把力气,她挥动着一把大锄头,那么三下五下的,一个树疙蔸就给挖起来了。

颜少春对付着一棵老树疙蔸,一连挖了几十下,也挖不起来。这时,那个沉默的女人跨过来,微微一笑,轻声说:"我来。"只见她翻上翻下几锄头把四周的根子斩断,把土刨了开来,咬紧嘴唇,对准那插入泥土的入地根,又是那么几锄,树疙蔸就起来了。

颜少春十分羡慕这个妇女,她说:"你真有劲哩!"

那个女人苦笑一下,还没开口,旁边一位干瘦的黄脸膛女人就酸溜溜接过话去说:"同志,我们这些乡坝头的女人,要是没得劲,哪个男人要你!白吃闲饭的好事,没得!"

她这话还没说完,一下子又被别的女人接了过去。于是,你一言,我一语;关于有劲没劲啦,白吃不白吃啦,谁家的男人打婆娘啦,等等"闲条"又呱啦开了,没完没了的,好像她们全是一些无忧无虑的、没有心肠的女人。她们嘻嘻哈哈,谈笑风生,仿佛现刻不是葫芦坝的漫长而寂寞的冬季,那落日余晖也像增添了几分暖意,犹如春天已经来到了似的!

这样的气氛容易感染新来乍到的客人,使人暂时忘却眼前的现实,而想起那些美好的事情。颜少春置身在这群勤劳的妇女当中,这些年来笼罩在她眉宇间的那一抹愁云,一下子散开了,一种新鲜清澈的空气充满了她的心胸,脸色变得红润,手上的锄头挥舞得更加灵活了。不多一会儿,她已经刨出了两个老树疙蔸。她像别的女人一样,扯起衣袖擦着脸上的汗水。

许琴在隔着一丈多远的地方挥动着锄头。这个健壮的年轻人已经脱去了棉袄,只穿一件果绿色的半旧的衬衣,浑身充满着青春的活力,红扑扑的脸上冒着热气,两根粗大的发辫随随便便地挽起来挂在头顶,露出一段修长的油黑颈项。颜少春擦着汗,望着这矫健的身影,不由想起了两天前许琴和她的一场谈话。

那天下午,会议进行分组讨论,颜少春参加了年轻人那个小组,各大队的团干部们看到新来的工作组长来听取他们的发言,都很兴奋,争先恐后地汇报着自己那个团支部的工作。他们生怕工作组长有轻视他们的意思,还特别慎重地摸出小本子来念着一些据说是很重要的数字;组织青年参加了多少次批判大会,写了多少篇批判稿,批斗了多少个人,收缴了多少本黄色书刊……总之,团干部们做了很多工作,他们每一个人的发言几乎都带有当时十分流行的话:资本主义已成了过街老鼠,人人喊打,无产阶级专政越来越巩固。

许琴在那个会上没有发言。散会以后,颜组长把她请进自己屋里,问她:

"你叫什么名字?"

"许琴。"

"对,你看我这小本儿上记着呢,各大队的团支书都发了言,就你没有说话,你们葫芦坝没啥好说的么?"

"嗯,没啥好说的……哎,不晓得该咋说呢。"许琴神色紧张地看着工作组组长。其实,这个二十岁的姑娘这一天的思想活动,是她有生以来最激烈的,四姐搬家时的眼泪,八姐信上的话语,七姐的庸俗无聊,郑百如矜持的笑脸,还有工作组长在大会上的一番热情洋溢、语重心长的演讲……这一切,引起她对葫芦坝过去未来的思考,引起了她对姐姐们的前途的思考,同时,她也不能不为自己的处境思索。这一天,她像一片落叶,被狂风吹落,一会儿落进深渊,一会儿又飘向云天。她心里有多少话要说,可又不知从何说

起。颜少春见她神态有些紧张,便给她倒了一杯开水,说道:

“实在想起来,也真没啥子好说的。团的工作,这些年来很难搞,都搞了一些什么呢?天才晓得!……”颜组长说到这儿笑了起来,“那些团干部们真可爱,他们拿报纸上没人看的那些空话来对付我。哈哈哈……好像我特别爱听那些一样……”

听着颜组长轻松的笑声,许琴紧张的神情缓和下来了,再抬眼看看工作组长坦率的表情,她感到很新奇,但还是放心地露出微笑来。而当她从颜少春那平平淡淡的叙述中,得知眼前这个像慈母般的工作组组长在五十年代也曾做过团的工作时,一种亲切的感情油然而生,接下去她便毫不顾忌地把自己今天经过的、想过的一切都倾吐了出来。颜少春被她的天真而又诚恳的述说感动了,尤其是姑娘对于葫芦坝现实的那种忧虑和思考,使颜少春深深激动,她们的心靠近了。但颜少春回答许琴的,却不是滔滔不绝的长篇大论,而是沉思。她沉思良久以后,说道:

“许琴啦,你可别以为我有什么锦囊妙计,可以解决葫芦坝的问题和你心中的疑团。真的,说一句亮底儿的话,我们都差不多!你以为‘工作组’就能包打天下啦?哈哈哈……我可没有那个本事。如今干什么事,都像在茫茫大雾里走路一样,虽然心头明白自己要往哪儿去,可道路却不清楚啊!你说是不是?……不过,党既然派了我们来,当然不会来白吃干饭,总得干点儿什么吧。比如说,跟大伙儿一起,先把生产恢复起来。要把生产恢复起来,该做的事儿可多啦!”

“要说发展生产,大家劲头很足的。比方说我三姐吧,一家六口,日子过得很艰难,吃的穿的都顾不上,天冷了,孩子们还光着屁股呢。可她和我三姐夫又都不是懒人!他们勤巴苦做,却总是艰难！……再说我家四姐吧，唉……”

颜少春听完了许琴对自己家庭成员的介绍，以及有关葫芦坝上近年来人事关系变化情况的叙述以后，又进行了详细的询问，从人们对于政治运动的态度，到经济收入水平，以及家庭生活的细节都问到了。最后，她告诉许琴：工作组的大部分同志即将派到各大队去，而她自己，则打算到葫芦坝住一段时间。

许琴听到颜组长的这个许诺，简直高兴极了，她直截了当地邀请颜组长住到她家里去。颜少春告诉她说："住在谁家都一样，这事儿得由大队支部去安排，我们到了大队，按组织原则，应该在党支部领导下开展工作。"

听到这几句话，许琴心里又凉了半截，她可没听说过这样的"组织原则"呢！她担心如果工作组的权力在葫芦坝现在那个党支部之下，那么一切的愿望都会化为泡影。

颜组长看出了许琴的这个意思，安慰她道："不过，还有公社党委，还有县委、区委呢！葫芦坝还有那么多党员、团员、群众，我们可不糊涂，你别担心我们。"

许琴转忧为喜，红着脸辩解道："我不是担心你们，我是说我们葫芦坝的病，害得很沉重，不是上级派来的'医生'，怕治不了。"

颜少春笑了，她又故意逗趣地说："那有什么关系？——医病不着，原病退还嘛！"

说得许琴笑了起来，劲头十足地离开公社，立即摸黑奔回葫芦坝去了。

…………

眼下，从许琴这干劲冲天的架势，颜少春看得出来：这个一心急于要改变葫芦坝面貌的姑娘，这两天一定是处于极度的兴奋之中。她此刻不由得默默地想道:“我们应该怎样用行动来回答姑娘的问题,回答群众对工作组寄托的希望呢?”

冬日的太阳,在柳溪河对岸的环形山峦抖动了一下,就迅速地隐没了,葫芦坝立即昏暗起来,朦胧中,耳鼓山上现出了半轮乳白色的月亮。

是收工回家的时候了,妇女们的无边无涯的“闲条”这会儿自然收了场,她们想起家里的锅灶、孩子和猪儿来,开始停下手上的活,东张西望,等待着收工的钟声。

奇怪的是今天的钟声迟迟不响!

有几个女人对颜少春投去极不信任的目光,她们互相用眼神和嘴唇无声地传递她们的不满,意思是:“我原说工作组来了没得好事嘛!你看,这会儿还不叫收工,安心叫我们不过活了!”

颜少春呢,抬眼看了看大家的脸色,凭着她多年农村生活的经验和一个女人的细腻,她知道社员们在埋怨了。她也纳闷:生产队长为什么这会儿还不打钟收工呢?她看了许琴一眼,只见许琴还在那儿拼命地挖。

这会儿,从田坝小路上,有两个男子向着桑园走了过来。妇女们一齐把目光投去。

是大队副支书兼大队会计郑百如来了,和他一道的是工作组的小齐同志。郑百如含着温和的笑意对大家说:

“妇女同志们,辛苦了!今天迟半个钟头收工,多干一点活路,你们没意见吧?”

谁也没有开腔。小齐望着那些拄着锄头的女社员,像要故意叫社员们相信他的严肃,脸上的肌肉总是绷得紧紧的。

人们终于小声叽咕开了,胖子女人说:

"没意见——我倒没意见,就是我屋头奶娃子有意见！他要哭呢……"

伶牙俐齿的年轻姑娘说:"我也没啥意见,可是我没法叫我的肚子不饿!"

黄脸女人声音很大:"……可你先得叫我那个男人不要吵啊!"

郑百如并不生气。他知道颜组长在这儿劳动,虽然他并没有故意要讨好工作组长的意思,但口气一点没有平日的骄横。他很耐心地向社员们解释:

"农业学大寨,是要大干哩！这是上级的号召。对于上级的指示,我们要坚决地执行!'大批促大干,大干促大变',政治挂帅、思想领先,就是掉几斤肉,也要把葫芦坝建成大寨式大队!"

但是,阿弥陀佛,钟声终于响起来了。妇女们不愿再听郑副书记的动员,一窝蜂似的散开,她们各自跑回家去了。

小齐同志瞪着眼睛。显然,他对于社员们的这种"纪律性"表示愤慨。

颜少春却不以为然,她问小齐:

"呃,你住下了么?"

小齐报告说:"住下了。"

"怎么样?"

"还好。不过,那个叫吴昌全的青年性情很古怪,思想有些落后……"

"是么?"

"嗯啦,……见我搬进他屋里,他自己就忙着要卷被盖往外搬。"

"人家让你嘛。"

“完全不是！那一副满不高兴的表情，完全说明他思想抵触。”

“哎，可别那样说，小齐啦，可别主观……”

郑百如插进话来：“颜组长，这事，齐同志已经对我说了，我会去帮助吴昌全，他那个态度很成问题。”

颜少春抬眼看着郑百如，郑百如忙又说：“颜组长，你看，这一片老桑园，加上那一丘冬田，我们计划在这儿搞个‘小平原’。搞起来以后，足足有二十亩！……就是工程大一点，这桑园地势高，取消了桑树，铲高坝平，一冬就可以完成，赶上明年种玉米。”

颜组长听着，流露出惊讶的神色。小齐在一旁，却严肃地赞扬道：

“可以。这个规划还有一点气魄呢！”

郑百如受到齐明江的鼓励，劲头高涨，又继续报告他的改造山河的远景规划：全大队要造二十亩以上的平原八个，把葫芦坝变成一个平展展的地方。

颜少春耐心地听他说下去。末了，她脱下布鞋抖了抖泥土以后，便招呼着许琴回家去。走了几步，她回头问郑百如：

“你刚才说的这些规划，群众知道不知道呀？”

郑百如说：“等你批准以后，立即宣布。”

颜少春听见这句话，再次抬眼认真地看了看郑百如。

“你们支部研究过么？”颜少春又问。

“准备开个支委会……”

“还没有研究过？”

“这就开会……”

“几时开？”

“看颜组长和齐同志的意见……”

颜少春一边走一边回答道："这个，你们得自己决定。我和小齐决定不了的。"

"那么，颜组长，小齐同志，今晚上就开支委会，好不好？请你们参加，给我们做指示……"

许琴跟在颜少春身后往回走，她心里暗暗地高兴："哼！你郑百如平日那个威风，现在到底不敢要出来啦！"

四

金顺玉大娘得到郑百如的通知，今晚上开支部委员会；并说，为了照顾颜组长刚来，黑天黑地的，路又不熟，今夜的会就到许家院子里去开。

昌全在一旁听着，当场表示不满，对他妈说："颜组长不能摸夜路，你就能摸？是她的年岁大，还是你的年岁大呀？"

金顺玉喝住儿子："有你多嘴！这葫芦坝的大路小路，我摸了几十年……"

老大娘听说开支委会，心里十分高兴。吃罢夜饭以后，就同小齐同志一路向许家院子进发了。一路上，她走得风快，而那个从城里来的青年人却担心自己掉进冬水田。

党的生活，近年来在葫芦坝这个支部内是很不正常的。长期不开党的会议，少数人说了算，好像谁的权力大，谁就是党的化身。老支委金顺玉大娘对这一点很有意见，可她只能看在眼里，急在心头，干瞪眼，没办法。因为党内生活的不正常，那原因是太复杂了！她一个心怀赤诚的农村女党员有什么办法？葫芦坝党内的活动太稀少了，党员们成了没娘的孤儿似的，好像亲爱的党已经把他们给忘记了！因此，当金顺玉大娘接到通知的一刻，心情格外的激动。虽然作为个人意见，她一向看不起郑百如这样的副支书，但，作为一个党员，只要是党内有会议，她是没有一次不参加的。她已经养成了习惯，不论任何时候只要是党组织的召唤，她总是感到格外的亲切！

当她来到许家院子的时候，五个支委，她是头一个到达的。宽敞的院子里黑森森、静悄悄的。许琴站在阶沿上亲热地迎着金顺玉大娘，并把她引进正屋里，向颜组长作了介绍。颜少春站起来拉着大娘的手，招呼着，告诉她说：事前不知道会议在这儿开，要不，何必让大娘摸这么远的夜路呢！……最后，颜组长请她开完会以后在这儿住一晚上，明早再回去。

金顺玉大娘被工作组组长诚心诚意的话感动了，这个农村老党员，热泪盈出了眼眶。

不一会儿，龙庆来了。这位在大事面前没啥主见的代理支书，对于细小的事情却毫不含糊，他提来了一瓶子煤油。他把煤油瓶子往墙角落里放的时候，大声对许琴说道：

“往后在你们家里开会，不得让你们贴煤油，看啦，放在这里。”他的声音很大，是为了让隔壁的许茂老汉听得见。

许琴说：“龙二叔，看你想到哪儿去啦！一点点煤油都那么认真。”

“嘿嘿，公事公办嘛！”龙庆补充说。

许茂老汉坐在隔壁屋子里，还没上床，听到龙庆的话，心里宽松多了。煤油，虽不是什么了不起的东西，但对于许茂来说，他是决不愿意作无谓的消耗的。他暗暗赞赏龙庆这个人办事认真。可他却不知道：这煤油原是这位家境并不宽裕的龙庆私自贴的！

“你的眼睛松活点了吧？”金顺玉大娘这样问候代理支书。

"未见得哩。"龙庆回答着,选了一个背光的角落坐下。

金顺玉大娘望着龙庆,有一件事情在扰乱她的心。——两天前,她就决定为儿子求亲,她甚至决定亲自找许茂老汉提说这件事。但是,过了一晚上以后,她又觉得不妥当,她想,如果请龙庆出面去说这个亲事,不是更方便些么?代理支书出面提亲,一则以示郑重,二则许茂老汉脾气古怪,万一他不答应,也好再做工作,有个回旋余地。出于这个考虑,金顺玉大娘当即去找了龙庆同志,龙庆听完她的要求,一口答应下来。两天来,她在等着龙庆的回音,但这位忙忙碌碌的代理支书却没给她一个答复。也不知他是不是把这件事情忘记了?

过了一阵,郑百如终于来了。许家的黄狗一见郑百如,好像"冤家路窄"似的,汪汪汪猛扑上去,把他阻挡在院坝里面,还是许琴出去给他解了围。

"咋个?老陈还没有来呀?这个人真噜苏!"郑百如进了正堂屋,坐下以后,这样说。话音刚落,五十开外、一副疲劳面孔的老陈就来了。这位支委兼任着五队的生产队长。他无声无息地选了一个靠墙的位置坐下,做好了打瞌睡的准备。

"齐了。"龙庆向颜组长说。

"齐了么?"颜少春反问一句。金顺玉大娘解释说:"就是这几个了。东水撤了职以后,一直没有补选,五个支委就只有四个了。"

郑百如向龙庆示意,要代理支书来几句开场白,龙庆却向颜组长那儿指。

许琴见会议开始了,便退回到自己房里去,她不是党员。

郑百如谦恭地把脸向着颜少春说:

"请颜组长讲吧。"

颜少春说:“我今晚是列席支委会。”

郑百如又把脸掉向齐明江。正在看书的小齐同志严肃地摆摆手,表示不打算讲什么。这些过场完了之后,郑百如掏出一个笔记本儿,开始发言了:

“今晚开支委会。主要是传达公社会议的精神,讨论我们的远景规划。老龙同志让我向大家传达。”

龙庆心里暗暗叫唤:“我的天!今晚要开个支委会,是你通知我,说是工作组叫讨论规划呢,我要你传达什么哟?……”但,他没有开腔,半闭着两只红眼睛。

“自从‘文化大革命’深入发展以来,形势一派大好。……”郑百如不慌不忙地开了头。他咬文嚼字,从“文化大革命”的重大意义谈起,转到葫芦坝的过去和未来。话语中夹着许多流行的政治术语,侃侃而谈,一连讲了两个钟头,还没完没了。金顺玉大娘焦急地望着这位口若悬河的葫芦坝“后起之秀”。颜少春不断地看表。只有龙庆稳得起,他一支又一支地叭他的叶子烟,而那位面带倦容的老陈,早已进入梦乡了。

“……这是第一个问题。下边说第二个问题……”郑百如关上一个笔记本,打开第二个笔记本。

颜少春趁这个空儿开言建议道:“简单一点嘛,是不是大家发言议论一下?”

郑百如忙说:“可以可以……”他的精神蛮好的。

龙庆卷好一支烟递到老陈面前,同时碰了一下老陈的膀子:“来,整一口吧!”

老陈醒来,睡眼蒙眬地瞅了一眼会场上的气氛,点燃烟叭了一口以后忙说:

“大家都说过了吧，我也有几句……”

颜少春忍住笑，盯眼望着老陈。

刚从睡梦中苏醒过来的老陈，根本没闹明白人家讲的什么。他本着自己既是支委，又是生产队长的职责，一五一十地在组织会上反映问题。他说：

“不晓得是咋个搞起的，这两天我们队上闹喘了！……一个问题是关于粮食折成。如今是年终决算了，一年当中分的粮食早都变成大粪了，还来个重新折成！比方说吧，我们那个小队，今年谷子遭水灾，全是分的泥水谷，当时硬过硬折六成半分给社员，大家都喊太凶了，可现在又来个新精神，翻摊重来，算八成半，大家满脑壳意见，我也闹不清楚，请你们二位解释一下。”他抬眼望了望龙庆，又望了望郑百如。

龙庆一听这个事，心里就发麻！他知道这事早晚要闹出来，但他有苦难言，不开腔，他想让郑百如自己去解释。

颜少春十分注意老陈提出的这个问题。但她却不知道底细。

郑百如说道：“这是外地清理核实产量的一个先进经验，杜绝瞒产私分的一个重要措施。”

老陈不服气：“我们是硬对硬，没有搞瞒产啊！”

“难说哩！”郑百如说，“你能担保每一个人都没那个思想？”

“实事求是嘛！”金顺玉发言，“我们四队没有瞒产私分，我们这次也没搞重新折成。”

郑百如没好气地回答她：“我晓得你们有人思想不通，希望你坚持党的原则。”

金顺玉站起来了：“你这是什么‘党的原则’啊，实事求是才是党的原则！”

“支部决定……”郑百如盛气凌人地说。

“几时决定的啊,我怎么不知道呢?”金顺玉毫不相让,她从心眼里看不起郑百如,这件事,她叫儿子吴昌全问过龙庆的,支部根本没有这个决定。

龙庆出来打圆场,他说得吞吞吐吐:

“这件事……当然……不过,以后可以扯得清楚的嘛。今晚时候不早,就别扯到一边去了吧。……还是研究规划的问题,我们的远景规划还没有搞起,公社发下来的规划表格一张也没有填……不然,又要催我们交表了!……哎,如今的表格也实在是多。”

金顺玉大娘气鼓鼓地坐回原位。那位挑起这场不愉快的争论的老陈这才弄清了今晚会议的主题,有点后悔自己不该冒失地杀偏风。但是,他太疲倦了,郑百如往下讲规划的时候,他怎么也克服不住瞌睡袭击,终于又昏昏沉沉地睡过去了。

月儿当顶以后才散会。颜少春留下金顺玉大娘,把人们送出许家大门,望着冷清清的月夜,独个儿长长地叹了一口气。

她闩好了院子门,回身进屋时,一眼瞟见院墙角落那间孤零零的小屋里还透露着一团灯光。她已经知道那儿住着的孤零零的女人是许家离了婚的四姑娘,而且在吃晚饭的时候,她特意在院子里去观察过,那位四姑娘不是别人,正是下午在桑园里挖树蔸时,只说了一声“我来”的那位身子单薄而力气颇大的女人。这时,颜少春忍不住轻轻走上前去,对着歪斜的门缝往里瞧,只见桌上一盏孤灯,油快干了,小屋里昏茫茫的。那个女人正坐在简陋的床上,纳着一只鞋底,手在动,两眼却怅然地望着那如豆的灯火。

颜少春退回院子里来。满院里散着腊梅的幽香,寒风发出吵吵的响声如泣如诉,叫人心里发凉。

第四章　不眠之夜

一

许琴还没有睡。她为颜少春铺好床以后，一直埋头在灯下看书。十多年前曾经激动过无数青年的《青春之歌》，此刻，在这偏僻的葫芦坝，在这静悄悄的冬夜，也同样在九姑娘的心灵里掀起了狂波巨澜，使她仿佛忘记了葫芦坝的现实。她沉迷的两眼闪着晶莹的泪光，丰满的双颊兴奋得红艳艳的，活像一朵带露的蓓蕾，含苞欲放。……当金顺玉大娘和颜少春二人回到屋里坐下以后，她才好像刚从梦中苏醒，抬起头来，失声叫道：

“散会了么？”

金顺玉大娘苦笑一下说：“再不散会，都要天亮了！”接着叹了一口气：“唉——”

这一声长长的叹息，倒把九姑娘的思绪拉回到现实里面来了。她又向颜组长看了一眼。颜少春刚从院坝里进来，四姑娘那副脉脉含愁的面孔还占满着她的脑际，她的脸上现出严峻的神色。而九姑娘不明白这一点情由，单从颜组长脸上的神态看，就不由使她心里一沉，小说中的人物退到历史的地位去，葫芦坝严峻的现实回到眼面前来了。

像所有那些单纯而又热情的知识青年一样，许琴十分敏感，容易激动，简直有点多愁善感。读小说读到动情处，她的眼泪会像断线的珍珠似的滚满脸颊，同样的，对于现实生活的某些不平的事、不幸的人，她也不由自主地要洒下悲愤的、同情的眼泪。她心里想的什么，会全部流露在脸上。她有时高兴得像个天真烂漫的小孩子，那正是未来的生活图画以夸张的形式出现在她心中的时候；有时，她又黛眉微蹙，郁郁寡欢，这多半是因为对现实的思索，百思不得其解而彷徨焦急。如果把这美丽的九姑娘比做花，那么，这朵花还没有开放；如果将她比做月，那么，这月儿还在云里徘徊。——许琴未来的形象还隐藏在雾霭之中……

此刻，这三个年龄不同、经历各异的妇女，在这一九七五年冬天的夜里，默默地坐在这温馨的卧室里，听着葫芦坝上空寒风呼啸，心里汹涌着热烈而又复杂的感情的狂涛。她们都在思索着。

这样过了一阵，突然从许茂老汉屋里传来一阵剧烈咳嗽的声音，这声音之高，响彻屋宇，听着叫人难受。金顺玉大娘吃惊地问许琴：

"你爹病了么？他的身体从前很好的嘛！"

许琴回答道："他从前不咳嗽，只是近几天才这个样的，晚上睡不好，咳嗽得厉害，有时还大声地呻唤。"

颜少春关心地问："找医生吃药了么？"

许琴摇头说："没有。我爹这个人，别说没有病，就是真的病了，他也不吃药的。"

"俭省人！"颜少春说道，"我这里带的有一点药，止咳片也有，你快拿去叫他吃吧。"说着解开挎包，选出几片药来。

许琴拿了药片往她爹房里走，颜少春把她叫住，将暖水瓶递给她。

"看样儿，你的身体还好吧？"颜少春收拾挎包，问金顺玉大娘。

大娘回答说:“我还勉强。就一个儿子,都二十多啦,拖累不重。你别看我瘦,一年还能做两千多工分呢。”说着,叹口气,往许茂老汉卧室那边努努嘴,“许家这个老头,平素间很难得害病的,不晓得咋的,这年把见他越渐地阴沉下来,脾气也越发古怪了。”

“这是为什么呢？日子过得不伸展?”

“哎,你可不晓得,农村的人,不像城里,这家族观念强得很呢！眼看女孩儿们一个个嫁了出去,就是别人家的人了。要是他有一个儿子的话,能娶媳妇,生孙子,老来也不至于没人侍候。”

颜少春道:“他的女儿,不是也有在葫芦坝安家的么,照护一下老人也不成问题吧。”

“唉,想来是不该成问题的。可是,这话咋说呢？许茂跟别人不一样,女儿嫁出去,就好像也不是他家的人了。这年头,庄稼收成不好,各家餬嘴都艰难,他也别想指望谁。他的女儿们一个个都好,可日子也困难呢！老大不到四十岁就先去了;老三的家庭拖累太重,吃穿都顾不上;老四呢,唉,可怜!”

“不是离了婚回到老汉家里来了么,可为啥又和老汉分开过呀！真不明白。”

“这,依我看就是老汉的不是了。他叫人在耳鼓山给老四找了个婆家,硬要她重新再嫁,可四姑娘偏不,父女俩的性情都一样固执,只好分开过啦!”

“哦,原来是这样。她是不喜欢耳鼓山上的人户,还是真的不愿再嫁人啦?”

“这个女子太有心计了,常人摸不透她的心思。人们说她性情温柔太软弱;依我看啦,这些年在郑家过的那坷坷坎坎的生活,倒是把她折磨得刚强了。你看她,成天不说一句话,心里可不是没话说呢!”

金顺玉大娘说到这儿,见许琴提着暖水瓶过来了,忙问道:“病得重不重啊?发烧么?”

“不发烧。开初叫他吃药,他偏不吃,硬说没有害病,还骂我大惊小怪的。我对他说,这药片是颜组长叫送过来的。他想了想才吃了。”许琴这样说着,摊开手板,亮出两张一角的票子,笑了起来,“你们看笑不笑人!嘻嘻……他吃了药,在枕头底下摸了半天,摸出两角钱来,问我:‘多少钱一片呀?’我说:‘你这是干什么嘛!’他硬把钱塞在我手上,叫还给颜组长,还说:‘金钱上的事,可不兴含糊,各人是各人的。’哈哈哈……你们说,我爹笑人不笑人呀!”

金顺玉大娘也被逗笑了,批评道:“这个人咋会这样小家子气啊!”

颜少春却没有笑。她吃惊地大睁着眼睛,心情却越来越沉重。她伤心地想道:“农民同我们干部的关系,已经糟糕到这个地步了,真是破天荒的事!这,难道就是这场‘大革命’的成果么!……”她不敢再往下想。在过去长期的农村工作中,颜少春有多少次给贫病交加的农民送过药,而她自己也曾躺在农民的茅草房里害过病。那时候,可不曾发生过如此冷冰冰的关系,那时候,当她把药送到病人手上的时候,谁不感到是送来了党的温暖啊!

金顺玉大娘对许琴说:“老九,你快把这钱还你老子去吧!这成个什么体统呀,太叫颜组长难为情了!”

许琴马上回答:“好,我给他送过去,批评他几句。”

“转来。”颜少春平静地说了一声。叫住许琴以后,她把手向着许琴伸过去,说道:“我把钱收下。给我吧。”

许琴不明白她的意思,怪难为情地站着。

颜少春苦笑一下，好像很不愿意说而又不能不说出来似的，说道：“你爹是害怕吃亏吧？想想嘛，我在你们家吃饭、住宿、日子长了，要是在金钱上给他‘含糊’起来，他可受不了啊！——他把我当做‘打秋风’的人啦！”

“颜组长，你……”许琴难过极了。

“当然，这不能怪他。”颜少春抓住许琴的手，让她坐在自己身旁，说，“咋能怪他老人家呢？想想嘛，要是这些年来他不愁吃不愁穿，什么都不愁；要是在我们干部队伍里没有出现那些白吃白喝、还要卡农民颈脖子的人，许茂大爷他不见得会这般的小家子气吧？不会的。这全是生活教给他的。”

许琴听着颜组长这样说，不但不再难过了，而且觉得颜组长的话像一把钥匙，正好能捅开她心里长期以来捅不开的那把锁。她默默地复念着颜少春最后一句话：

“这全是生活教给他的！”

“是啊！近来，我常常想一个问题：农民为什么跟共产党走呀？——还不是因为党的各项方针、政策给农民带来好处。土地改革打垮了封建地主，政治上得到了解放，经济上也彻底翻了身，他们认定了跟党走没错，只有社会主义才能够救中国！当他们通过比较，通过认真的思考，下定决心走社会主义道路的时候，他们自觉自愿地把土地、耕牛、农具全部交给了集体，巴望着乘上这只社会主义大轮船渡过汪洋大海，通向共产主义的美好前程，祖祖辈辈永远摆脱贫困……可是，后来这只船像搁在浅滩上，走不了啦！贫困像鬼魂似的跟着他们。特别是这些年来，党的政策总是落不到实处。……想想嘛，在这种情况下，像许茂大爷这样的农民，他能不怀疑吗？能不想想自己的前程吗？”

“是啊!”许琴激动地抢着说,“前年夏天葫芦坝来了一群干部,他们不抓生产,不抓群众生活,大家都断顿了,可他们还硬叫学唱样板戏！有个女的说我爹那个样子,演常富最合适,硬要抓他去排练,他装病了,到底没有去。可是他在家里就骂开了,骂工作组的干部,骂他们把老百姓往死路上赶！那时,我还和他吵过一架呢!”

“唉!”颜少春又露出一丝痛苦的笑容。

金顺玉大娘插进话来:“那一回,人家安排我去演盼水妈,我看过那个戏的,我晓得盼水妈是个好人,可是我不会唱,不会比呀,怎么演呢！我就死活不去。那一回,他们把我批得可厉害啦！说我这个党员变了质。”

“那么,那场戏就没有演成啦?”颜少春问,苦笑老是停在她脸上。

“演成了的嘛！有些人不敢跟他们对顶,要争取表现呢!”

“江水英由谁来扮的?”

“江水英是郑百香演的。”

“哪个郑百香?”

“郑百如的老姐啦！这可是我们葫芦坝一个有名人物。大家叫她‘闲话公司女老板’,四十来岁,还成天收拾打扮的,穿花衣裳,抹香水。”

“呸,呸！莫说那个遭瘟的臭女人吧,葫芦坝的风气全败在她身上了!”金顺玉大娘这样打断了许琴关于那个历史笑话的追忆。

对于那些事,颜少春倒并不怎么惊奇,因为其它地方也曾发生过类似的故事。这时,她又把话拉回到她刚才那个题目上来了:

“想想嘛,破坏了党的政策,把什么都弄得颠三倒四的,可又偏偏硬要农民相信:这一切都是党的指示,都是社会主义生活！哎,农民吃尽了苦头,还有什么必要再拥护那样的‘共产党’呀?他们伤透了心,没有人关心他们,体贴他们的困难,那么,他们为什么不该自己顾自己?他们要吃五谷,穿衣服,他们得生活下去呢!”说到这里,颜少春的心情越来越沉重,“要改变葫芦坝的山河面貌么?难。我看,不改变人们这种冷漠的态度,不恢复党的政策,不使农民的心重新暖和起来,那么,一切都难以改变!不知你俩是不是这样看法?半年来我走了一些地方,同一些党员、干部、社员交谈,我就老是在想这个问题。”

金顺玉大娘点头同意颜组长的看法。

许琴咬着嘴唇沉思了。她那明亮的双眸直盯在颜组长的脸上,似乎她的思路在这一瞬间又被什么新的问题堵住了。

颜少春继续往下说道:“当然啰,这是一个很困难的问题。人怕伤心树怕剥皮,人的心受了伤以后,医治起来总是要困难一些的。”

许琴突然接过话去,说道:“我懂了。我爹正是这样的!我四姐也是这样的!他们心上的伤太重了!颜组长,快想个办法嘛,怎么给他们医治啊?”

颜少春却被问得有点茫然了。她说:“这个……我们来一起努力吧!我们个人没有多大力量,只要依靠党的政策,是会有法子的。当大家亲身感到党的政策又回来了,心就会又温暖起来,被压抑了这么些年的希望和热情又都会重新活跃起来。建设社会主义新生活,改变山河面貌,就会有办法了。”

金顺玉大娘和许琴二人,觉得颜少春这些话,真是句句都说在她们心坎上。

接着,这老、中、青三个妇女又谈起葫芦坝的历史和现状来了。

这时，就主要是颜少春提问，关于大队小队的干部，关于金东水的下台，关于对龙庆和郑百如二人的评价，关于远景规划和当前生产，关于那个粮食折成的问题等等，什么都问到了，葫芦坝这两位真正的积极分子，则尽其所知，如实地回答着。最后一个问题是颜少春提到了金顺玉大娘的儿子吴昌全。

“他的科研组要好好地巩固发展起来。各队成立科研组的事，你们研究了没有哇？”

“前天就开了会。有两三个队还不愿成立呢！大队干部除了龙二叔以外，都不大支持这个工作。”许琴这样抱怨说。

颜少春笑道：“当然会有阻力嘛！明天，我无论如何要到四队去看看昌全的科研组，在那儿干点活路，学点科学知识。往后呀，农业要搞现代化，可就得走科学种田的道路啰。农业要靠科学吃饭才有前途呢！现在的年轻人，叫他们永远像他们爷爷祖祖一样的肩挑背磨，当然是不行的嘛！将来，是机械化，电动化，园林化，化学化，一句话，文明生产。——想想，那有多美！今年年初，周总理在四届人大作的政府工作报告，你们都学了吧，想想看，那是多么鼓舞人啊！”

听着颜组长夸奖和支持吴昌全的科研事业，金顺玉大娘和许琴二人各自在内心里高兴，可谁也不愿太显眼地流露出来。金顺玉大娘甚至微微皱起眉头，一半夸耀一半责备地说道：“昌全这娃儿，就是脾性不好、太耿直了。像条牛一样，就只晓得钻他的科研学问，啥都不想过问。有时候呀，连我这当娘的都不晓得他心里究竟想些啥！老九，你说是不是？”

许琴红着脸，回答：“嗯啦，就是。他那脾气嘛，也不是不好，是……该咋个说呢？我说不来了！……”

口才向来很不错的团支书,突然“说不来了”。她害羞了,一头扎进金顺玉大娘的怀抱里去。大娘好高兴!她抚摸着许琴的肩膀,心里想道:“无论如何,明天我得问问龙庆,托他保媒的事,究竟如何了?……”

颜少春望着老少二人,似乎也看出了一点奥妙。她笑着看了看表,说道:“呵哟,都过了十二点啦!休息了吧!”

许琴乘势往床上一滚,睡下去了。

二

这天晚上,许家院子里的人,哪一个是睡得早、睡得好的呢?没有。临近半夜,院子里的树木花草正经受着寒霜的袭击,枝叶上挂满了晶莹的霜花,清冷的月光悄悄地窥探着门隙、窗洞。这时候,住在这个石头院墙里面的人们,都还没有睡着。他们各自躺在被窝里,翻来覆去,心事重重……

这两天,四姑娘一直在私下里热烈地盼望着工作组的到来,并且,不知出于什么样的理由,她抱着一个希望,希望县上来的工作组长能够给她的生活带来一线光明。

这些年来,她不是没有见过“工作组”(他们有时候又改名儿叫做什么“宣传队”),见过的。前些年,那些人到葫芦坝来,多半在郑百如家吃喝,就是她许秀云侍候他们。有时为了他们要加餐或接待上边来的什么人,她得在灶屋里从天不明一直忙到深夜。每日里单是开水就得烧好几次。虽然那些人曾经表扬过她,说“这位嫂子”很贤惠,手艺又好,做的菜比城里“海乐园”以至“沱江饭店”的厨师们做的还好吃,但她却一点也不因此而高兴。她从来不对他们抱任何希望,更不敢向他们倾诉自己的苦衷。因为她怀疑:那些人是不是瞎了眼睛,他们为什么要把郑百如当做宝贝,又提拔,又介绍入党呢?难道那些从“上面来的工作同志”不知道:把老虎喂大了,它是要伤人的呀!

四姐这一回却是另有想法了。因为九妹子曾经告诉她:这个工作组可好哩!老八寄回来的信上又提到“好日子正在到来”,因此,这两天,她隐约感到也许葫芦坝的好日子真的就要来到了。特别是,从郑百如这些天来的鬼鬼祟祟的行动,更使她坚信这一点。她想:在这葫芦坝上,郑百如红火的日子一定不会太长了。由着他一手遮天一手遮地的日子就要过去了。只有那样,葫芦坝上忠厚老实的庄稼人才会有好日子过,她自己也才会有好日子过!你看,老九天天盼着工作组来,一提到工作组,老九就笑逐颜开,说是葫芦坝就要开始改变面貌,建设新的生活。这多令人高兴!四姐默默地听啊,思考啊,她被老九那种火热的情绪鼓舞着,也渴望工作组来帮助葫芦坝建设新生活的同时,能够解决她自身的个人幸福问题……这几天,她心中的爱和恨同时生长着。

今天下午,当颜少春来到桑园里和妇女们一块儿挖树疙蔸的时候,四姐以她的细腻的心,确实从颜少春那慈祥、朴素的气度中感受到了不同凡响的东西,她对这位看去也是经过忧患的女干部,产生了强烈的爱,使她坚定了一个信心:这个工作组长是个好人,一定能识破郑百如的假面具,一定能看穿葫芦坝的真相,也一定能够帮助她去争取幸福的生活。

然而,她失望了。在支委会的整个会议进程中,四姑娘一直坐在她的小屋里,希望与好奇心驱使着她把听觉集中在许家正屋,搜捕着从那里传来的每一点细微的声音。但是她听到的尽是郑百如滔滔不绝的长篇讲话,那刺耳的声音好像是故意要叫她听见似的。她信不过郑百如,她太了解那肮脏的灵魂了,她不能相信郑百如的报告里有一句真心话,那个惯于骗人的强盗!直到散会,她没有听到两位工作同志发言,她失望了。她把工作同志的沉默,理解为葫芦坝依然是郑百如的天下。……当她听到散会以后,颜组长亲自把郑百如他们送出大门,并且还客气地招呼“慢慢走”的时候,她的心头痛苦极了!她断定:他们都是一伙子的。……

此刻,她斜躺在冷清清的被窝里,一次又一次地想着:完了,一切都要照老样子过下去!……原来那些“工作组”的人,都永远是一个样儿的。唉!……失望是这样使人痛苦,倒不如当初就不抱希望!

四姐整理着自己的思绪,她又一次地承认自己是太容易产生轻信了。当她这样想着的时候,不由得凄然泪落,想道:世间上的人,有谁还能信得过?有谁还来同情我们这些人啊!

接着,在她的眼前,郑百如的阴影越来越大,越来越浓,遮住了她头顶上的一切光亮,她完全置身在黑暗中了。她浑身发抖,但是背上却沁出冷汗来。这黑暗凄凉的小屋好像变成了冰窖一样,她感到呼吸紧迫,胸前像压着一块大石板。

她挣扎着,挺身坐了起来。被盖轻轻地滑到地上去了。她睁开沉重的眼皮,清白的月亮在床前投下一条光带。她使劲地摇了摇头,知道自己刚才一瞬间确曾做了一个噩梦!

这时,从老九的卧室里传来说话声。那个用圆润的嗓音说话的女人是谁啊……四姐听清了,是那个工作组组长。颜组长正问大家:“谁扮演江水英啊?”老九和金顺玉大娘大声回答着,接下去就是三个人同时发出了嗤嗤的笑声。

“她们好高兴啊!……”四姑娘悲哀地想道。她不愿意听。她从地上拣起被盖来。重新侧着身子躺着，拉起被盖严严实实地捂住耳朵。

现在，四姐觉得自己是清醒的。一个严酷的事实正摆在她面前，她不得不承认这个事实：她虽然离了婚，虽然脱离了郑家的火坑，虽然她有亲生父亲和姐妹，虽然工作组来到葫芦坝，然而她许秀云却依然逃不出郑百如的阴影和控制！郑百如的魔掌像黑影遮住了葫芦坝的天空，控制着许秀云的命运。他依然是无法无天，永远是为所欲为，他要怎么办就可以怎么办；而四姐，却敢怒不敢言，忍气吞声……

想到出路，四姑娘觉得前程渺茫得很。

有一条曲曲折折的羊肠小道，穿过葫芦坝阡陌纵横的田野，经过狭窄的葫芦颈上守水人的小屋门口，就可以通向耳鼓山的崇山峻岭。在那里，柏林森森的地方，有一个陌生的男人在等待她去。那个男子死了老婆，家境又还不错，只有一个半大不小的孩子，亟待讨一个女人。

也许，那个男子是一个好人；也许，离开这个使人伤心的葫芦坝，许秀云的心境会变得好起来，而且凭着她的勤劳和贤惠，真的可以重建美好的家庭？也许……

呵，不！不！四姑娘她不这样认为。那羊肠小道，那陌生的男人，还有什么什么的，她想也不愿去想，那一切都不容考虑。她不走！她舍不得这个地方！

故土难离！然而，这哪里仅仅是因为"故土难离"啊！

三

出了许家院子以后，他们分头上路，各自回家。郑百如要亲自送齐明江同志回四生产队的住处去。小齐不肯让人家绕许多路送自己,而郑百如却诚恳地坚持着,举出好多种该送的理由:一则小齐同志初来,道路不熟;二则目前阶级斗争尖锐复杂,他作为大队领导,不能粗心大意地让一位工作组同志独自在这深夜里行走;三则,他还有一些工作需要在路上汇报。于是,齐明江也就同意了这位热心肠副支书的意见。

他们一上路,郑百如果然十分认真地向小齐汇报了这几天来葫芦坝的革命群众盼望工作组进村的喜悦心情,以及“抓革命,促生产”的实际行动。这些话,当然全是他编的;他是在试探这位年纪轻轻的工作组员的口气,想摸摸工作组究竟卖的什么药。

别看这小齐同志年纪不大,参加工作才两年多,党龄也不过才三个月,可是,机关工作却养成了他极强的等级观念:对上级他是惟命是听,对下级他很懂得维护自己的尊严。他最喜欢向上级写报告,同时也非常爱听别人向他汇报工作。只要他认定了你不是他的上级,他是一定不对你露出半点笑意,或说出半句未经斟酌的话语的。板着脸孔,以示严肃,腹内空空,却要做出一副莫测高深的神气,不知道的人,还会真以为这是一位很有才气的老成少年呢。他很能按照当时报纸上流行的词语和格式来讲话、写文章,一丝不苟,八股,绝不多一股,也绝不漏掉一股。这是常人所难于办到的。由于这个原因,三年前高中毕业时,城关区就把他收在区上做宣传干事;也由于这个原因,一年前又调到县委宣传部当工作员。只可惜他对农村实际工作的了解,并不比他对月球的了解多一点。因此,对于郑百如这个下级一路上的汇报,他只是听,时而“唔唔”两声,叫人摸不着他的底,弄得郑百如很恼火。

来到吴昌全家门口了,他俩一齐站住。不知怎么的,小齐同志突然喜欢起眼前这个农村干部来了。正如他的一位领导喜爱他惟命是听一样,他也喜爱这个在他面前无比谦卑温顺的下级。他严肃的脸上,像云破天开似的,露出了一丝笑容,说:

"好啦,你回去吧!"

"是……"郑百如答应着,转身走去。

但是,齐明江又把人家叫了转来。他突然感到还应该对这个干部说两句抚慰的话,以进一步体现上级对下级的关怀。

"你……家里多少人?他们都很好吧?"他选择了这样的话,关心一下人家的生活。

郑百如老老实实说:"我家里就一个父亲,没有其他人,我父亲身体不大好。"

"哦,你还没有结婚?快三十了吧?"

"三十二岁。我结了婚,但是又……离了。"

"离了?"小齐大吃一惊,"为什么离婚呀?是女人不好么?还是……"

"不,女人很好的。是我不好。年轻气盛,拌了嘴,一气之下就离了。现在十分的后悔呢!"

"那……"

"现在生活上很困难。父亲有病,我成天在外面跑工作,顾不了家庭,有时候,连做饭吃的时间都没得。饿了,就嚼一根生红苕。可是,不能影响工作呀!"郑百如说得怪可怜的。

"那咋个办啦?总不能长此以往嘛!有合适的对象没有哇?"小齐自己还是个光棍汉,说这样的话觉得有点难为情。

郑百如却说:"我也不愿找对象了。我想跟她复婚……"

"复婚也可以嘛!可是人家愿意么?"

“这，我惟一的希望就只有请领导上帮帮忙，给她做点工作。”

“做点工作，没得问题。我们给你搭个手就是了，好不好?”

“那，真是太感激齐同志啦!”

“感激啥子哟！只要你好好干工作!”

“那，当然。”

小齐在郑百如肩上轻轻拍了一巴掌，宽大为怀地鼓励道：“好好干，我支持你。”他决定要施展工作组的权力来为郑百如解决这个问题。就一般情形说，工作组办这点小事是不成问题的。他接着问道：

“你那离了婚的女人现在不在葫芦坝了吧?”

郑百如说：“在。她没有走。”

“在葫芦坝？那更好办！哪个小队的？叫什么名字?”

“在二队，叫许秀云。”

“许秀云。”小齐重复着这个名字。

“她现在住在她父亲的家里。”

“她父亲是谁啊?”

“叫许茂。”

“许茂？……他的女儿?”小齐惶惑地望着郑百如。因为他只晓得许琴是许茂的女儿，但人家还是个年轻姑娘……

郑百如补充说道：“许家有好几个女儿。秀云她排行老四。”

“哦!”小齐同志恍然大悟。便满有把握地说：“不成问题。颜组长就在许茂家里，这点小事是不成问题的。我去做做工作，你放心好了。”

郑百如又说了许多感激的话，就告别了。

齐明江自鸣得意地笑着。这位自视高明的小齐同志，到底还是被郑百如装进了套子!

四

“砰砰砰”,齐明江敲门。在等待着吴昌全给他开门的一刹那间,他已经收起了刚才的笑容,恢复起严肃的神情来了。

小齐和小吴,年纪相仿,学历也一样,两位年轻知识分子,如今在这偏僻的乡村萍水相逢,一般情形而论,完全可以交上朋友。可惜,他们一开始就成了对头,这真是一件令人遗憾的事情。

这完全是由于齐明江的偏见和愚蠢造成的。

小齐觉得自己是吃公粮的干部,而吴昌全不过是个农民。封建专制时代的中国,偶尔间尚有“礼贤下士”的官儿出现,而当今的小齐同志却绝对地维护着等级的森严。“小生产者时刻梦想着资本主义”,“严重的问题在于教育农民”,这是县委机关的工作员小齐同志对于二十世纪七十年代中国几亿农民的基本估价和施政方针——真是一知半解得可怜!

小齐一开始就对吴昌全的印象不好,他认定这是一个脾气古怪,埋头生产不关心政治,思想路线很不端正的人物,满身都是自私狭隘的“农民意识”。他想,自己作为工作组成员住在这样一个农民家里,必须要高度警惕,而且有必要进行教育甚至斗争。这会儿,恰好小齐的心情比较松快,老大娘又不在家,他决定和吴昌全谈一谈,先教训教训这个态度傲慢的小伙子。

吴昌全开了门,伸出一个蓬松的脑袋来,宽肩、虎背,魁梧挺拔的身架子像座铁塔一样挡在齐明江眼前。

因为不见他妈,劈头便问道:“我妈还在后边么?”声音有点嗡嗡的，明显地表示他对小齐的不满。这个孝心很好的独子，认为小齐竟然自个儿先回来，而将老太婆丢在深夜的田野上行走，是极不应该的。

小齐修长的身子从吴昌全身旁挤进屋去，先在方桌前坐定以后，才回答说：

“闩门吧，大娘不回来了。颜组长叫她在许家住一夜呢。”

昌全闩上大门，没再说什么，依原坐到方桌前看书去了，时而拉过笔记本来摘抄一段数字和文字。方桌上堆放着小山头儿一样的书籍，即使是齐明江这样的知识分子也感到吃惊。

这些书籍、笔记，原是放在昌全卧室里的写字台上和抽屉里的，因为卧室要腾给小齐同志去住宿和办公，他便把自己的被盖和书籍全部搬到堂屋里来了，架起一块门板当床铺，放上被盖枕头以后，这一堆书和本子就暂时没地方收拾，而又是常用的，便只好放在这吃饭用的方桌上面。

齐明江在昌全对面坐着，板着副面孔。他以为吴昌全要说点什么，至少得先告诉他洗脚的事，哪知人家一头埋进书里，差不多把小齐同志忘记了。这样过了一阵，小齐心头渐渐的不舒服起来。

“有热水么？”小齐终于自己发问了。

昌全抬起头：“啥子喃？”

“水呀，洗脚水！”

“茶壶里头。”昌全答应一声又埋下头去了。

“茶壶？……”小齐茫然环顾，不见有什么茶壶，只有个暖水瓶，他伸手抱起摇了摇：空的。

“喂，‘茶壶’在什么地方啊？”他又问一句。

吴昌全很不情愿地抬起头来：“咹？”

“我说，同志，你的茶壶!”

“灶房头嘛!”

灶房里面黑灯瞎火的，小齐亮起电筒寻遍了每一个角落，也不见有一个可以称之为“茶壶”的家什。他认真地生气了。

“这是什么态度?”他嘟哝了一句，跨回堂屋里。但昌全仍然安详地在读着、抄录着。他认定昌全对他不满，故意给他为难。气愤之下，他决定今晚上不洗脚了，而相比之下，更觉得郑百如态度的端正了。

“《遗传学》。巴甫洛夫。”小齐回到方桌跟前，拿起一本厚厚的书来，故意大声念着封面上的字。接着，挖苦道：“茶壶在哪儿? 在这书上写着吧? ……小伙子，我看你是叫这些修正主义的‘读物’迷住心窍了吧!”

说罢，跨进卧室去了。他划着火柴，点起灯来，向屋里的陈设扫了一眼。这里，原来是昌全睡觉的床上，放着小齐的行李。他一屁股坐在床沿上，余怒未消。他挖苦了人家几句，对方没有什么反应，这反而使他感到像受了侮辱似的，颈子上立刻现出了几条干筋。

“什么东西!”他鄙弃地小声骂道。这位一贯拼命使自己显得严肃庄重的青年，感情上也有失掉控制的时候。这会儿差不多是暴躁起来了。他从床沿上跳起来，转了一圈，又一屁股在写字台前坐下去。他不知道这一刻自己要干点什么，搔了搔头发，又去拉抽屉。

两个抽屉都拉开了。一个是空的，显然，这是昌全腾给小齐同志用的；另一个满满地堆着陈旧发黄的稿纸和笔记。小齐随手抓起一个小本儿翻了翻，上面全是记的农业气象谚语，什么“云跑西，雨稀稀”;“云跑南,雨绵绵”;“伏天干不干,先看六月二十三,小雨小干,中雨中干,大雨大干”……

“瞎说!”齐明江丢下小本儿,又随手从底儿上掏出一个大本子,翻了翻,是一本日记。最先落入小齐眼帘的一段是:

……我不反对你出去工作。反正每一个行业都需要人去干,每一项工作都是为社会创造财富。但是,我不赞成你要求离开农村时的那个动机,你瞧不起农村,你想离开乡亲们,躲开这里的烈日寒风,去过一种舒适的生活。如果所有的农民都要求离开农村,那么,谁来生产粮食?没有农民,土地又有什么用?国家不是要完蛋么?……

小齐觉得这一段没啥意思,便又往后翻,这一页上写着:

“我遗憾,我痛苦……”看到“痛苦”二字,小齐差点笑起来,吴昌全居然也有痛苦,他有点幸灾乐祸。接着又满怀兴趣地看下去:

今天我们到区上去领救济粮,我心里说不出的痛苦!当然,我们家人口少,妈妈很会安排,我们不吃这个粮,可是队上大多数社员过不了这个春荒!我是一个农民,我为国家为社会创造了一点什么?生产粮食的庄稼人,要国家拿粮食来养活,这是多么令人痛苦和遗憾的事实呀!……但是,今天对我精神上的打击还不止这点。还有……

回来的路上,我碰见她和一个男子亲昵地走在一起,肩靠肩地走着,笑着。那个油头滑脑的男子是谁?很显然……一个月前,当我听说她正在和别人相好的时候,我心里虽然难受,但我还能克制自己,因为事情很明显:如今我俩的社会地位不一样了。她参加工作,吃公粮,我是农民,她不会嫁给一个农民的,我们的关系维系不下去了,那是很自然的。那时,我惟一的愿望，就是希望她找一个比我更强的男子，希望她不要被虚荣心继续驱使着，找了一个不好的男子，造成终身的不幸。只要她以后能够幸福地生活，我心里也好受一些。……然而，现在，当我看见她跟那个男子在一起的时候，我简直心都碎了！……现在，我才发现，我从过去到现在，一直是多么地爱她！……但是，那又明明是毫无希望的事情，我心里好苦啊！

看到这里，小齐同志的烦躁渐渐平息下来，他惊奇得不得了，觉得堂屋里埋头在书卷中的那位头发蓬松、身材魁梧的吴昌全简直是个不可理解的怪人。真是有趣极了！

当然，与此同时，小齐的鼻子似乎也嗅出一点什么味道，想了想，他为吴昌全找到一顶帽子："小资产阶级情调，爱情至上主义者"。他笑了笑，认为这顶帽儿正合适，他为自己的发现和判断感到满意。于是又继续往下翻。

但是这方面的内容并不多，好些篇页上记的是有关会计工作、农业政策和科学研究上的事情，枯燥无味，没啥看头。小齐合上本子放还原位，又另外拿起一本来。当他将这个发黄的本子随手一翻的时候，他又有了一个新的发现：从本子里滑落下一张姑娘的相片来！

他忙把相片拿在手上，仔细端详了一下。这是一个面容丰满，仪态大方，风韵动人的姑娘。相片纸已经发黄了，但那个微笑着的表情还是那么新鲜。……小齐再向那个姑娘看一眼，似曾相识，但一时又想不起在什么地方见过。——隔了许久以后他终于想起来了，那是后话。

齐明江所受的环境熏陶和社会教育，不妨说他的头脑已经接近僵化,感情停留在启蒙运动以前。这位二十五岁的青年,在他的生活经历中,确实未曾对某一女子产生过钟情或向往,同时,也没有任何一位成年的姑娘为他而撩乱过心思。“爱情”二字在他的特别词典里是个贬义词,跟“贪污”、“盗窃”、“资本主义”等词语一样的难听。至于婚姻家庭等个人的问题,他认为那是不成问题的,像他这样有前程的青年干部,还怕讨不上老婆么。只要条件够了,他的某一位领导一定会把自己的女儿或亲戚家的姑娘介绍给他,而这样的婚姻才是最光荣的,才有着强烈的政治色彩!

齐明江越发觉得吴昌全是个难以理解的怪人。他搔着脑壳想了半天,结合着吴昌全本人的家庭出身、社会地位去想,怎么也对不上号。

“出身贫农,妈妈是老党员,自己是团员,这样的人怎么会搞‘恋爱’呀?怎么能为那些不健康的感情去痛苦呀?要不,那一定是蜕化变质!资产阶级的腐蚀,阶级斗争的产物!也许,这还是一个阶级斗争的新动向呢!”

他把照片和小本儿依原放回抽屉里去。然后,摸出自己的工作笔记本,旋开英雄金笔,把今晚这个发现记下来。他觉得这样的问题,如果不向颜组长汇报,那是太不忠于职守了。颜组长是刚刚恢复工作的老干部,过去就是宣传部长,很可能不久的将来又当宣传部长,是顶头上司呀!根据小齐两三年工作的经验,不厌其烦地多汇报,反正是不会错的,哪怕是重复的,甚至是噜苏的,也没关系。“你不汇报,人家领导上怎么晓得你做了工作呀!”

五

葫芦颈上守水人的小屋笼罩在迷离的月色之中。站在小屋门口，向坝子的方向看去，认真说来，是看不见什么的。淡淡的月光下，古老的葫芦坝显得那样神秘，神秘得叫人深不可测，好像她心中饱含着巨大的激情，或深沉的忧郁。冷峭的北风吹过去，葫芦坝的竹树梢头立即发出一阵哕哕的响声，这响声伴着柳溪河淙淙的流水声，如泣如诉……啊，葫芦坝，她要诉说什么？

最近一连几天，每当夜深人静，老金钻出小屋来总爱在这门口站上一阵，好像他是在等待着一个人，或者等待着发生一件什么事一样。他仿佛已经预感到，葫芦坝正在发生着一件事，而这件事又是与他的生活直接关系着的。

然而，葫芦坝还是那样的静悄悄。鸡不叫，狗不咬，只有树叶儿哕哕、哕哕……

葫芦颈实在是太偏僻、太荒凉了。这是一条狭长的石岭坝，一端携带着葫芦坝，一端连接着耳鼓山，地势要算整个坝子的制高点。当年老金当支部书记那阵，领着社员们在这儿修了一个小小的提水站，把脚下的柳溪河水抽提上来，然后通过渠道流向全大队的每个角落，初步实现了自流灌溉，使葫芦坝的生产大大地提高了一步。但是，由于水管太小，动力呢，就靠着一台柴油机，而且柴油的供应又时断时续，没有公路，没有拖拉机，全靠着人力去担，跑一回太平区，担不了多少。所以水的问题依然难以彻底解决。老金曾有个大胆的设想，如果那个设想实现了，不仅水的问题可以彻底解决，全大队又可以增加近二百亩土地，并且，整个坝子上的庄稼人还可以点上电灯。这个伟大的计划揣在老金怀里，不断地酝酿着、完善着，像小鼓一样地敲击着他的心。但是，正当他要把这个计划提出来，交给大伙议论、品评的时候，那一场又一场的政治大风暴从城市刮到农村，连小小的葫芦坝也未能幸免。人们一下子像发了疯似的把物质生产与精神生产对立起来，好像人们不必吃饭，空着肚子苦苦修炼之后就可以进入“天堂”。老金遭到批判，物质生产者倒霉了，“精神生产”者胜利了。俗话说：“一场浑水一群鱼。”史无前例的运动总有一些人应运而生。上帝给葫芦坝安排了“接班人”，像当时许多地方一样，后起之“莠”破土而出，人们眼睁睁地看着郑百如一天天“成长”起来，紧紧把握着时代的潮流，三下五除二，就把这位劳苦功高的支部书记给整下去了！……那场斗争的情形，凡是经过那段生活的读者，都是可想而知的。那些令人揪心的细节，如今回忆起来还十分折磨人呢！

老金倒台了，计划也搁浅了。人们说，老金是“出师未捷身先死”。其实，老金没有死。不仅体魄依然健壮，而且一颗革命者的心也还活着。这两年，他困守在这荒凉的守水人的小草棚里，等待、压抑和思考固然使他备受煎熬，然而借此机会他却吃力地读了不少的书。有关农田基建、水电建设、良种培育、土壤改良等方面的通俗书籍，只要能够弄得到手的，他都潜心钻研。而这一切，他不是为了消磨那漫长而寂寞的岁月，不是为减轻心灵的悲愤，他的目标是十分明确的，他相信，总有一天，他老金的计划还会在葫芦坝上实施起来！他为那一天，准备着，积蓄着力量，就像大自然在冰封雪盖的严寒里，顽强地，钟情地为美丽的春天准备和积蓄力量。

腰无半文、口粮都吃不过明年春天的农民金东水，开花开朵的蓝布棉袄裹着的是一颗热烈跳动的心。他此刻站在小草棚前，面对月色凄迷的夜晚，心头装着葫芦坝未来建设的蓝图，在他的身上看不出那种倒了霉的庄稼人的穷愁潦倒和凄惶。永远为人民大众的事情操心，会觉得“吃苦”也是享乐。虽然壮志未酬，而他浑身却闪耀着崇高的道德力量。他就像柳溪河两岸的杨柳，高洁，正直，哪怕落光了叶片，只要待得春来，又会蓬勃奋发，枝叶繁茂，高耸云天！

…………

突然，“汪汪汪……”坝子上传来几声狗吠，这声音响彻在黑夜空旷的原野上，更增强夜深人静的苍凉气氛。紧接着，挨近这葫芦颈的地方——梨树坪一带的狗也叫了起来。老金心头一紧，两眼直盯盯地望着那个方向。

“这是谁来了？……不会是她吧？”

希望看见而又不情愿立即发生的事，有时候弄得金东水的心情非常矛盾。自从那天夜里，四姨子许秀云悄悄送来小棉袄以后，他曾不断责备自己：“为什么那么生疏？面都不见一下，不是太辜负人了嘛！怕什么呢，身正不怕鞋歪！”此后，他就总是想着：也许什么时候，她还会来的。长生娃不是说了么，四娘还要为他把给外公做生的礼物备办好送过来呢。

但是，此刻如果她真的来了，老金啊，你怎么办？见，还是不见？依然像上回那样，让人家失望地回去么？

“宁信其有，不信其无。”这样一种恼人撩人的情绪，这会儿纠缠折腾着这位钢筋铁骨的庄稼汉子。在这样的问题面前，他竟然失去了决断，变得惆怅、优柔起来了。他闭上了眼睛，希望快一点度过那令人别扭和难堪的一刻！

来人已经走近，听到脚步声了。……老金终于睁开了眼睛，松开了紧张的心情，热烈而友好地迎上前去，抓住对方的手，拍打着肩膀，乐呵呵说道：“原来是你哩！”

龙庆揉着疼痛的红眼睛，面带愁容地站在金东水面前，嘴里喷着白色的蒸气，随同金东水钻进了草棚屋。

“工作组来了。今晚上在许家院子开了个支委会。”龙庆开言道。他从许家散会出来，没有回家，就径直找老金来了。

金东水知道，这位从前的老同事，现在的代理支书，这两年多来凡是葫芦坝上发生了什么重大的事情，他都要上这儿来诉说一番，叫老金给他拿拿主意。已有将近三年的时间，金东水没有资格参加党支部的会议，甚至党内一切活动，郑百如都千方百计不让他参与。这个退职的支书、还保留着党籍的共产党员，长期被关闭在党组织生活的大门之外，这是叫人难以忍受的，没有什么处分能比这种“遗弃”更使人感到凄苦和愤懑的了！但，龙庆这人太好了，忠厚、善良，他常常冒着“非组织活动”的风险前来和老金脸对脸、心对心地讨论葫芦坝上的工作和生产。他之所以有这个“胆子”，是因为他觉得自己的行为是正当的。细想想，的确，在我们党的生活处于很不正常的情况时，龙庆这样的同志的行为又有何可以指责呢！既然有些人可以利用党的名义破坏党的事业，那么他——一个忠心耿耿的党员，又为什么不可以向一个受了冤枉处分的同志谈谈组织内部的事情呢！他每次到来，都使困守之中的金东水感到无限的温暖，使他更加理解葫芦坝的人心、党心；使他坚信自己虽然受了处分，但绝不是一个站在革命行列之外的庸人。

“要搞远景规划了。会上，工作组没有表态，全是郑老幺一人说。他呀，不论什么时候，都能紧跟潮流的……”

龙庆一边裹烟，一边心事重重地说着。说到这里，苦笑了一下，忙把烟杆塞进嘴里。叭了几口以后，发觉还没有点火，这才遍身搜起火柴来。老金伸手从灶台上拿了火柴递给他。把烟点着以后，龙庆又说：

“哎,葫芦坝的人还要饿饭呢! 你猜,怎么规划的? 搞泥巴搬家,‘人造平原’。好像葫芦坝还不够平,要弄得一展平。我的天,这一冬一春的劳动力全得陷进去;这还不说,‘小平原’动辄二十亩大,原前的水路打乱了,排水不良,一泼大雨就会淹坏庄稼! ……哎,净是些没屌名堂的背时主意,还硬说是‘学大寨’‘改天换地’呢! 人家大寨有大寨的情况嘛,不讲因地制宜,行么?”

老金问道:“会上你提出你的意见了么?”

“没有啊,整他妈半夜,就他一个人说。”

“你应该提嘛,那个人就只晓得吹,生产上的事一窍不通。”

“我提?”龙庆忧郁地说,“人家工作组对这规划也没提半句意见呢!”

“是么?”

“是呲。我心焦的是,这几年,多数社员的口粮越来越紧,眼看着春荒就是个大问题。如其明年大春再弄来‘笼起’,那末,就只有把嘴巴搁起,要不,就叫社员去讨口! ——哎,那时候,我们这些人:党员、干部,还有什么脸面活呀!”

老金说道:“也不至于吧,先莫太悲观了。规划嘛,依我看是该搞一搞,早几年我就想过,这葫芦坝的土地潜力大得很,整治一下就可以增产。不过,像搞那些什么的‘小平原’,倒是值不得的。”

“是嘛,劳民伤财!”

“再开支委会研究一下嘛。必要时把各队队长也召集起来,再找些懂生产的社员参加,大家议一议嘛。”

“要能够那样,当然好啰! 可是你晓得的,这几年,正正经经办一点生产上的事情,难呀! ……”

像往常一样,龙庆向金东水诉说着心中的苦闷,发一发牢骚,一件一件地报告着葫芦坝的重大新闻。这时，他又开始说起郑百如搞的那个粮食折成的花样来了：

“你说怪不怪？决算表都填了，又翻摊！”

“从来都没听说过这样踩假水的。”

“你看嘛，东折成西折成，一下子比实际产量涨上去四万多斤！”

“他这是搬石头砸自己的脚！”

“不，这一下，上边又要表扬葫芦坝啰，说不定还要弄到一杆锦旗咧！他妈的，真是‘一肥遮百丑’，还又要介绍经验啦，编些好听的去哄别人。”

“哄得了今天，哄不过明天啊！”

“就看他能不能哄得过工作组了，依我看，这一回的工作组有点像了，颜组长是个‘解放牌’干部，是今年才恢复工作的。但愿她能够了解民情才好！要不呀，我们葫芦坝还有苦头吃呢。”

“葫芦坝如今是吃得补药，吃不得泻药了。”

“再吃‘泻药’就只有垮杆了！现在而今，趁工作组在场，我倒是又想辞职不干了啊！当初，我就不想承担这个差事，我是个大老粗，心机算盘都算不过郑老幺，他能说会讲，上边还有靠山。可你又劝我干，不能看着葫芦坝的社员吃亏不管。你总说，这种乱纷纷的世道不会长的，河里的水总有个澄清之日，只要群众都看清楚了问题，只要上边的风气正了，情形就会好转。可我就看不出什么时候才能好转！现在生产一年不如一年，社员不相信我们了。我成天在社员面前强装起笑脸，可心头呢，直想哭！我怕有一天也会遭个祸事，不如趁早自己下台的好。”

龙庆这样说着的时候，不停地摸出他那又脏又湿的手巾来擦着红肿的眼皮。金东水同情地看着这个代理支书，想说几句安慰的话，但却说不出口。

龙庆又说了："三年了！当时上面宣布你停职检查。可至今也没个发落……"

"这你是知道的，"老金说，"我一份检查书都没有写。这叫人家怎么发落呀？"

"唉，这鬼日子！"

"老龙呀！还是打起精神来吧。工作还得干，还要争取干！为人民服务这份权力，看来如今是不能丢。大道理不用多说，就说葫芦坝眼面前的事情吧，群众缺吃少穿，生活困难到了这样，难道你忍心看着不管？土地改革，合作化运动，你是亲自参加的，共产党把农民引上社会主义道路，创造美好幸福的生活，如今还没有走到那一步，路上出了点问题，难道你这个拉车的党员就丢了这辆车不管啦？现在还没有轮到不叫你管的时候，你就得管！"老金说起话来，不由得有些激动。他停了停，让自己稍稍平静一下，才又接下去：

"记得从前在部队上听首长讲革命回忆，说过去干革命，流血，死的事天天都有，什么时候轮到自己都不知道。在那样艰苦困难的情况下，大家对革命的未来前程从不丧失信心。这个话，我至今记得清清楚楚，我常常用革命前辈说的这个话来检查我自己。当我苦闷的时候，信心不足的时候，我就骂我自己。说实话，人一辈子总得走些沟沟坎坎的。"

老金又激动起来了。

龙庆抹着眼睛，说："好了，你不要往下说，我知道。我今晚上不该引起你伤心。"说着，四十多岁的老实汉子像个小媳妇似的抽抽搭搭地哭起来了。

老金忙说:“不能怪你啊,这两年我一个人呆在这儿,脑子里总要想些事情。要不,可真会闷死啦!……呃,还是说一说规划的事吧,我看,郑百如那个规划全是瞎胡闹,也许他自己还没弄清楚呢,不过是为了赶潮流,临时翻翻报纸文件,胡乱凑了出来应付上级领导。说真的,葫芦坝倒也真是需要一个扎扎实实地远景规划呢!我俩来闲扯闲扯吧,先说你的打算。”

龙庆困惑地望着老金:“我说什么?现在搞远景规划有啥用场?远水救不了近火啊,葫芦坝的问题是:等米下锅!说实话,我从来没有去想过‘规划’,怎么说得出个道道来嘛。”

金东水从床枕头下拿出个旧的文件夹来,轻轻打开,翻着,说道:“这两年,我闲着没事,弄了个草稿,一份是近期生产计划,一份是远景规划。”

龙庆忙凑过脸去。当他草草地翻了翻那厚厚的一沓草稿,掂了掂重量,立刻流露出惊讶的神情来。别的不说,单是这些密密麻麻的文字和大大小小的图表,就足以使他为老金那种顽强的劲头儿所感动了。过去他佩服金东水的为人,佩服金东水的工作能力,同情金东水的不幸遭遇,然而,却没有想到这位受了处分,烧了房子,丧失了一切家产,死了妻子,困守孤屋的人,竟有着这等坚强的生命力!真是个整不垮、踩不烂、打不死的汉子!

金东水送上文件夹,笑道:“这是个草稿,还比较粗略。我想把它交给你。”

“交给我干啥啊?我可没这能力。”

“你有!你是支部负责人。你把它拿去先看一看,如果有点价值,就让群众讨论补充,然后由支部作出决定。我不交出来,恐怕会永远压在这枕头下了,交出来,也算一个党员对党贡献一点心意吧!”

金东水说着,眼睛有些湿润了,龙庆也不好意思再说什么。他的精神被金东水鼓舞起来了,他感动地接受了那一份规划草稿。

接着,金东水就粗略介绍起这个规划的内容来。

不知不觉地,从梨树坪方向传来几声鸡啼。龙庆听完介绍以后说:“大致听一下,觉得有点谱了,葫芦坝真的这么干起来,可真有奔头呢!你把所有的问题也都考虑得仔细,很实际。你当过几年支书,葫芦坝边边角角你都了解,换个人,搞不出这样实际的规划来。”

金东水送龙庆出门。心里很难为情的是自己只有一张床,一条被盖,三爷子睡。要不的话,该叫龙庆住一夜,也免得这位害着眼病的同志还要摸夜路回家。但是,心有余而力不足,只好送他出门。

龙庆把金东水的文件夹紧紧地掖在棉袄下。他叫老金不要送了。“转去睡吧,莫把娃娃凉着了。”他这样说,十分同情这位中年丧妻的同志。

一路上,龙庆都想着金东水。他对自己说:“以后情形好转了,看哪儿有那种合适的女人,得给老金介绍一个。这件事,我来亲自办。要不,这个同志真是太凄惶了……”想着这个的时候,另一件事却从他大脑的某一个角落里跳了出来:

“哎,金顺玉不是叫我向许茂提说一下昌全和老九的问题么!”

他捶了捶脑袋,骂自己竟然把一个党员同志托办的私事给忘记了。何况,昌全是他很喜爱的一个青年呢!

“现在鸡都叫二遍了,明天一定记住这件事。”

月亮西垂,柳溪河又在起雾了。

六

鸡叫二遍是庄稼人起床煮早饭的时候。九姑娘许琴习惯地睁开了眼睛,醒来的第一眼她就看见桌上还点着灯,颜组长还在伏案工作。她立即翻身起床,同时惊叫道:

“颜组长,你还没有睡呀?在写什么,写书么?”

颜少春转过疲倦的脸,笑道:“我要能写一本书的话,一定第一个请你提意见。”

“怎么不能写啊!”许琴迅速穿衣服,大声说着,“我看你就像个作家。”

“哈哈……作家?你见过作家是啥样子?”

“我没有见过,不过,我想,大概就是你这样的吧?说话清清楚楚的,做事文文静静的,老是爱思考,夜里不睡觉,总是写啊写啊的……嘻嘻……”

颜少春声明道:“你是做梦,在梦里看见了什么作家了吧?我,小时候没进过一天学堂,解放后,背上拖着一根大辫子上扫盲识字班,开始连自己名字都不会写,扫盲老师教我好几天,‘颜’字我还画不像呢。”

“听说你当过宣传部长,是吧?作家都是在宣传部工作的,你别哄我了。”

“哈哈哈……九姑娘,我给你说不清。”

金顺玉大娘的睡眠是很好的,这会儿被吵醒了。许琴要她继续再睡一会儿,大娘却坚持不再睡,她说她得回家了。

“还没天亮呢！黑乎乎的，不放你走，睡吧，我去烧火煮饭。”许琴跳下床来。

金顺玉大娘坚持要回去。她说，她梦见昌全和小齐同志吵嘴了，她很不放心，得回去看看。

这一说，把颜少春和许琴二人又逗笑了，她俩不相信梦。

“当真！我清楚我家昌全那个性子。”大娘认真说道，“他是个直杠杠，一点儿也不会待人处世的。昨天我就有察觉，他说话做事没头没脑，准会把工作组同志得罪的。”

但是，颜少春和许琴还是说服了她。她答应留下吃过早饭再走。

许琴点着灯进灶屋去了。金顺玉大娘斜躺在被窝里，跟颜少春说着话。颜少春很疲倦，也就合上她的笔记本，脱了鞋，歪到床上去，拉开被子盖住脚。她又一次要金顺玉大娘说一说原支部书记金东水当年受处分的情况。

大娘说：“那纯是冤枉。一九七二年整党学习班上，因为经营管理评工记分上的问题，他和工作组意见不一致，顶碰了一场，工作组说他‘反大寨’，犯了政治上的错误，叫停职检查。”

“处分意见你们讨论过么？”

“还不是工作组说了算！事后我们才知道。我向公社党委反映意见，人家还批评我有宗族观念，缺少组织性。……东水是我娘家一个叔伯哥哥的儿子，他从小在这葫芦坝长大的，参军以后入的党，复员回来正是三年困难时期，公社提名选他当支书的，咋能说我有什么宗族观念嘛！他当支书期间，我也是个支委，少不了我还常常批评他呢。……生产么？倒是年年上升的。文化大革命开始，郑百如他们起来造反，也没抓住东水一点什么劣迹。工作是难搞一些了。郑百如要入党,支委会一时通不过,整党工作组来了以后,这一条我们也挨了批评的。郑百如是工作组让他入党的,批下来的第二天就宣布他当副支书。这事,党员们意见很大,可也没办法。”

“金东水停职检查,三年了,可是公社党委的组织委员那里至今没有收到他一份检查。这是怎么回事啊?”

“怎么回事?”大娘笑道,“他呀,他不承认自己犯了错误,所以他就没有写什么检查。事后公社也不再过问,这事就搁起了。”

“不承认犯错误?‘反大寨’不是错误么?”

“他根本不承认自己‘反大寨’。大寨大队他还亲自去参观学习过咧。他说大寨的同志告诉参观的人,叫大家学大寨要因地制宜地学嘛。工分问题,按劳分配有什么错?社会主义的分配原则嘛。这两年可好了,取消了按劳分配的办法,有些人硬是要伸展了!一两个月评一次,能说会道的挣标兵工分,有个大队妇女委员,一天活路不做,还挣满分呢!颜组长,你说说看,社员们谁愿意展劲啊?”

颜少春突然觉得浑身发热,刚才那一点儿疲劳和睡意一扫而光了。她仿佛感到自己抓住了葫芦坝以至连云公社问题的一点什么线索了。这是一条什么样的线索呢?她觉得必须马上追溯下去。她不再问了,她现在需要思考。于是下了床,穿上鞋子,跨出卧室。

院子里的空气是冷冽冽的,飘散着腊梅的幽香。她走过树下,打开院子的大门,倚在结实的柏木门框上,望着葫芦坝将近黎明时的景色,冷静地清理着自己的思路。

然而,刚刚抓到的那点儿线索,突然又在脑子里失踪了。什么主要的,次要的,这个人,那个人……问题像乱麻一样搅成了团。

“连云公社这个党委的班子怎么样?几天的接触和调查得来的印象是:一把手还可以,公道,但能力差一点;二、三把手不顾大局,各自在下面拉帮结派,形成各自的势力圈,热衷于派性斗争,争权夺利,根本不把生产建设放在心上。……是这样的么?不能轻易这样下结论啊!……”

她这样肯定着,又否定着。她觉得还需要研究一下,因为过几天要去参加太平区的区委会,自己要发言。

“那么,葫芦坝的问题呢?”她的思路一下子又转到葫芦坝来了,“这个大队的主要问题是什么?与公社的问题哪些是共通的?哪些又是它自己的,特殊的?”

一时得不出一个明确的答案来,而迅速展开着的思路也突然停滞了。她茫然望着眼前这块似曾相识而又感到陌生的土地。

月光隐没了。

经过短暂的黑暗,东边,耳鼓山丛林上空露出斑斑青白的颜色,云层后面跳荡着一种亮光,它好像在寻找着云层稀薄的地方,从那儿冲将出来。渐渐地,葫芦坝的面目,影影绰绰地显露在晨曦之中了。白茫茫的原野,黑森森的竹林,升起袅袅炊烟的房舍……看清了,看清了,这会儿的葫芦坝好美啊!简直像一个端庄的少妇,静静地、默默地站在黎明之中,庄严静穆,没有痛苦,也没有假装的快乐。她似在沉思,在思念,在向往;为什么当微风吹过,晨雾缭绕时,又现出一抹淡淡的轻愁?

柳溪河的白雾升起来了。葫芦坝脉脉含愁的容颜整个隐没在茫茫大雾之中去了。

第五章　连云场上

一

工作组在葫芦坝的出现，对于生活在孤独无援境地的四姑娘来说，确乎是从希望的高崖跌下失望的深渊。

这天清早，四姑娘提着水桶上井台打水，刚出大门，小齐迎面走来了。

小齐当然是来找颜组长汇报工作的。但他和四姑娘对面走过的时候，注意地看了看这个清瘦俊俏的女人，便停住脚步，严肃地问道："喂，你叫什么名字？"

四姑娘诧异地望着他，一时忘了回答。

"你就是许……许秀云吧？"小齐问这一句的时候，脸上露出了一丝和善的笑容。

四姑娘更诧异了，忙低下头。

"嘿嘿……"小齐诚恳地笑道，"郑百如同志给我反映了你们过去的情况。其实，那过去了的事，就过去了吧，现在，他表示……表示……嘿嘿，要求复婚。我看也可以嘛，他工作很积极，你应该支持他。这叫做顾大局，同时也是个政治态度问题呢。怎么样？想不想得通呀？呵？"

四姑娘没有听完他的话，转身走了。小齐同志望着她的背影，笑着自语道:“嗨,还有点羞答答的。乡坝头的妇女,思想不开通呢,不过,看来问题不大。”

自以为是的小齐竟然很满意今天出门的第一个收获。他认为这不仅仅是给一个大队副支书私人帮忙,而是为整个葫芦坝办了一件具有政治意义的好事。然而,他没有想到(不,他根本想不到!)这简直是在四姑娘的心里戳了一刀!昨夜痛苦的思虑被冷酷的现实证实了,几天来对工作组怀抱的希望被击得粉碎,工作组的形象也因此在四姑娘心中变得异常地可怕和丑恶了!

“他们跟郑百如都是一个鼻孔出气的。”她提着水回到小屋里的时候,气愤地断定道,“哼!前几天我还……哎,看来,不能靠别人;只能靠我自己了。”

一经作出这个决定,她就勇敢地克制着无尽的辛酸,开始孤军奋战,去开拓自己的前程,去实现她对于未来生活的憧憬——尽管她的要求并不高。同时代的多数妇女,她们对自己已经得到了的那种爱情、婚姻、家庭,早就习以为常了,而四姑娘却还没有!

生活就像天上变幻着的云彩,永远不会是一个样儿。人,也不会永远是一种情态。柔弱善良的四姑娘,当她认定周围的人们已经“联合”起来,形成一股势力在逼迫着她的时候,她突然变得固执和刚强起来。

四姑娘提满一瓦缸水以后,迅速地把红苕切进锅里,坐在灶下生起火来。望着跳动的火苗,她咬紧嘴唇,盘算起自己下一步该怎么行动。

今天是赶场日子。就像无声的号召一样,这一天人们成群结队地涌到街上去,把连云场那条吹火筒似的小街挤得个水泄不通。

四姑娘平常很难得去赶场,她每天都狠命地挣工分。今天,她决定要去赶场了。

她已经想好了,今天要办两件事:一是扯一丈青哔叽,把八妹带回来的皮子镶起面子来,这是必需赶在老汉生日前做好的。第二件事,就是为长生娃他们备办一份礼物,争取让大姐夫能够在老汉生日那天体体面面地过来走动走动。她已经从社员们口中得知,大姐夫一家三口今年决算除了粮食款以外,没分到现金。而她呢,一个人做工分,一个人分粮食,除去粮食款,还能分到二十多元现钱。她决定花掉这笔汗水钱,至于往后称盐打油买针头麻线,她打算开春以后就孵一窝小鸡,小鸡长大了下蛋,换一点零用开销。——她把什么都筹划好了!

吃罢早饭,四姑娘就关起门来换衣裳。

一会儿,颜组长和小齐同志,由老九陪着来到院子中间。颜组长今天要到四队吴昌全的科研组去。她站在院子里,隔着几株树,向四姑娘的小屋张望着。

四姑娘一身穿得干干净净,打开她小屋的门,看见工作组组长向她走来,她没加任何考虑,立即砰一声又把门关上了。她站在屋里,从门缝中看着颜组长一行三人都走出院墙去以后,才又开了门跨出来,心里还嘀咕着:“哼!我才不听你们那一套呢!”她断定颜组长会向她说出与小齐同志同样的话。而那些叫人感到羞耻和侮辱的话,她实在是听都不愿听。

四姑娘来到保管员家里,那儿有好几个社员在等着支钱使。轮到她的时候,保管员吃惊地望着她:“嗨呀!你支这么多钱干啥子?”

四姑娘和气地回答:“买东西嘛!”

“过几天就正式分配了嘛!忙什么?我看你们硬是不放心,生怕拿不到手啰。”

保管员的女人在一旁对男人挤眉弄眼,又呵斥男人道:“你噜苏啥子嘛。人家四妹子眼看又要办喜事啦,等着办点东西呢。”

四姑娘怪难为情,却又不好跟人家争辩,不由又羞又气,一张清瘦俊俏的脸涨得像块红绸子。

“哦,原来如此呀!”烟耳朵的保管员向他婆娘讨好地笑了,“这么说,真是要远走高飞啰?哈哈,还是你们女人家安逸,‘东方不亮西方亮,黑了南方走北方’,多见多少世面呀!”他的玩笑正开得有劲,婆娘手上的鞋底板儿已经落在他的肩头上了。他的这位娘子是改嫁到他家来的。

保管员乐呵呵地给许秀云支了钱。秀云数也没数揣在怀里就离开了。她究竟不是她三姐那样的人,虽然手板皮像树皮一样厚,脸皮子却比纸还薄。

出得门来,她就急急忙忙地抄近路,打算沿河边往小桥的方向走,这样免得在大路上碰到赶场的熟人。

打从三姐夫罗祖华的家门前过,她远远地看见三姐夫哭丧着脸蹲在院坝上,三姐正在一旁拔鸡毛。

只听罗祖华败兴地说道:“这一下才安逸,瘟神菩萨瞎了眼睛,找到我们穷家小户来了。往后油盐钱都……”

三姐却大不咧咧地说道:“你这个人,才经不得一点难呢!瘟了鸡嘛,又不是死了人,我要是死了,恐怕你还没得这样伤心呢!”说完,还吃吃地笑着。

罗祖华苦笑了。三姐进一步鼓舞男人的士气:“不害瘟,你还弄不到鸡肉吃哩!这年头,还是吃到肚皮里装着,稳当些。钱是人挣的嘛,有气力,还怕饿着人么!等这股瘟气过去了,明年春天我再孵一窝小鸡,你看,不是又有了!”

四姑娘在一旁听着,只觉得一阵心酸。这是什么年辰啊!这一对夫妻,又勤快,又忠厚,成年累月地做,起早摸黑地干,光景却过得这样凄惶!……

孩子们眼尖,看见四姨娘来了,一齐奔了过来,抱住秀云的腿,拼命地叫喊着四娘。

秋云抬起头来,掠了掠散乱的头发,高兴地说道:“来来来,今天我请客!怎么,你这样儿是要去赶场么!”

罗祖华也站起来叫了声:“四妹。”脸上挂着忠厚的笑容。老实人罗祖华知道不能在这个身世凄苦的四姑娘面前流露自己的窘迫。

四姑娘问:“瘟了几个呀?”

“三个。”三姐回答,“一干二净。”

四姑娘强作笑颜:“没来头,正好给娃娃们打个牙祭呢。”

心直口快的三姐笑道:“是吆,可他刚才还打主意拿到街上去卖呢!未必人家长得有嘴,晓得吃,我们就没有长嘴巴,不晓得吃么?嘻嘻嘻,你赶场转来,也来开个荤吧!把爹和老九都请来。”

罗祖华在一旁尴尬地笑着。

四姑娘没再说什么,转身要走,三姐却放下湿淋淋的死鸡,两手在围腰裙上擦着,走到四姑娘身边,悄声问道:

“呃,那个事,你到底决定了没有啊?人家耳鼓山上那个人,过几天要下来给爹做生了,你可得下个决断呀!”

四姑娘脸色苍白了。她说:“我说过嘛,整死都不走!”

三姐说:“那……也行!你到那个人生面不熟的男人家里去,我也真有些放心不下。好吧,我这就叫祖华上街去,耳鼓山有人来赶场,托人带个口信,把他退了。”

四姑娘感激地望着好心肠的三姐点点头。她不想再听这个方面的话,就急匆匆地离开三姐向河边的小路走去了。

娃子们追来,一迭连声叫着:“四娘来耍!”她走了几丈远,突然站住了,伸手到衣服口袋里摸了摸,摸出一张伍元的票子,回过身来,抱起一个名叫小猪的侄儿,说:“快回去吧,四娘还有事呢!”这样哄着孩子的时候,把那张票子塞在他的小手心里,又叮嘱道:“拿回去,叫你爸爸上街去买一个下蛋的鸡婆回来。快去!”

放下小猪,眼里噙着泪望着孩子们向他们的父母身边跑去了,她才转身继续走路。

这会儿笼罩着河沿的晨雾正在散开,深蓝色的柳溪河上跳荡着金色的光点儿。成行的岸柳,虽然旧的叶片早落了,新的叶儿还没长出来,但那金线倒垂的柳丝,那挺拔的树干却也显出蓬勃的生机,阳光下,树影倒映在水底,那景致就更好看了:轻柔、潇洒、婀娜多姿。

蓝色的柳溪河就在她的身边,面前是枝丫齐天的老黄桷树,光溜溜的石板小桥。身后有着阡陌纵横的葫芦坝田野。这就是家乡,家乡在四姑娘的心里。

是的,她这个家乡,眼下还显得这般古旧,这般贫穷,低低的黑色茅草房,房前竹竿上晒着庄稼人破破烂烂的衣衫,麦苗是那样黄,那样瘦。……然而,贫穷又有什么关系呢?可以用双手去把她打扮得又美丽又年轻的!儿不嫌娘穷,儿不怕娘丑啊!

四姑娘急忙忙走着,心情又辛酸又热烈。对于家乡的眷恋,对于葫芦坝的难舍难分的情怀,对于未来的憧憬,使她浑身充满了青春的活力。她要为改变自己凄苦和不幸的处境去战斗!她要用自己积压在心里的,比一个春闺少女更为炽热的爱情,去温暖她亲爱的小长秀,去修补起那个残破了的家庭! ……

二

十点左右,连云场上“赶场”的例行节目进入了最高潮。太阳暖烘烘地照着高高的黑色屋顶,屋檐底下人声鼎沸,裹白帕子、蓝帕子的脑袋攒动着,黑色、灰色和土黄色的棉袄挨着、挤着、移动着。这小小的街筒子里的人群,达到了饱和程度,再多一个也装不下了!

然而,在四面八方的大路小路上,还有着三三两两提筐儿的、挑担儿的人们大步流星地赶来。

在猪儿市,粮食市挤的是男人们。妇女们多半提着半筐鸡蛋,或抱着两只鸭子,在场头场尾的石板路上摆个摊子。可是那些年轻姑娘们却不怕挤,三五成群手拉着手在穿棉袄的男人堆里钻来钻去,百货摊上看一看,供销社里转一转,她们要买的,不过是一面小镜子或一块鞋面布之类。

这会儿正是冬月尾,历来所谓“农闲”的日子。虽然干部们开会叫人们要“变冬闲为冬忙”,虽然那些墙上和石岩上有新刷上的标语:“全县人民齐奋战,两年建成大寨县!”“评水浒,批宋江,粮食亩产跨双纲!”……但是,庄稼人不大关心这些号召,他们得筹划年关将近的实际问题,设法补足一点明春的口粮。大多数家长关心着明年春荒来时,国家仓库有多少粮食拨下来。

“市管会”的工作人员们,逢到这样的日子是最忙的了。为了打击资本主义活动,他们把成群成堆的庄稼人、农村妇女们赶进一个肮脏的大屋子里“办学习班”。人们垂头丧气地蹲在地上,一个个都必须彻底交代才脱得到手。有些女人们眼看自己从孩子们牙缝里省下来,打算换一点粮食和针线的芝麻、核桃、菜油等香东西被没收,急得哭了。但哭也没用。市管会,还有“联防指挥部”的负责人坚定地相信:“只有堵住资本主义的路,才能迈开社会主义的步。”好像这些年来把国家搞成这个样子的罪魁不是别的什么人,而是这些手无寸铁、腰无半文的庄稼人!

许茂老汉的一背篼叶子烟早卖光了,他需要办的粉条、扁笋、黄豆等等做生用的货物也都买齐了。但他没有忙着打回转。今天这个场迟迟不散,他知道是什么原因:决算账目公布下来,那些劳弱户为着缴超分款,就得卖东西,而今年各地的收成都不好,劳强户并没有收下许多的现款,于是卖的多,买的少,自由市场就迟迟的散不了啦。这样的情形,对许茂老汉是有着吸引力的。这种吸引力可以使他暂时忘却自身的烦恼,遇到今天这样的机会,他不想闷着脑壳过早地离开这喧哗热烈的场合,他得看看:有什么便宜可以拣一拣。

他把自己的背篼寄放在七姑娘许贞那个店堂里的柜台底下去。许贞正忙着对付那些川流不息的称盐巴的顾主,没工夫接待老汉,但还是又娇又羞地伏在父亲耳朵边说:“爹,小朱今天又从城里来了,你一会儿转来吃午饭吧。”

老汉的印象里,并没有一个什么“小朱”,他瞪着老七:“啥子小猪小狗的?”

七姑娘可没得老九那样端庄,她一下抱住老父亲肩膀,满脸绯红地娇嗔道:

“人家耍的朋友。你来看看嘛,你要是没意见,人家才好考虑正式关系嘛!”

七姑娘语言中的“人家”,当然就是她自己,这个意思老汉听得懂;但他极不高兴她这种半土不洋的说话方式。他有几分厌恶地把老七的手臂推开,没说什么,响亮地喷着鼻子,跨出店去。

许茂老汉重新走进汪洋大海似的人流中来以后,很快就把刚才那点儿不愉快的小插曲丢到九霄云外去了。他的不昏不花的眼睛像鹰一样尖利而透彻地注视着市场的动向。但是,你看他外表:穿一件半旧的蓝布长棉袍,头戴狗皮风雪帽(这也是老八从遥远的祖国北方给他寄回来的),手上捏根尺多长的湘妃竹烟杆,走起路来不紧不忙的样子,你一定会误认他为一位不管家务的享受着养老金的老大爷。

不多一会儿,他巡视了半条街,来到公社卫生院的大门口了。这时,他的眼睛停留在一个站在来来去去的人流中的妇女身上。这个中年女人衣着不整,面带菜色,怀里横抱着一个赤红脸儿的小孩。许茂并不注意女人和小孩,而把注意力放在女人脚边那一个菜油罐子上。他估计了一下,半罐子油大约不会多于五斤。

老汉开言了,却并不谈那油罐。他像没事一样地问:

“哎呀,这孩子为啥啊?病了么?”

“是呀,老大爷!你看,烧成这个样子……”

“进去找医生看看嘛,打一针吃点药。”

“老大爷,看了呢!我一早赶二十多里路来,看了病,可还……没有去拿药呀!”

“怎么的?”

“我得先卖这几斤油,才有药钱。”

“油?哎呀,你可别叫市管会看见了呀,看见了是要没收的。”

“就是哩！我很少赶场，老大爷，你像活神仙样，做做好事，把这几斤油买去吧。你老人家当如救命一样。”

许茂听着这话，心里不由有些酸楚。然而他却把心肠一硬，说道：“油，我家倒不缺，不过看你孩子烧成这个样儿，买下吧。”他把右手伸进大襟怀里，问：“多少钱一斤？”

“大爷，随你给几个吧！我也不晓得行市。”

“好吧！”许茂心肠又一硬，咬了咬牙：“整数，一块钱一斤。不哄你，大行大市的。”

女人叹了一口气，但还是同意了：“好吧。”

许茂掂了掂油罐，女人忙说：

“净重四斤半。还是称一称吧？”

再掂一掂之后，他说：“算了，我相信你。不过，我今天没打算买这个，罐子也没带。”

女人挺爽快地说：“一个瓦罐也值不得几角，就相送了老大爷吧。”

“那咋要得哟！给你折算……一角钱，咋样？”

“你怎么说怎么办好。”

付了钱，许茂提起油罐就走。女人自去取药去了。

二十分钟以后，老汉已经站在食品站门外一个不十分显眼的地方。这里离街有半里，市管会的人是不经常走到这儿来的。他脚边放着半瓦罐油，有两个职工家属模样的妇女蹲在油罐旁边。

“多少钱一斤？”

许茂爱理不理地回答：“一块八。”

“太贵了吧？”

“贵啥子？大行大市的。”

“有少没少啊?”

“喊的是价,还的是钱,你们说了才算。”

“一块五。行么?”

老汉鼻里“嗤”了一声,表示不屑于多说。两个女人失望地走开了。

一会儿工夫,许茂老汉一连打发了三起买主。他要一块六,因为一角钱把生意做黄了。

这时,来了一个敦敦实实的小伙子,身穿工装,脚蹬皮鞋,头发老长老长,塌塌的鼻子底下蓄着一抹小胡子。许茂老汉鄙夷地瞟了这人一眼,心想:“不像个好人!”

小伙子左右前后巡视了一番后,指着许茂的油罐,盘问道:“卖油?”是城里人的口音。

老汉没有答理他。

“你耳朵聋了么?哼,看样儿你不是地富,也是个上中农!你没有看见布告么?食油不准上市!”

许茂回过神来,揣摸着:“这是市管会的么?不是。连云场上市管会几个人都认得,没有这么个愣小子嘛!”于是硬撑撑答道:“啥子布告啊?我认不得字!你赶场的,快各人赶场去,莫开玩笑。”

小伙子上前一把揪住老汉的袖子,同时亮出他藏在上衣口袋里的红色臂章来,恶狠狠说道:“你看我是干什么的?”说罢,提起油罐来,要拉老汉去上“学习班”。

这一下,许茂心中才暗暗叫起苦来,两眼也失去了光彩。他虽是视钱如命,但到底还是怕进那个“学习班”,在一旁围观的人越来越多了。

“走嘛!”小伙子像等不得了似的,提着油罐一边走一边回头催促许茂。老汉的脚杆一软,一屁股坐在阶沿石上。看热闹的人们纷纷议论起来:

“这是城里‘联防指挥部’的,老大爷,你今天碰上了,活该蚀财!”

“啥子指挥部哟,我看是个打秋风的!”

“吃颟头的!”

“呃,莫乱说,你们没看见人家那个红牌牌么?”

“算啰!老大爷,蚀财免灾,当如害了一场伤风,吃了两服药一样。”

“对!看样子,你这位大爷也不像蚀不起的干人嘛!算啰,算啰,这个年辰难说呀!”

人们七嘴八舌地说着。许茂老汉心中万分懊悔和气愤。这个一向精明刚强的老人,这些年在连云场街上吃这样的亏,还是第一次,而这一次,纯全是俗话说的“偷鸡不着蚀把米”。虽然丢了几块钱,对于许茂来说,并不是个了不起的损失,然而,拔根汗毛都要痛一阵的人,哪能就此平心静气呢!

当他站起来,悠悠惚惚往街里走去的时候,市场上依然喧喧嚷嚷,热闹非常。只是这一切对他都没有什么吸引力了。他埋头走着,他绝不愿意再耽搁,决定去取了自己的背篼,就立即回家。

正走着,突然从公社卫生院里冲出一男一女两个人来。女的指着许茂向男的说道:“就是他!”

男的上前一把抓住许茂:“吔!你老人家好狠心呀!”

老汉完全给蒙住了,而四周移动着的人群却好像冻结了似的,都站下来看:出了什么事啊?

那个男子向围观的群众介绍道:“同志们,乡亲们!大家来评个道理。这是我的邻居李二嫂。”他指了指身旁抱着孩子的中年妇女,“她的幺娃害了病,今天提着四斤半清油来卖,为的是看病取药。可是这位大爷太没良心,趁火打劫,出一块钱一斤买下了李二嫂的油,还说这是‘大行大市’呢!……吔!相欺到孤儿寡妇名下来了呀!”

群众一听,都不依了,纷纷质问老汉:“你说!是不是这样的?”“油呢?退出来!……手上没得,你卖出去了吧?卖多少钱一斤?”

人们怒吼起来:“这老头子搞转手买卖!揪起来!”

“押到公社去!”

这可不得了。许茂从未遭遇过这样的阵仗!脸上现出死灰色来了。

这时,人圈外面挤进一个干部模样的人,含笑向人群示意,叫大家静下来。然后说道:“同志们,各位兄弟父老,我来说两句,这件事发生在连云场,确实是很不幸的。”

这人说话声音沙哑,口齿却流利。许茂在昏昏然中抬起眼皮看了一下,不由得更加恼火——这是郑百如!

老汉心想:完了,今天算把脸丢尽了!

但是,郑百如把话锋一转,却轻而易举地说服了愤怒的群众。

“……同志们,大家都是贫下中农,一根藤上的苦瓜,何必动气呢?有理走遍天下,无理寸步难行!自由市场本来就没有一个明码实价,卖方总想多卖几个钱,买方却想少出几个钱,都是双方协商议定,一不估买,二不估卖,两厢情愿才一手交钱一手交货,这说不到相欺二字,更讲不到良心不良心。不过,话说回来,这位老大爷看样子不是出不起钱的人,我建议,一斤再添两角,把这件事搁平算了。”

他说的都在理,大家也就不再吼了。李二嫂的邻居虽然还有点不服气,怎奈郑百如已经把香烟掏了出来,敬一支烟,还把打火机也凑过去。见对方没有再说什么,郑百如忙塞了一元钱在李二嫂手上。

“乡亲们！要赔礼,我来赔,要道歉,我来道。——为啥呢？这位老人家是我的老辈子,他少赶场,少开会,觉悟低,行市也摸不着。望大家多多原谅！现在,赶场的快去赶场,访友的快去访友。”

人们被他这满口江湖话逗乐了,各自散了开去。他忙上前扶着老汉挤出了人群。老汉心情复杂极了,但到底还是得感谢郑百如,要不是他,今天老汉可真够受呢！

“你自己先回去吧,我还要到公社去一趟。”郑百如在老汉面前并没有夸耀自己的意思,说罢转身离开了老汉。

三

许贞看见她爹还没有等到吃午饭的时候,果然就转来了,心里好高兴！忙拉老汉上楼去休息。

但老汉执意要回葫芦坝了。

七姑娘娇嗔地对她爹说:“爹！人家给你说的事喃……”

什么事啊？老汉已经忘了。他脸上灰白色的牛角胡子打颤,坚持从柜台底下端出背篼来。

七姑娘有点嗔怪地说道:“爹,你只关心姐姐她们的,就不关心我的事么？”

老汉这才抬起眼皮,认真地看着面前这个丰满、艳丽得有几分俗气的大姑娘。这几年这个姑娘少有在老人身边,他也确实少有想到她。但岁月流年,不知不觉中老七已经二十四岁了!

“唉!”老人轻轻叹了一口气。

虽然许茂有偏心,不大喜欢这个爱虚荣的、挣了工资却不往家里捎钱的女儿。然而,天底下一切做父母的那种共有的本能,还是唤醒着许茂不能不想一想有关她终身大事的问题。“唉!”他再次叹了一口气,到底回忆起老七在一个钟头前,曾说过的“耍朋友”的话。

社会是人们最好的教师。不识字的思想家许茂的学问全都是从他对于社会问题的思考和比较中得来的。在这方面,他并没有半点不切实际的幻想和虚荣心。尽管人人都夸他的女儿们一个个“又长得好,又能干”,但他从来不听别人的怂恿,在城市里给找女婿。他要求他的女婿们都是有根有底的厚道老诚又能干的庄稼人出身的子弟。

七姑娘的归宿问题,对老汉来说,是一个新的问题。按照近年来社会上形成的一条没有成文的“规矩”,农村的姑娘参加工作,吃上公粮以后,她们和她们的父母都自然而然地认为:如果再在农村里找个女婿,那就太不明智了。有些甚至采用“不跟你耍”的办法与自己原来的未婚夫一刀两断,如果这个未婚夫依然是一个农民的话。这种“到哪个山头唱哪个歌”的风习,真是“实际”得不能再实际了。但是,作为实际家的许茂老汉却并不欣赏。

眼前这个二十四岁、亟待出嫁的姑娘,自己已经找上了对象,是城市里的。她请老汉“过目”,不外乎是个一般的手续问题罢了。她的爱情胜过她的孝心,当父亲的要是同意当然好,要是不同意呢,那也无关大局的。现在,七姑娘当着店堂里的同事和顾主们的面,毫不羞涩地撒着娇,连推带拉地把她的父亲请到楼梯口。

“他在楼上,你去看看嘛!”漂亮的七姑娘喘着气推着老汉说。

顾主们莫名其妙地望着这父女二人。供销分社的营业员也都停下手上的活计,说道:“许大爷,你去看看嘛,蛮不错的。”

事已至此,许茂老汉由不得自己了,只好由七姑娘扶着膀子,一步一步登上楼梯。

楼上是几间小小的宿舍,父女俩停在一个门口,许贞向着屋内脆生生地叫道:“小朱! 爹来了。”

门开了。面前站着一个人,首先映入老汉眼帘的是一抹小胡子。老汉心里“咯噔”了一下,定睛一看:小胡子、塌鼻、阔脸、长发……像见着了鬼似的,老汉愕然而且瞠目结舌。羞耻和愤怒,像火一样烧烤着他的心,不敢看,不愿看,撇转脸盯着楼板。然而,这一盯,却盯着了那个使老汉今天受尽凌辱的油罐——确切地说,应该是那位远来的女人李二嫂的油罐。

墙脚边的楼板上一排放着七八个瓶瓶罐罐,老汉的瓦罐子显眼地排列在最后的位置上。显然,这些油的来历是不需说明的。

小胡子窘迫地站在门口,但还是怪难为情地叫了一声:“爹!”

许贞见这情景,愣住了。

“你们这是咋个的哟?”

小胡子青年尴尬地说道:“误会,误会……”

许茂转身就走。刚走两步却又回身跨进屋里,凶狠狠提起那一瓦罐油来,咚咚咚地下了楼,在楼梯口,许茂老汉使出全身力气,对着楼梯狠命地啐了一口“呸!”横飞出去的唾沫险些儿溅在追下来的许贞的花呢外衣上。她抓住老汉,急忙忙问道:“爹,爹,这是……”

“这是我的油!”许茂高声大气说,并扬了扬手上的油罐。

“咋个回事哟?你说说嘛?他今天一早从城里来要,说是帮城里的亲戚买点菜油……”

“买?”老汉骂道,“当‘棒老二’,抢!”

“咹?”七姑娘明白一点由头了,惊愕地张大了嘴巴。店堂里的人们闻声立即向这边转过脸来。

许茂老汉扼要地向人们追诉了他今天的遭遇。当然,有关李二嫂的那些情节他没有说,主要是揭发那个小胡子对他的诈骗行为。

“简直是大白天活抢人啦!”老汉这样结束自己的控诉。

店堂里的营业员一个个面面相觑,其中一个中年人走近许贞身旁说道:“小许同志,那个小朱哪是什么‘工人’?他在一个小工厂挂着名,却不正经干活路,这几年都在操‘飞机’呢!我城里有个亲戚就住在他家隔壁。”

“那你咋不早说出来?”另一个青年责备道。

中年人申辩道:“我咋个没有说呢!可是那天我刚对小许说:‘要慎重点哟,而今乱糟糟的,谨防上当受骗!’可小许一听就对我不满。开民主会还提意见,说我‘干涉人家的自由’。我的天!”

许茂余怒未消,又气上加气,他瞪着老七呵斥道:“你这个不成器的东西!”

早已脸色苍白,气得六神无主的七姑娘突然“哇!”的一声,恸哭起来。

这时,供销分社的干部和营业员们一齐出面来进行干预了。有的主张把那个小朱驱逐出境,有的建议把那个诈骗犯送到公社治安员那儿去,有的人主张干脆弄出去游街示众。正在大家各说不一的时候，许贞冲上楼去了。接着，那个神气十足的小朱就被赶下楼来，而在他的身后，那些油瓶油罐全部摔了下来，稀里哗啦地打在他的背上、脚上。

当许茂老汉同供销分社的干部跑上楼去时，许贞已经把门闩得紧紧的，在屋里痛哭。

七姑娘啊七姑娘：哭吧，哭吧，你这个无知的女子。你给许茂老汉丢人，你给许家的姑娘们丢脸，你为什么不能像你的众多的姐妹们那样严肃地对待人生？你为什么把你爱情花朵这般轻率地抛向泥淖？你懊悔了么？懊悔吧！痛痛快快地哭一场，让悔恨的眼泪洗净你的虚荣心以后，你也许会知道什么是真正的人生，什么是真正的爱情！

四

供销分社副食品商店的斜对门，是一排有玻璃橱窗和玻璃柜台的百货商店。这里的顾客们多半是些妇女。

乡下女人们在街上卖完了鸡蛋或家禽，这会儿提着空空的篮儿正在玻璃柜台前转悠着，她们都希望给自己的丈夫和孩子以及她们自己置一件过年的新衣裳。然而，柜台上的布匹，花色品种不多，质量也不甚令人满意。刚刚用实物换来的钱捏在手心里，都捏出汗了。显然，她们还没选购到合适的布头。

一块儿来的熟人们就聚在宽阔的店堂里拉扯着闲话，传递着各自对这一场物价情况的感想；不相熟的，则喜欢从一旁去瞅着别人，不外乎是注意人家的年龄、体态，衣服的颜色、式样，以及鞋子做得好不好看。……

这时候,从门外走进一个年轻妇女来。店堂里的妇女们立即就注意到了,眼睛都停在这个挎着小布包、刚刚进门的少妇身上,她们看着,品评着:

这是一个二十八九岁的女人,("已经不年轻了。")蓝色半新的中式衣裳,("针线还不错,颜色太老了一些。")细高身材,("瘦!")鹅蛋脸,("下巴太尖了点儿。")眼里含着一丝忧郁,("睫毛好长啊!")形容略显得有些憔悴,("这是为什么呢?")……但是,谁都看得出来,这贫寒的装束,怎么也掩不住她美丽、天然的风姿。

那年轻女人侧身挤到柜台前,仔细地挑选着那些布匹。

"合适么?要哪种颜色?"营业员问。

她指着青哔叽,说:"扯一丈二。"

营业员很麻利地撕下一丈二尺青哔叽来,又问道:"还买一点什么?"

"还扯点花布。"

"这个花子素净,合适么?"

"不,要那个细红花的。"

"多少?你穿六尺合适。"

"不,两尺。"

营业员哗哗地撕下两尺白底细红花布。

女人又指着货架上的草绿色咔叽:

"要四尺,那,草绿色的。对。"

算账,付钱,一切手续齐备以后,那女人就将大小三块布放进她的小布包里,结好结子,像刚才进来一样,平平静静地走出店堂去了。妇女们的目光一直把她送到人流之中。

那年轻女人在人丛中慢慢移动着脚步,不时抬起头来四处张望，好像希望碰见她心中思念着的什么人似的。

不多一会儿，她又买到一封杂糖，四把机器挂面。最后来到食品站的肉架子旁边。

这里排着长长的队伍。当她排在队伍后面的时候，听到前面在吵嚷着：

"不兴开后门哟，外面人还多呢！"

"还有一点规矩没得！老子等了半天啦！"

她听着，微微皱起眉头来，担心轮到自己时已经割不到肉了。

队伍缓缓地向前移动着，终于轮到她了。

"师傅！我要一块礼菜。"她对卖肉的说。

满头大汗的刀儿师傅抬头白了她一眼，没好气地说道：

"我这儿卖猪肉，没有卖'礼菜'！"

女人的脸红了，很难为情地说："那就请你割肉吧，要一块'膀'。"

刀儿师傅缓和一点了，问她："要'膀'呀？是走娘家的吧？"

她更难为情了，含糊地点了点头。

但是那位噜苏客又说："你没有赶过场吧？什么'礼菜'呀！反'四旧'早把这个名词反掉了。割肉就叫做割肉，现今不兴那些旧风俗了。懂么？"

说着，一块圆形的肘子肉已经割好了。

"三斤半。"刀儿师傅说。

她忙掏钱。然而数了一数，三斤半肉钱却凑不齐了。她急得满头大汗。

"怎么，钱不够么？"刀儿师傅问。

"是不够了。呃，师傅，请你放在那儿，我这就去借了钱来取。"

她想到老七那儿去借钱。

在这种情形下，对待一个农村妇女，卖肉的却是铁面无私的，他说："不行！没钱就让开。下一个！"

女人只得让出位子来。她怏怏地站在食品站大门口，好不惆怅！

"秀云！是你……"

突然，从她背后传出一个男子的沙哑声音，她不由得本能地紧张起来。

郑百如提着一块猪肉从食品站门内走过来了。停在她面前，无限温情地问道：

"你赶场么，怎么在这儿呀？割肉？"

"不。……"她撇过脸去，狭路相逢，真使人难堪呢！许秀云是半点儿也不曾预想到。

旁边一个刚割了肉出来的老头儿对郑百如解释道："这位女同志刚割了一块，三斤半，可是钱不够了。"

"哦，这有啥关系嘛！"郑百如立即摸出一把票子递到许秀云的面前："拿去。"

秀云看都不愿意看一眼，说："让开！我还有事哩！"

郑百如把票子揣回口袋里，说："那么你等一等，我去给你取来就是。"说罢就大步奔进大门去了。

一旁有人羡慕地对秀云说："你等着，没得问题，他是有面子走后门的。"

秀云趁着这个空儿赶紧离开了这里，向人群拥挤的热闹处走去。

郑百如提着那块三斤半的猪肉肘子跑出来时，已经看不到秀云的影子了。不由得失望地叹了口气。

他这些天来千方百计要想找到许秀云单独谈判一次,但是,总找不到机会。许家院子里他去试过了一次,却因自己太鲁莽,差一点儿被人家当贼娃子捉了起来。有时他想到地里去找她谈,怎奈有着那样多社员在场。……今天这个机会,是他完全没有想到的。他早晨一早就到场上来了,向公社交了葫芦坝大队的决算表,顺便又向领导汇报了支委会上制定远景规划的情况。公社书记当场表扬了葫芦坝的工作搞得出色,粮食跨了纲要,很可能名列全公社第一位,而制定规划的行动又这么雷厉风行,对别的大队有很大推动作用。郑百如受了表扬,心情轻松多了,到街上转一圈,恰好又帮了许茂老汉一个大忙,料想自己给他留下了很好的印象。于是心头简直有几分飘飘然起来,跑到食品站,从"后门"上割了两斤肉,正打算到连云场后街那个寡妇家去,谁知天赐良机在这儿把许家四姑娘碰上了。

然而,她又溜了!此刻,他的失望,倒是十分真实的。想了一阵,他决定无论如何今天得找她谈一次话。根据他这几天来的分析,他认为希望还是有的,秀云不愿改嫁到耳鼓山去,这就是一个最好的重修旧好的时机。他想:退一万步说,即使"复婚"不成至少能将她笼络住一个时候,只要在工作组没有离开葫芦坝这个期间内,能够将她拖着,对他说来也就是胜利。工作组一走,葫芦坝依然是他的天下;而且,现在从小齐同志的态度看来,笼络住许秀云的计划正在一步步变为现实呢!

郑百如提着两块猪肉钻进了后街那个名叫王老三的寡妇家里。王老三是个反属,当年开始造反那阵,她就和郑百如勾搭上了,只是后来出了告示,不准她这样有"身份"的人参加造反,她才收刀敛卦深居简出,时时盼望像郑百如这样的“老朋友”去看望她。现在见郑百如提着两块猪肉来,真是喜出望外,忙把他安排坐定,就要去烧火煮饭。

可是郑百如却不多坐。他说:“我还有事哩！要出去一下。”

王老三说:“我可晓得你要干什么,今天你那个从前的婆娘在街上赶场呢!”

“是么?”郑百如装着不晓得。

“是呀！我前会儿出去买菜,亲眼见了。”

“那么我得麻烦你一件事,”郑百如乘机说道,“我去找了她来,借你这屋子谈谈话。”

王老三老大不痛快,她不情愿地说:“你们要谈,在街上谈不可以么?”

郑百如忙解释说:“你别酸溜溜的,以为我还对她有意思么?不,早没有啦,她不是跟我一条心的人！可是,眼下葫芦坝来了工作组,我对工作组卖的什么药又还摸不清底细,怕的是那个婆娘万一成了积极分子,她会整我的黑材料。我得先把她稳住。”

王老三听了肉麻地说:“这个,是你的拿手好戏呢！你人才又好,口才又强,还下得软,哪个女人遇到你呀,都会……”

“不要开玩笑了。”郑百如正经地说道,“你先把屋子收拾一下,我这就上街找她。”

“那我怎么办？在这儿不会妨碍着吧?”

郑百如要求道:“你远远看到我领了她来,你就先躲一躲,我会告诉她这是一个干部的家里。事后,我再感谢你,好不好?”

“不好!”王老三故意说。

郑百如在她脸上迅速捏了一把,就起身出门去了。

这时日头当顶,快近中午了。许秀云挎着个布包正往上场口走着。她要去找她的七妹子许贞借钱割肉。

刚才和郑百如狭路相逢,使她很不愉快。但过后,她反而镇定了。她觉得自己没有必要害怕他。不是么,虽然她至今还仍然生活在郑百如的阴影笼罩之下,但她却已经看到了一线可以去争取的光明。有了那一线光明的召唤,她就将努力去冲破这阴影,哪怕是历尽艰辛、赴汤蹈火也在所不惜!

一个性情敦厚、心性高尚的女人,在艰苦困难的环境中,当她看清了自己未来生活的目标时,她会变得勇敢和坚强起来。这种勇敢和坚强甚至是她本人在事前也想象不到的。

她走着,额头上渗出了细细的汗珠,也顾不得去揩。她不愿意碰见什么熟人来和她打招呼,只希望快一点儿重新买到一块"礼菜"——这,在她看来,是异常重要的事情,甚至是一件可以决定她的命运的事情。她现在已不是用空幻的向往,而是用扎扎实实的行动在争取美好的前程。她明确地意识到,她今天的一切行动,都是为着利用即将到来的老汉的生日,使她的大姐夫和她的父亲重新和好。

突然,她仿佛听见远远的有一个声音在叫着:"四娘!"

也许是一种幻觉吧?不,也许是一个不认识的孩子在叫他的什么亲戚吧?……秀云略略站了一下,又继续前行。

"四娘!"声音更大了。

她四下里张望了一下,并没有看到是谁在叫。"是心头在想吧!"她不好意思地这样责备自己,又往前走。

但是,她的手被一个半大的孩子抓住了。

"四娘!我追了你半截街呢!你听不出来是我的声音么?"

眼前站着长生娃！她的可怜的大姐的亲骨血，她的可爱的亲侄儿。她真是喜出望外，高兴得眼睛都湿润了。她摸着长生娃没戴帽子的脑壳，亲切地问道：“你怎么也上街来了呀？”

“我们学校放寒假了。”

“就你一个人来？长秀呢，她没来吧？”

“来了！长秀来了。”

“在哪儿啊？”秀云更高兴了，她举目四望，多么想见那个她曾抚养过的、没娘的孩子啊！

“在那边呢！跟爹爹在一起。”

“你爹也赶场来了？”

“嗯，他领着我来剃脑壳。妹妹也在理发店里剪了头发呢，剪得多好看的！”

“走，领我看看去！在理发店么？”

“不，这会儿在那边——在市场上。”

长生娃拉着四娘转身往回走。一边告诉她说，他们一家三口一早就来了。不知为啥他爹爹今天特别高兴，一早就笑嘻嘻地把兄妹俩叫起来，说是一块上街卖柴，理发，顺便还要买点盐巴、小菜和猪肉，回去打牙祭。他们在柴市上站了好半天，一百多斤干柴块块卖了六元多钱。马上去理发，从理发店出来，就去买东西。当他们从旧货市场经过的时候，他爹发现有几个旧书摊，于是就停下来去看书，那些差不多都是没人要看的大本子书，又旧又破，什么《土壤学》《水利工程学》《植物生理学》……他爹看着看着就不想走了，后来干脆买了下来，竟忘记了还要割肉和买盐巴的事。

“我和妹妹都不高兴。”长生娃一五一十说，“爹爹买了书，一个钱都不剩了。他对我们说：‘等我回去打了柴，再来割肉。’我说：

'好吧,下次多打点柴。'可是妹妹不答应,她哭起来了,硬要爹去割肉……哎,四娘,你不晓得,我们家,有半年没吃过肉了!我和爹爹都能克服,我晓得将来生产搞好了,就有肉吃,可是妹妹,她还小,她不懂事啊!"

四姑娘听到这里,心都碎了!她抹了一把眼泪,问:"那咋个办呢?"

长生娃说:"你不晓得,我爹爹好爱我妹妹啊!一见妹妹哭了,他就说:'好!割,一定割两斤肉回去吃。'他边说,就一边脱下他身上穿的那件旧毛衣,摆在背篼上卖。我说:'算了嘛,冷呢!'他却笑着说:'不冷,冬天就要过完了,一开春就暖和了!'"

四姑娘不忍再听下去,泪水像断线的珍珠,颗颗往下落,她拉着长生娃加快脚步向着旧货市场走去。

擦干净模糊的泪眼,向孩子手指的方向看去,四姑娘看到了她的大姐夫站在阶沿上,小长秀依偎在他的脚边,一旁插着根柞木扁担,面前的背篼上放着一件半旧的鼻烟色毛线衣。

葫芦坝的前任支部书记、复员军人金东水,肩膀上露出棉花,站在一群衣着破旧的庄稼人当中,守着面前的衣物,等待着那些同样的、也不富裕的阶级兄弟,用友谊的手拿出少许几个钱来,以援助他们,度过眼前的窘境和暂时的困难。此情此景,真有些叫人心酸!七十年代的连云场啊,同四十年代的面目有多么的相似!金东水清清楚楚地记得,他像长生娃这么大的时候,他和他的爹——长生娃的爷爷——也是站在这儿卖掉了家中惟一的一床棉絮。历史的惊人的重复,实在引人深思。所不同的是,四十年代的庄稼人比今天的金东水,脸色更为苍凉一些。今天的金东水虽然落到这般境地,却不显得怎样的凄惶。他高大壮实的身子站在那里,四方形的脸上流露着坦然、自信的神态，浓眉下的两眼是温和的，很有神采。

许秀云在远远的街中间站了约莫几分钟。她在等待着跳荡的心平静下来，等待着那泉涌的泪水快一点止住。终于，她镇定下来了，她使自己尽量自然随和，甚至强作笑颜，希望不要显得羞怯。她向他走了过去，勇敢地喊了一声：“大姐夫！”

小长秀从惊愕中清醒过来，一头扑进了四姑娘的怀抱。

金东水却显得有些不自然了。他脸上几乎没有什么表情。他心里埋怨着长生娃：“这个不懂事的娃娃！你眼睛才尖咧，你把她引到这儿来干啥嘛！”

四姑娘这会儿却不知从哪儿来的勇敢和气魄，她简直毫无顾忌，用那清澈明亮的目光直逼他的眼睛。停了停，他们什么也没有说。她把那件毛衣拿起来看了看，记起了这是十年前，大姐买的毛线，叫她给大姐夫织成的。

“卖它干啥子嘛！留着穿吧。”她这样说。就像这儿的事该归她安排似的，她把毛衣放进背篼里，压在那几本书上面，叫长生娃背着，然后自己一手挎着她那布包袱，一手牵着长秀，催促老金道：“走啊。”

“到哪儿去？”长生娃天真地问她一句。

这，她却一时回答不上来了。说是她手上还有着能够割两斤肉的钱吧？不行，那样简直太伤一个男子汉的自尊心了。他们究竟只不过是亲戚关系，而并非一家人啊！

于是她回眸一笑，答道：“回家去嘛！”这话才说出口，她又觉更不妥当。回家？他们各自只有自己的“屋子”，而没有“家”啊！

老金说：“四姨，你先走着吧，我还有点事没办完。”他不便说出盐巴、猪肉那一类叫人难堪的话来,但他不知道长生娃把一切秘密都告诉她了。

四姑娘见他说话有些吞吞吐吐,不由得心头又酸楚起来。一个身强力壮的、有理想有抱负的男子汉,为一些生活上的具体小事,竟然落到这般窘迫的境地!而自己眼下这个处境却不能助他一臂之力。该怎么办啊?

但是,就在这进退两难的时候,上街跑下街寻找秀云的郑百如走到他们面前来了。

郑百如此刻的脸色是要多难看有多难看。这个自以为能掐会算的人,完全没有料到今天会在连云场光天化日之下看到这一幕!他嘴唇痛苦地扭曲着,反映出他内心的真正的痛苦;他眼睛里闪烁着鬼火似的蓝光,说明他灵魂深处的狡黠。

由于这个情形来得太突然,金东水也很难为情,他不知道该怎样来向郑百如——以及向社会解释清楚刚才的真实情况。他坦然地向郑百如走过去一步,问道:“你找我有事么?”

郑百如傲慢地摇了摇头。他好像抓住了别人一件重大的事关革命安危的秘密似的,鼻子里冷冷哼了一声。

然而,当这个以胜利者自居的郑百如,正要开口说出一点什么有分量的话来时,许家四姑娘却勇敢地跨到她大姐夫身边,说道:“走呀!老站着干什么!”

老金困惑地望了她一眼。只见她脸色显得那样出奇的镇定,她的双眸平静得就像一泓秋水,只有真正无私无畏的女人才有这样的眼神!

“……”老金欲言又止。

四姑娘忙说:“上哪儿?先去割两斤肉给孩子们吃!”说着伸手

推了老金一把。

郑百如咬着牙巴愤怒地盯着他们远去的背影,闪动着鬼火的眼睛渐渐地眯成了一条缝。

“哼！原来如此啊！金东水,我看你有多大的本事！你想从这个婆娘身上来打开我的缺口么？没那么容易!”

郑百如这样想着,离开了旧货市场。但却没有再回到后街王老三的窑子去。他大步流星地往葫芦坝走,他得赶紧回去,事不宜迟!

第六章　田园诗

一

在葫芦坝靠西的河坎上，有一溜向阳高地，深褐色松软的泥土里，生长着全坝子上最好的庄稼。排着方阵一样的麦田，正在拔节期，绿葱葱的，健壮挺拔，一派蓬勃生机。在大片麦田的方阵中间，像棋格子似的，这儿，那儿，呈现着一块块的嫩黄、粉红和深紫色，好看极了。

那粉红色的是刚刚开放的豌豆花。星星点点，水灵清秀的花儿，被绿色叶片簇拥着，像刚刚醒来的少女扬起头来张望着冬天的太阳。那颜色紫红的蚕豆花儿，深深地隐藏在浓绿的叶片下，像害羞似的，跃跃欲试地张开健美的双翼。早油菜花一片嫩黄，千朵万朵朴素娇小的花儿，借助着阵阵冷冽的寒风，向世界散发着一股股沁人肺腑的清香。

这一片欣欣向荣的庄稼地，与整个葫芦坝的荒凉寂寞比较起来，是多么的不协调啊！假如把它比作干旱沙漠里的绿洲，比作茫茫大海上的宝岛，当然显得夸张了一些，然而，它确实是葫芦坝的一颗明珠！它以自己夺目的光彩，吸引着葫芦坝上一切正直的庄稼人，它的价值只有真正的庄稼人才懂得。

这颗闪光的明珠，正是吴昌全科研组的试验地。

这一天，团支书许琴陪伴颜组长和小齐同志来这里参观，真是又高兴，又禁不住一阵突突突地心跳。

对于质朴的农村姑娘来说，恋爱是不需要“谈”的。怎么谈啊？她的眼睛耳朵更管用。她把自己对于男子的所见所闻放在心里仔细斟酌之后，事情成与不成大致就定下来了。她们既不像某些知识分子那样缠绵悱恻，也不像她们上辈母亲那样对未来的伴侣一无所知。她们听一句就懂得一百句。

二十多岁的许家幺姑娘自己也说不清楚是在什么时候、什么样的情况下，在自己的心里产生了这样一个念头：除了父亲和姐姐以外，她需要有一个志同道合的人，和他说说心里的话，同他一块儿并肩作战，去建设社会主义的新农村。九姑娘跟她的姐姐们是不同的。从前，当爱情在她那些姐姐们心中苏醒的时候，像四姑娘那样的人，是希望找一个各方面都比自己强的丈夫，在她纯洁而又善良的心灵里，曾朦胧地认为：做一个贤妻良母是自己的天职。而七姑娘却有着另外一种希望：她要求未来的丈夫比自己弱一点儿，才不至于不听使唤。三姑娘则是在找到了自己的丈夫以后，才产生爱和恨，爱他的忠厚善良；恨他的软弱。……姐姐们的这些心思，天真的九姑娘不曾体验过，因为生活给她提供了另外一种条件。她憧憬着另外一种新型的、劳动和战斗的夫妻生活，她爱那些为人民的利益去吃苦的英雄，至于那个人是什么样的性格，却考虑得不多。她作为团支部书记，看到有些成天厮守在一堆的小夫妻们，为一件衣服、一双袜子而讨论不休，或为几个钱而大吵大闹，她就感到厌烦。

如果说，爱情在九姑娘心里苏醒，先前还是一种朦胧的“情绪”，那么，几天前那个晚上，她同金顺玉大娘促膝谈心以后，她就第一次清楚地体验到：向往爱情生活的强烈感情，像满河春水一样陡涨起来，她那心灵的河床快要盛不下了！那个从不显山露水的青年实干家的影子，他那高高的身材，宽宽的肩膀，匆匆忙忙的步履，英俊的面孔，轻锁的双眉，蓬松的头发……都在她心里生了根。对，吴昌全正是她倾心眷念的那个人！一旦清楚地意识到这一点，她就禁不住觉得脸上发烧，心儿突突突地跳！

虽然内心的激情像一团烈火，在她胸中猛烈燃烧，但团支部书记却在努力克制着自己，一种莫名其妙的思虑压抑着她——她怀疑：自己是一个团干部，带头搞恋爱，这合适么？

此刻，那个聪明的实干家正站在她身边，回答着颜组长提出的关于科研地里各种试验项目的问题。

平常少言寡语、有时说话顶撞的科研组长，惟有在别人同他谈到农业生产问题的时候，才会显出他的口才来。在这方面，他的确学识渊博，说起来滔滔不绝。他总是尽一切努力来说服人家，企图使谈话的对方坚信：按科学的办法搞农业生产，就能摆脱贫困，加快社会主义建设的步子，使庄稼人过上丰衣足食的日子。工作组同志齐明江不时插话，指出他不突出政治的问题：

“路线斗争的问题不解决好，你这些庄稼长得再好又有什么用呢？”

吴昌全好像没有听见似的，依然在兴奋地向颜少春介绍着：“……这个么？这叫‘凡六’，是个新品种，我们写信向省农科院要了点来做品比试验的。你看，它跟别的麦子不同，秆矮，健壮，能抵抗黄锈病和白粉病，这可不简单。我们本地的麦子，每年遭黄锈病为害损失的产量就有三成！……这个么？这是‘九八洞杠幺六’，一个特早熟小麦品种，最适宜于搞间套。”

“什么，什么？请你讲慢点呀。”颜组长打断他的话，“叫九八什么的？”

吴昌全耐心地重说一遍，又掏出钢笔来，在一个小本儿上撕下一张纸，画了几笔，递给颜组长。

颜少春接过一看，见写着几个数目字：“980—16_{A}”。

“它的优点是什么呀？”

“成熟早，产量高，也能抗锈病。”

“那么，将来葫芦坝就大面积推广这个品种吧！”

“不行，不能大面积推广。”

“为什么呢？”

“大面积上品种太单一是不行的，播种期和收获期太集中，劳动力安排不过来，还得要早熟、迟熟和中熟的品种，因地制宜地各种一点。”

这种纯技术性的谈话，叫小齐同志听得很不耐烦，而他的几次插话，却像一片树叶儿落进滔滔的江河，谁也不曾注意到它，就被淹没在滚滚的浪花中去了。他愤怒而孤独。于是他决定趁这个工夫同许琴谈一谈青年工作方面应注意的事情。

许琴站在稍远的一旁，一直努力镇静着自己撩乱的心绪，想听颜组长和吴昌全讨论的题目，但思路老是集中不起来。吴昌全健壮的身影，以及他好听的男低音，是那样扰乱着她的情怀，像阵阵春风吹来，使她双颊泛红，两眼闪着异常动人的光彩。当小齐同志向她转过脸来的时候，也不由大吃一惊，像触电似的麻木了，呆滞了，有生以来，第一次从他心底升起一股柔情，竟把自己要谈的关于青年工作的话题忘得一干二净了。

但是，小齐，毕竟是小齐，他经过短暂的迷乱之后，马上就清醒过来。他断定自己刚才的情绪是一种危险的情绪:"儿女情长,是资产阶级的东西,它可以使一个革命者丧失立场……"报纸上不是说得十分明白么?

在这一点上,许琴倒和齐明江有着共同之处呢!她感觉到小齐在注视自己的那一刹那间,心情立即就镇定下来了,脸上表现出"公事公办"的样子,向小齐同志看了一眼。小齐忙问:"你们团支部……多少团员?"

"二十一个。"

"全大队多少适龄青年呢?"

"七八十个。"

"学理论、评《水浒》的运动开展得咋样?"

"不怎么好。我们葫芦坝没有一部《水浒》,谁也没读过那部书,怎么评嘛。"

"没关系,报纸上不是有文章吗,组织大家边学边评嘛!去年批林批孔,你们共写了多少批判文章?"

"记不清楚了。"

"人平多少,有个大概数吧?"

"人平……"

许琴的目光像被什么吸引着,转向一边去了。前面,吴昌全领着颜组长离开了麦子地,已向那片花团锦簇的豌豆地走去。

"怎么,想不起来了?有记载吧?"小齐问。

"哦,你说什么?"许琴回头慌乱地反问。

这一次,小齐自己也糊涂了,他说:"你们团支部……多少团员呀?"

许琴突然清醒过来,笑道:"刚才不是说了,二十一个嘛!"

“唔……”

齐明江这辈子头一回在一个姑娘面前红了脸。

许家九姑娘并不傻。一个青年男子在她面前这样脸红,她知道是什么意思。她忙离开他,朝豌豆地那边走去。小齐呆呆地望着她的背影。

这时候,颜少春站在开花的豌豆地边笑吟吟地回过头来向许琴和小齐招手。等两个年轻人先后走到她身边以后,便对他们说:“来,听小吴同志给我们上一课。”接着她又亲切地称呼“昌全”,要他讲一讲种豌豆的学问。

吴昌全在和蔼的工作组组长面前一点也不拘束。他那平时有点忧郁的眼睛,这会儿蛮有精神。他一高兴起来,黑苍苍的瘦脸越发显得英俊。只有在这种情形下,粗心的人们才能发现他原来也有着一张青春焕发的好看的面孔。

“从哪儿讲起啊?”他并不困窘,说话大方自若、不卑不亢。只有那种心地坦然、毫无私心杂念的新型农民才有这种神态。他不像齐明江那样,见着上级就怕,见着下级就压。凡是那种精神充实、理想远大,在生活中给自己选定了一条伟大而艰辛的道路、为人民的利益自愿去吃苦的青年,都有这样坦然的神态。

颜组长十分喜爱这个年轻人。她回答道:“介绍介绍这豌豆的科学嘛。”

“豌豆,”吴昌全说,“属于豆科,匍匐茎,叶对生,蝶形花冠。……”他用两个指头摘下一朵花来,撕开花瓣给颜少春看,“这叫旗瓣,这叫翼瓣,中间隆起的,叫做龙骨瓣。它是雌雄同花,花蕊藏在龙骨瓣中间。……”

颜少春从地上把他撕下的花瓣捡起来,一片一片地并拢来,辨认着:“旗瓣,翼瓣,龙骨瓣……”

吴昌全接着往下介绍:“这是一种耐寒抗旱、经得起贫穷考验的作物,在瘠薄的土壤里,也能长得很好,还可以培养地力。豌豆籽含有丰富的蛋白质和淀粉。……只是目前产量还不很高。”

“怎么才能提高豌豆的产量呢?”颜少春寻根究底地问。

“我们正在试验。”

“有一点路子没有?”

“还没有呢。”

“那么,”颜少春指着眼前两畦盛开着鲜花的豌豆苗问,“像这样的苗稼,这样多的花,一亩能收多少斤豌豆籽?”

昌全正要回答,颜组长却止住了他,叫他别忙说出来。她把脸转向小齐:“你先估个产。”

小齐同志的脑子里关于农业产量方面的概念几乎空空如也;而且,这一阵,净装满着那些胡思乱想根本没有留心他们谈论的枯燥无味的“科学”。颜组长一问,他就脸红了。

看见齐明江一时回答不出,颜少春又问许琴:“你看,一亩可以收多少?”

许琴想了想,说:“一般的地,豌豆收一百多斤一亩,这个,怕是二百多斤的产量。”

聪明的小齐为了弥补刚才的难堪,他估摸着许琴的话,接道:“不止这个数吧。这个……豌豆籽儿比麦子颗粒大得多,一亩麦子能收几百斤,这个不能收千把斤么?”

颜少春听着,首先大笑起来。许琴也掩住嘴唇吃吃地笑个不停。

吴昌全却没有笑,只是惊愕地望着小齐同志,他怎么也没有想到小齐会开这样的黄腔。

这情景，小齐自知不妙，却故作镇静："怎么，我说的不合适么？"

吴昌全说："你们莫看它开着这样好的花，这些花多半授不了粉，空花结不了果的。产量么，只能收很少一点。"

"为什么啦？"许琴吃惊地望着吴昌全。

昌全解释道："这些早开的花是霜前花，霜前花多半不结果。开了，谢了，就完了。这是播种期太早的缘故。开春以后，那时候严霜过去了，开的花才有希望。"说到这里，他跨前几步，指着两畦青翠欲滴的豌豆苗，"你们看，这些还没有开花的豌豆苗，才是真正高产的豌豆呢！它将来开出的花，一朵花就是一个豆荚。"他继续往前走，把三个还在惊愕的参观者丢在身后："……这儿九个小区豌豆，是我们搞的播期试验。我们想摸索到一个最适合的豌豆播种期。"

颜少春点点头，赞许地说："好，这个试验很有意义。"

许琴轻轻地"啊"了一声，她对自己的无知，感到十分羞愧。她低垂着一双睫毛，一抹淡淡的轻愁罩住了她脸上的红晕，她黯然自悲："我……配得上他么？他……看得上我这样没有一点真实本领的人么？"

惟有齐明江与众不同。他面孔严肃，双手叠在背后，把指关节捏得"叭叭"响。心里想的是："可惜！许琴是个农民，假如她是吃公粮的，那末，可真是一个好姑娘！……"

二

喧闹嘈杂的声音，车水马龙似的人群，这一切都远远地抛在他们身后了。这会儿,四姑娘感到:世界上仿佛只有他们一行四人了。

在这连云场的街头,她手臂上挽着个布包,牵着小长秀,一旁走着长生娃,身后跟着老金。这个情景,可以说是一份宣言书,在向全世界宣告:一个新的家庭组织起来了!从此以后,葫芦坝上这几个被生活遗弃了的人,又有了归宿;一场重建家园的艰辛而又甜蜜的事业就从今天开始!

的确,谁能说,这一行四人不像一个和谐的家庭呢?谁能说,他们不应该有自己的温暖的家庭呢!

四姑娘领导着这支队伍,昂然走着。她既不显得羞怯,也没有表现出半点骄矜,更无所惧怕,她的目光平静得像一湾秋水,憔悴的双颊抹上一层淡淡的红晕。

来到食品站的时候,她远远地就望见那儿已经没有人影了。铺板已经插起来,空荡荡的大门外,几条野狗在嗅着地皮……四姑娘不由得失望起来。她停住脚步,怅然地望着那紧闭着的铺板。她原想:割三斤肉的钱不够,但割两斤的钱还是有的,先弄点给可怜的小长秀他们解一解馋吧。但是,现在……

老金跟在四姨子许秀云的后面走着,一直感到很有点为难。对于四姑娘的偶然出现,他是一点也没有料到,当然更想不到她会贸然采取这样的行动。这一切,对于他来说,实在是来得太突兀了,他缺乏精神的准备。一路走着,他一路想:许秀云呀,许秀云,你何必给你自己招惹麻烦呢!以前的闲言闲语,已经够多了,你硬是不怕么?

这些年来,老金心中的忧愤,比起四姑娘深沉的苦楚来,要更为广阔得多。他领着两个没娘的孩子困居在葫芦坝的小茅屋里,思考过许多问题，对于葫芦坝的现状，人民的疾苦，亲爱的党和国家的前途和命运，他想得很多，忧心如焚。他常常一往情深地追忆前些年如火如荼的生产建设，神往于自己尚未实现的建设葫芦坝的蓝图，为自己空怀壮志而彻夜难眠。每当深夜，小长秀呼唤着“妈妈”从梦中惊醒，也曾引起他对从小一起长大的相亲相爱的妻子的刻骨思念。然而，这个刚强的汉子懂得：个人问题是受着社会问题制约的，当党和人民都面临着困难的时刻，他怎么能要求自己生活得美满呢？在这样的岁月里，他咬紧牙关忍受着一切困苦，甚至残忍地强迫自己不要泡在个人的情绪里面，而潜心于研究、修改和丰富他那建设葫芦坝的蓝图，准备什么时候拿出来献给党、献给乡亲们。他就是这样生活着，习惯于忘记个人的困难，失去了吃苦的感觉。对于女性的温存，在他头脑里几乎没有什么位置。在他看来，难道世界上还有比自己那死去了的妻子更好的女人么？没有！

是的，共产党员金东水也有着那种庄稼人的固执的秉性：如果因为和妇女们打交道遭来流言蜚语，影响他的声誉，从而毁坏他所从事的革命事业，那么，他宁肯拒绝一切女性的同情和温存！前几年，人家把他当做“反大寨的典型”来批判斗争，他不曾惧怕；但是，因为女人去世，四姨子代他抚养小长秀而招来的闲话，却使他义愤填膺。正是这种庄稼人式的固执，使他常常忽视了生活中不应该忽视的东西。葫芦坝的事情他什么都想到了：群众的穿衣吃饭、扩大耕地面积、加厚土层、水利、兴修小型水电站，等等问题他都想到了，就是没有去想一想像许秀云这样的妇女的个人生活幸福！他不曾想到：四姑娘内心深处的痛苦、希望和祈求，同样也应是他所关注的社会问题的一部分。此刻，站在他面前、拉着小长秀，面容俏丽而又神色怅然的这个妇女，她对于自身幸福的希望和追求，难道不是社会问题，不是当代人民的希望和追求的一个小小的缩影么？

可惜，金东水一时还难以理解这一点。因此他对于许秀云无所顾忌的勇气，感到困惑而又吃惊。

四姑娘的目光从食品站紧闭的铺板门那儿移开，回过头来对着长生娃——实际是对她大姐夫——说道：

"哎呀，真没想到，这么快就收摊子啦！"

卖肉的收了摊子，倒好像是她的不是似的。她脸上和语气中都明显地流露出难为情的样子，悄悄抬眼看了一下老金。这迅速的一瞥，她接触到了大姐夫那淡漠的目光和局促的神情。

老金捺住不安的心跳，做出温和的样子伸手去拉小长秀："秀，跟我回家去吧，时候不早了呢！"

长秀躲开他的手，紧紧地抱住四姨娘的腿，侧过小脸说："不跟你回去！我跟四娘去买肉肉吃。"

长生娃懂事些，他对妹妹说："卖肉的关门了，过几天再来吧。"

"不嘛，不嘛……"小长秀把四娘的腿抱得更紧了。

当父亲的为难极了。但他终于想出了一个哄孩子的办法，蹲下身子，对孩子说："秀，跟我回去，我到河里摸条大鱼……"

长生娃一旁天真地插话说："爹，这样冷的天气，咋能下河摸鱼哟！"

老金说："能！你们看，我不怕冷！……摸条鲢鱼，又肥又大。秀啊，好吃得很呢！"

可是，小长秀不听他的。她把脑袋钻到四娘挎着的包袱下面去。

许秀云乞求地望着大姐夫,说道:“娃娃们都饿了,那边有饭馆,我们……”

才说出“我们”两个字,她的脸就红了。下面的话还没说出口,只见老金烦躁地站了起来,伸手抓住长秀的小胳膊,凶狠狠地一提,抱起来就走,连一句道别的话也没有。这个粗心大意的汉子!

长生娃迟疑了一下,才依依不舍地离开四姨娘,跟在他爹身后走着,一步一回头……

小长秀被吓了一跳,当她惊魂初定,早已离开她的四姨娘几丈远了,她在他爹的手臂里号啕大哭起来,两只手在空中挥舞,拼命地叫唤着:“四娘,四娘……我要四娘!”

许秀云怔怔地站在原地,脸色惨白,紧紧地咬着嘴唇。直到金东水高大的身影消失在石板路的尽头,还听得见小长秀凄厉的哭喊。这时候,她再也忍不住,双手掩住脸,眼泪像清泉似的从每个指缝里渗了出来。

羞辱,失望,幻灭……种种情绪搅着四姑娘的心。好苦啊!

在这严寒的冬季里,只有正午的时候,那阳光才是明亮的,给人世间带来一丝儿暖意,但,惟独四姑娘没有福分享受这片刻的温暖。……不知挨过了多久,赶场的庄稼人渐渐走散,连云场变得空旷寂寞起来了。天上的浮云移来遮住了阳光,小北风一阵阵吹起来,肮脏的街面上的草屑、纸头,随风飞卷着。

四姑娘终于打起精神,抹干净脸上的泪痕,埋着脸,迈开细碎的脚步朝葫芦坝走去。她走得很快,赶过了一个一个归去的庄稼人,把那些挑担儿的男子汉,提筐儿的妇女们甩在身后。她迅速地走完那一段荒凉的红土山梁,下坡的时间,差不多是放小跑,不多一会,就来到了柳溪河桥头。她停在黄桷树底下,极目远望,对岸就是葫芦坝阡陌纵横的田野,挨近河沿的地方一片灰蒙蒙的桑园挡住了她的视线,再也看不见长生娃和大姐夫的影子,听不见小长秀的声音。此刻,她又一次失去了勇气,只觉心里一沉,仿佛她生命中一件重要的东西从此丢失,将永远不复返了。

三

许茂老汉从来不曾感到过今天这样的疲乏。高大精瘦的身板微微伛着,背着个背篼,脚步沉重,人也显得苍老了许多。他回得家来的时候,屋顶上没有炊烟,老九和颜组长还未回屋,四姑娘的破小屋也是冷冷清清的。他长长地叹了一口气,放下背篼,一屁股坐在冰冷的阶沿石上。

整个许家院子显得空旷寂寞。九姑娘早晨晾在树枝上的衣服落在地下。太阳光照着的地方,几只母鸡蹲在那儿打瞌睡。老黄狗懒洋洋地躺在地上,两眼忧郁地望着天空的白云。圈里的猪嗷嗷地发出饥饿的呼喊,这声音更增添了寂寞和冷清的气氛。

院坝里种的玉兰花还未曾含苞,迎春的杏树也还没有醒绽,梨树枝丫挂着几片凋零的红叶,美人蕉显得苍老而憔悴,几株老柏树在院中投下浓重的阴影。惟有报春的腊梅,孤芳自赏。春天还没有来。冬天迟迟不肯离去。多年来,一向以房舍庭院的宽阔清幽而暗中自负的老汉,今天第一次感到:这一切都是这样的死气沉沉!

他今天例外地没有像往日赶场回来那样,立即动手去打扫院子里的落叶和鸡粪,也没有掏出钱袋来计算赶场的收获。不,他再也没有那种兴趣和精力了。刚强的老汉活了这么多年,今天才发现人世间还有这么多的烦恼在等待着他,他此刻感到难耐的孤寂。虽然他比一般庄稼人有着更为良好的思考的习惯,但,今天接二连三的失败和耻辱,快把他的脑袋涨破,他无力进行思考了。

是的,正如俗话说的:“输钱只为赢钱起”。许茂老汉这几年来在乱纷纷的市场上,学到了一些见识,干下了一些昧良心的事情。像今天,他做出怜悯的神情,用低于市场价格的钱买下那个女人的菜油,然后再以高价卖出去,简单而迅速地赚点外水,这样不光彩的事情在他已不是第一次了。但他就没有想到还有人比他更没良心,一个小钱不花,白白拿走他的油。“大鱼吃小鱼,小鱼吃虾米”,难道那样的世道又回来了么?他许茂老汉算是一个小鱼呢,还是算个虾米?

这叫人有多么的不愉快!尤其是想起那个可怜女人求乞的样子。她的孩子病得很重,等着拿钱去取药,那情形是够窘迫、够凄惶的了。而他许茂从前也曾窘迫过、凄惶过的,如今竟然忘记了,竟然用那种欺骗和虚伪去对待他的阶级姐妹!难道他的良心也被狗吃了么?这个合作化时期的作业组长,领过奖状的积极分子,为什么这些年会变成这样啊?

抱着发烧孩子的可怜的卖油女人,此刻仿佛走进许茂老汉寂寞的院子里来了,她对直向着老汉走来,可怜巴巴地对他说:“大爷,请你行个方便吧,你是个好人!”

许茂老汉使劲地闭上眼睛,他不敢去看那个幻觉中出现的影子。但是,他的脑海里立刻又跳出那个留小胡须、穿翻毛皮鞋的青年。……紧接着,是卖油女人的声音:“就是他!”随着这一声凄厉的叫喊,一个壮实的汉子突然抓住了他的衣袖。街市上的人流堵塞起来了,愤怒的吼叫声像石头子儿一样向他飞来。接下去是七姑娘许贞的哭声:“哇……”

这一连串令人心悸的情景,像走马灯一样出现在老汉的心中,他那本来十分健康的心脏也难以承受这样的冲击。他觉得头晕脑涨,喉头干渴,似乎连站起来的力气都没有了。一阵阵剧烈的咳嗽使他浑身颤抖起来,肩膀伛偻得更加厉害了。

然而烦恼人的事情并没有就此结束。

葫芦坝的代理支书龙庆来了。因为熬夜,龙庆的眼病不但没见好转反而更加红肿起来,眼泡涨得像两个桃子。好心肠的龙庆看不清楚老汉脸上痛苦的表情,笑嘻嘻地打招呼:“怎么,许大爷今天没去赶场么?”

许茂“唔唔”两声,算是回答。他站起身来,挪了一下身子,漠然地问:“你找工作组么?”

代理支书自己端了一根板凳坐下来,摇摇头,表示不找工作组,是专门找老汉来的。他脸上挂着笑容,然而看起来却像哭似的,说道:“啊哟,这个院子好清静哟!你们家老九,这会儿……”

“还没落屋呢!这个死女子。”

“我晓得,她在四队上,今天怕要在吴昌全屋头吃午饭哩,公事嘛,她陪着颜组长参观吴昌全的科研地,这一阵转到葫芦颈去了,颜组长说是要去找老金呢。”

许茂老汉哭丧着脸,开始习惯性地思忖起来。俗话说,“无事不登三宝殿”,龙支书此来,是为着什么呢?

“吴昌全真是一个很不错的青年人呢!”龙庆毫不掩饰自己对吴昌全的喜爱。“高中毕业回来,安安心心搞农业生产,钻研科学种田的学问,会计工作也很出色,清清白白的,没得半点‘虚假’。”他停了停,使劲地睁起红肿眼睛向老汉脸上扫了一眼,又继续说下去:“为主的,是思想要好,人老实,吃得苦。这几个方面,昌全都占着了:实在是个有前途的青年!”

龙庆左一个昌全,右一个昌全,称赞不已。然而许茂对那个小伙子印象不佳,他认为那是一个愚蠢的小子,太大公无私了,不是个成家立业的人。再说,他又并不关心人家有前途没前途,眼下,他自家的事都已经够操心了!

“呃,许大爷对这个小伙子的看法如何啊?”龙庆不再绕弯子,直截了当地问。

许茂摇了摇脑袋。但是就在这一瞬间,他突然意识到龙庆为着什么目的来的了。老汉家里女儿多,这辈子跟那些提亲做媒的人打交道的经验丰富极了。但凡那样的人,都要向他夸耀小伙子如何的好,他的家庭如何富裕,等等。到底不愧是个精明的老汉,他此刻不由得警惕起来。

“你家老九,”龙庆接下去说,“表现也很好的!金顺玉大娘早有那个心事……”

老汉睁起眼睛,大张着嘴:“啥?”

“金顺玉大娘也没有多的儿子,她有心找个好媳妇。”

许茂老汉坚决地摇着脑袋,撇过脸去,做出不容商量的架势。

“当然啰,现在而今这种事情本来也用不着老年人管,更用不着旁人来过问。年轻人的事情,他们自己主动得很呢,不等外人知道,他们早都相好起来了。”

“呵?”老汉惊愕地回过头来,愤怒地瞪着对方。

可是龙庆却没有注意到老汉气急败坏的样子。他继续着他的议论:“不过社会风气已经到了这个样子,大凡规矩人家,当父母的,还是该关心一下。明来明往的,不是很好么!不过,你家老九年纪还小呢，二十岁，还不够‘晚婚’年龄。”

许茂老汉脸色灰白，胡子打颤。从龙庆的话里，他断定老九和那个吴昌全已经私下交往起来了。要不，代理支书的话为啥说得吞吞吐吐呢？

在许茂老汉深谋远虑的生活计划里，他早为九姑娘的未来安排下合适的地位了。他不能让老九嫁了出去，而要找一个上门女婿。但这个上门女婿，可绝不是吴昌全那样的闷着脑袋为人民服务、一点儿也不知道为自己盘算的青年！——他断定，像吴昌全这样的傻瓜做了他的上门女婿，将来什么时候，准能把这个家里的一切全都拿出去“为人民服务”的！

然而，事情到了这个地步，老汉却还蒙在鼓里。

龙庆的话已说完，他认为金顺玉大娘托他办的事情，就算完成了，便起身告辞。

老汉没送。他的身子动都没有动一下，直立在那儿，很响亮地喷着鼻子。

龙庆出去不久，三姑娘打发她的十岁的儿子到外公家里来了。

孩子穿着过于短小的棉袄，鼻子下面挂着两条稀鼻涕，高高兴兴叫了一声：“外公！”接着报告说，屋头死了瘟鸡，请老汉去那边吃饭。

“不去，不去！”老汉没好气地回答。他瞪着双眼，把外孙吓了一跳。小家伙不知道发生了什么事情，倒退几步，转过身跑出了大门。不一会儿，三姑娘就风风火火地亲自赶来了。她还在门口，就向老汉问道：

“爹！今天怎么请不动你啦？是我们几时得罪了你老人家么？还是你嫌我们穷呀？再穷嘛，一顿饭还是请得起的。”噼里啪啦的质问,弄得老汉一句话也回答不上来。看样儿今天还是得去。

三姑娘奔到老汉面前,神色严重地凑着老汉的耳朵,大声说:“老先人板板!你默道我今天请你就只是为了吃么?那光骨头瘟鸡有个屁的啃头,我是有话对你说呢!四妹子,她、她……走嘛,快点过去,郑百如在我们屋头坐着等你哩!”

“啊?”老汉还没有回过神来,就叫三姑娘连拉带推地弄出去了。

四

郑百如从连云场上急急忙忙奔回葫芦坝,没有落屋,先闯进郑百香的家。

郑百香本是郑百如的同母异父姐姐,一个四十来岁、身材高大、胖胖的女人,外号人称“肉牌坊”。她有一张天生的碎嘴,除了用来吃喝,就是专门散布谣言、拨弄是非。她的丈夫是连云场上一位老实本分的小学教员,很有才学,但没法把自己的老婆教育得正派一些。她在葫芦坝被人叫做“闲话公司经理”,坝上一切正派的妇女和庄稼汉都害怕和她打交道。“人言可畏”,谣言有时可以把一个人的形象歪曲得不成样子,甚至也能把一个人毁灭的。特别是在那乱纷纷的年月,人们见着她都远远地避开。就连郑百如,自从当了大队干部以后,也少有走进她那“闲话公司”去,因为她的名声实在太臭了。

但是,今天郑百如却不能不利用一下他这位老姐儿了。

郑百香屋头肮脏得很,有一股刺鼻的霉味儿。小学教师一周不回来,七天没人扫地,地上积着厚厚的垃圾。虽然她本人穿戴得整整齐齐,花绸紧身小袄裹着肥壮的腰肢,身上还抹香水,但她那些娃娃们却一个个褴褛不堪,像一群小叫花子似的。郑百如进屋没有多耽搁,他用手帕捂着鼻子,对他的老姐儿提供了两条特大新闻,要她立即通过她那特别的“无线电线路”传布出去,事不宜迟。说完之后,他马上离开她家,直接拜访二队有名的好心人罗祖华去了。

要是我们的同胞,全都去掉了那种讨厌的“好奇”恶习,那么,我们的生活将可以避免多少麻烦;可惜,事实却偏偏不是如此。你看,郑百香拿起一块鞋底,假装纳着,在葫芦坝的原野上荡来荡去,不过一顿饭工夫,那些赶场过路的人们,那些在野外捡柴火的妇女,以及那些坐在家里烧锅做饭的老太婆们,这些人当中至少有十来个被她带来的又新又奇的新闻刺激得目瞪口呆了。

“啊呀!”

“啧啧!”

“天哪!真的么?”

愚蠢的好奇心,使他们一时失掉了庄稼人稳重诚挚的美德。他们并不怀疑郑百香的消息。而且出于各种各样的理由,这些谣言就不胫而走。有的是出于对当事人金东水和许家四姑娘的关心,有的是维护许茂老汉的面子,有的则纯粹出于那种“奇闻共赏”的心理,都急不可耐地去向亲友邻居们报告。……

“听说了么,上前天夜里许家院子出了怪事情。大姐夫钻进四姨子的房里呢!”

“看见了没有?今天在连云场上金东水和许家四姑娘一块儿逛街呢!你知道他们什么时候勾搭上的?——早两年的事了!前两年不是就有一些风声么?”

“这一回有好戏看！许茂老汉能让自己的姑娘在他家里偷人养汉么？”

“这个四姑娘，怕要把老汉气死呢！可怜，这老头子一辈子都是个要强的人呢。”

“听说了么？郑百如对这件事是什么态度啊？”

当许茂老汉被三姑娘拖来，坐到桌子旁的时候，饭菜都已摆好了。郑百如起身恭恭敬敬叫了一声：“爹！”

许茂感到异常的尴尬。不仅是因为这一声使人不便答应的招呼使他难堪，还因为今天在连云场上，这位过去的女婿给他解围的事使他面带愧色。他用自己在遭到困窘场面时，惯常使用的、意义不十分明确的语言——“唔唔”两声，代替回答。

桌子上的气氛紧张极了，两个客人都不说话，而孩子们虽然眼含饥色做好了“动手”的架势，却也不敢首先动起手来。

三姑娘说道：“祖华赶场还没有回来，不等他了，拈啊！”

“给三哥留一碗吧！”郑百如说得很随和，好像他和这个家庭从来都很亲热似的。他刚来的时候，罗祖华不在家。他对三姑娘原有几分畏惧，正不知该怎样应付，哪知三姑娘却一反常态，对他十分和蔼，并邀他将就在这里吃午饭。

“留得有的。”三姑娘回答。接着，她又招呼客人：“莫讲礼，拈嘛！”一面用筷子选择那些没有骨头的瘟鸡肉，不停地往许茂老汉碗里夹。

给老人敬菜，郑百如也不落后，他像许秋云一样，不住把好一点的腿子肉夹进许茂的碗里。

孩子们也很礼貌，他们欢欢喜喜地吃着笑着。这些不懂事的娃娃们，哪里知道庄稼人屋头因为死了家禽家畜而带来的财政上的困难呢！不，他们不晓得这个。在他们看来，能够因此而意外地打个牙祭，倒是应该庆祝的事情呢。饭桌上的空气渐渐地和谐起来啦！许茂感到那廉价的味道辛辣的苕干酒，今天喝起来格外受吞。连喝几口之后，血液就开始沸腾起来，眼睛也有些蒙眬了。人们每每就是在这微醉之中，由于一时糊涂，或因为太容易被感动而变得不那么固执、甚至于轻信盲从。即使他是一位贤明的君主，也会因此而贻误国家；何况这葫芦坝的庄稼人许茂呢！

三姑娘开门见山说道："爹！今天请了你老人家过来，有个事要跟你商量呢。这事早几天就该对你说的，我又总是抽不出时间过去。现在恰好郑百如也在这里，就干脆面对面说出来吧。"她把脸转向郑百如，"喂，你自己说吧！"

郑百如来找罗祖华，没料到会碰见许茂，先是不很自在，但三姑娘说话开了头，心中暗暗高兴，却装出一副悔恨的样子，那白净的脸皮微微泛红，游移不定的眼神在许茂的老脸上扫来扫去。沉默一阵，才用沙哑的声音开言道："爹，我不该一时糊涂，都怪我不好。现在想来万分后悔，请你老人家原谅！我和秀云的事，还要请你老人家多多帮忙，只要能重新和好，叫我怎样检讨都行。"

他说到这里就不往下说了。三姑娘问道："咋个？说完了么？"

"完了。"郑百如低声下气地说，"本来，我早就要向爹汇报自己的思想，可是……"

"怎么样？"三姐问。

"我怕爹还记我的仇，不原谅我。"

三姑娘脸上露出明显的高兴的神采。她看着老汉，等他回答。可是老人却闭着眼睛，没吐一个字，她便转向郑百如："喂，刚才这些话，是你自己说的哈！该没得哪个鼓捣你说哇，红口白牙齿吐出来的，莫要将来又翻碗底底哟！”

郑百如依顺地点一点头。

三姑娘好得意，继续对郑百如说：“我们许家是有志气的，不得跟哪个说半句好话。如今，既是你上门来要求，好嘛，往后的事，可要先咬个牙齿印印。要再相欺我们老四，可不得行！”

郑百如又点点头。

三姑娘继续理直气壮地教训他：“你摸着良心想一想，我们老四嫁给你八年，有哪几宗对不起你？有一点什么红疤黑迹该遭人践踏的？要说娃儿么，也生过的呀！害病死了。能怪她么？”

郑百如一一点头承认着。

三姑娘浑身充满着胜利的喜悦。她又转向老汉：“爹，你看这事能成不能成啊？你倒是说一个字呀！”

许茂老汉被郑百如今天的行动、言语感动了。他内心已经同意，只是不好说出口。他睁开蒙眬的眼睛来，看看三姑娘，又看看郑百如。一时，谈话又陷入僵局了。

三姑娘急躁起来，说道：“老先人板板！你倒是开个口呀！这事就看你一句话了。老四那里么，我去做工作嘛。前几天我都给她提说过一回，耳鼓山的事，今天罗祖华上街找人带信去退了。退，也是老四的意思呢！”

老汉终于说出一句话来：

“这些事，你们看着办吧，我不管了。”

三姑娘一听这话，顿时发了火，大声质问道：“爹，你老人家咋兴这样说哟！老四住在娘家，娘家没有娘，婚姻大事你能不管么？”

但是，郑百如听许茂老汉那句话出口，心里的石头就落地了。他知道老汉已经表示同意了。他认真担心的，还在秀云本人身上。

不过,他还有第二个步骤:只要他老姐儿郑百香的活动一展开,过不了一天,许茂老汉和这个三辣子准会把许秀云赶出许家院子,那时候,他就该采取第三个步骤了。

桌子上的鸡肉,已经在大人们说话的时间里,被孩子们消灭光,下饭菜都没得了,三姑娘怪难为情地责备孩子:

"嗨,你们才搞得快呢!"

郑百如打算起身告辞,留在这儿没啥意思了。

然而,出乎他的意料——希望发生的事情,竟然提前发生了。真是老天爷给郑百如帮了大忙。

原来,罗祖华这时回来了,他手上抱着两只半大的母鸡,而神情却一反常态:憨厚朴实的脸上,显得惊惊惶惶,就像突然遇到一场大祸似的;进得门来,一见老丈人和郑百如在座,更加失措,竟忘了向客人打招呼,忘了向妻子诉说赶场的经过,甚至忘了把手上的鸡放到地下去。他哭丧着脸,呆呆地站在那儿。

三姑娘一见这情景,便责备道:"嗨!你这是怎么啦?把三魂七魄掉在连云场上了么,还是鬼摸了脑壳呀?"

这个老实人,心里有什么,全都会挂在脸上,藏不下半点儿心事。今天早晨,他揣着四姑娘留下的钱上街去买鸡的时候,曾被四姨子那种克己待人的行为感动得下泪,一路上高高兴兴地走着,他甚至想将来孩子们长大了,也要教育他们记住四姨娘的好处。他在鸡市上经过长时间的犹豫、选择和讨价还价的谈判,买下了两只令人满意的半大母鸡。而且,就在鸡市上,他恰好碰上了耳鼓山来的一位熟人,顺便就托人家带了一个口信去,辞退了关于四姨子的那门不愉快的亲事——请"那个人"过几天不必下山来给许茂老汉拜生,"那个人"就自然明白是什么意思了。

但是,当他回到葫芦坝,快走近自己家门的时候,本队一个妇女,背着一背柴火迎面而来,叫住他,气色紧张地报告说:"祖华!可不得了呢!刚才我在梨树坪捡柴回来,听人家都在说你老丈人家中出了怪事呢,怪难听的!说是大前天夜里,金……金支书钻进了……四……房子里面去!这,该不会是真的吧?哎呀!还有更难听的呢!"

听了那个女社员的报告,罗祖华的吃惊就不用提了。他觉得天旋地转。跌跌碰碰走回家来的时候,就成了这副失魂落魄的样子。

"到底是怎么啦!病了么?"郑百如关切地问,马上站起身来,扶着罗祖华。

"天哪!这,这咋个得了呀!"

"啥子不得了哟!"三姑娘厉声骂道,"看你这个样儿都够啦!"

"慢慢说,慢慢说嘛!"许茂老汉这样安慰着他的三女婿,依他的推测,这个少有赶场买卖的老实人,今天在街上一定是遇着扒手摸了他的钱包儿。

郑百如将他扶在小板凳上坐着。三姑娘倒了半碗开水叫他喝下,又摸一摸他的额头,说道:"到底出了啥子事?快说呀!"

"他们……"罗祖华咽下一口水,仰起脸来,对三姑娘说道,"外头都闹嚼了呢!说是……"他瞅了许茂老汉一眼,"大前天夜里……出了事呢!"

一听"大前天夜里",许茂老汉不由一惊。

郑百如却立即会意。他眼里闪过一丝难以察觉的得意神色。

三姑娘不知底细,气愤愤地摇着男人的肩膀:"这样吞吞吐吐干啥子嘛!瘟神!"

“这哪会是真的呢,不可能是真的吧!”罗祖华这样没头没脑地说。接着,才将路上碰到拣柴火的女社员告诉他的事情转述了一遍。这一说不打紧,三姑娘马上火冒三丈!她挽一挽袖子,做出要跟谁拼了似的架势,厉声骂道:

“嚼牙巴的!没天良的!死儿绝女的!冤枉人没得好死!呃,是哪个说的?老娘们找他去拼了!”说着就往门外冲。

“爹!你这是……”郑百如大惊小怪地叫了一声。

已经跨到门外的三姑娘,闻声转过头来一看,只见老汉面色苍白,胡子打颤,两个眼睛都没得神光了。她忙回转身来,奔到老汉身边,呼叫起来:“爹!你……”

许茂举起拳头,“砰”一声击在桌子上,身子摇了几下,软瘫地倒了下去。

一屋子的人立刻忙作一团。好一阵,总算把老汉抢救过来,放在一只破马架椅里。随后,呼吸慢慢匀净了,嘴唇颤动着,但众人等了好久,老汉一句话也没有说,只是沉重地叹了一口气:“唉!……”接着,就挣扎起身要回家去。众人又苦苦拉住他,不让他走,扶他坐下。

老汉的这一系列举动,明显地表明罗祖华带回来的消息是确有其事。这倒使三姑娘有些气馁,感到自己理不直气不壮了。她愤愤地问道:“爹!老四……他们……真有那种事么?”

许茂老汉心中明白,那天晚上“闹贼”的事,虽然被他严密地封锁,而如今到底是泄露出来了。但他当时无论如何没有想到,那个“贼”竟然是他的大女婿!

“天啦!我前辈子究竟造了多少孽啊!”

老汉不由自主地发出呼天叫地的喊叫来。这一下,三姑娘和罗祖华就一切都明白了。

“硬是真的!”三姑娘失望和愤怒一下子全部归结到四姑娘身上去了。“这个死不要脸的,才看不出来哟,许家姑娘们的名声都叫你丢尽了!”她这样咬牙切齿地想。

“唉!”郑百如也叹一口气,表示他对此事感到意外和遗憾。但他却说:“发生这样的事情,依我看,怪不得秀云。秀云的德行,我还能不知道么!责任应该说是在老金身上。这个人,我不多说他。只是,今天在连云场上,他还跟着秀云一路呢!”

“真的呀,今天?”三姑娘和罗祖华同声惊问。

“是呀!”郑百如回答。接着就埋下头,很沉痛地说:“其实呀,发生这种事,我也有责任。我要是当初不一时气盛,跟她离婚,哪会发生这样见不得人的事呢。唉!”

老实人罗祖华感动得差点儿掉下泪来。他从失措的境地里清醒了,正要对郑百如说一句什么话儿,却看见外面的田径小路上走来一个人,他立即又惊呆了。

四姑娘许秀云在失望的痛苦中过了小桥,沿着河边小路往家里走,突然想起早晨三姐和三姐夫邀请她吃午饭的事。她想:三姐是个直性子,不去,她会不依的。再说,回去一个人也冷冷清清,倒不如去坐一坐吧。于是她手上挽着个布包袱,绕过一段田埂路,向着这儿走来了。

然而,迎接着她的是——三姐夫惊愕地盯着她;三姐怒气冲冲,秋风黑脸地瞪着她;老汉愤然地动了一动身子,又撇过脸去;还有郑百如阴冷的目光。

“这一切,是怎么回事啊?”四姑娘木然地站在门口。真是众叛亲离!这些年,各种各样的冷遇和委屈,她已经受得多了,但是,这样的场面却是头一回,不由得感到万箭穿心,悲从中来！她咬着牙忍着泪,毅然转身离开了罗家大门。

郑百如随后跨了出来,招呼道:“秀云！秀云！等一等,你等一等呀!”

四姑娘听见这声音,浑身一阵冰凉,她加快脚步往许家院子走,绕过一块块水田,踏着枯黄的小草,差不多是在放小跑了。

这里,郑百如回转身来,向着屋里几个愤怒而又失措的人,庄严地声明道:“爹,三姐,三哥,请大家不要着急,不要责怪秀云,我不责怪她！不论别人说她什么,我不听。我要求复婚,这决心是下定了,不改了。这,还指望你们搭个手呢!”

他这一席话,完全出乎三个人的意料,这是多诚恳,多有肚量呀!

罗祖华露出一丝讨好的笑容向他伸过手去了。三姑娘如释重负地吐了一口气。她正担心着郑百如会因为那个意外的“丑闻”而放弃复婚的打算,要真是那样,往后的四姑娘不是成了一个可怕的“包袱”么?

许茂老汉注意地打量着郑百如。这么些年来,他仿佛是第一次认识这个身材适中的人。他痛心地感到,自己从前对这个红极一时的女婿不信任,是多么的不应该。

随后,他们重新围着方桌吃饭,大人和孩子们的肚子都饿了,红苕稀饭吃得格外多。只有许茂老汉的胃口不好,他吃不下去。这一天他经受的痛苦太多了！据说,怄气是很伤脾胃的。而且,对于未来的估计,他并不像三姑娘、罗祖华以及郑百如他们那样乐观。刚强自信的老汉,这会儿变得忧心忡忡了。

第七章　雨潇潇

一

在这冬天即将过去，春天就要到来的时候，如果太阳一直暖和下去的话，该有多好啊！路旁的枯草将要返青，河沿的柳树就要绽出嫩黄色的叶芽，麦苗吐穗，深秋里往南飞去的群雁归来，绿树枝头小鸟追逐嬉戏；燕子双双衔泥做窝，辛勤地建设它们幸福的家园。四野散发出诱人清香的葫芦坝，将会改变它生活的节奏。

然而，从目前看来，冬天却迟迟不肯离去。腊月刚刚开头，一个月黑风高的夜晚，气温突然下降，落起雨来了，从那以后，缠缠绵绵的细雨就一直下个不停。葫芦坝的原野上一天到晚都是灰蒙蒙的，柳溪河笼罩在茫茫烟雨之中，道路泥泞，又湿又冷。远地上学的中学生们戴着斗笠，披着白晃晃的油布在淅沥的雨中奔走，小孩子们不能到野地里去玩，一个个蹲在自家屋檐下，忧郁地望着黑压压的天空。看来，春天的信息又变得遥遥无期了。

庄稼人没有下地干活。但他们并不埋怨，他们说，有了这一场透实雨，来春的收成会好一些的。他们借此机会休养生息，坐在家里烤火。妇女们则永远是忙碌的，她们要缝补衣服，做鞋子，没有片刻的闲暇。

葫芦坝大队的干部们也不得空，他们成天的开会。党支部委员们开会，大队革命委员会的委员们也开会，有时他们又并在一块儿开，简称“两委会”；还有生产队长会，队委联席会，有时小队的干部们伙同大队干部一块儿开，就叫做“两委扩大会”；此外，党支部大会，团支部大会，青年积极分子会，“理论骨干”会，大批判小组碰头会，“老贫农评《水浒》”座谈会，文娱活动会，治安保卫会，“专案小组”成立会，地富子女交心会，对地主富农的训话会……各种各样会，不断地开，白天开，夜里也开，开来开去，终于到了召开全大队社员大会的时候了。

这一切会议的总导演，是齐明江同志。别看小齐同志不知道豌豆一亩能产多少斤，他在组织各种各样会议方面却显示出非凡的才能。他完全按照城市机关的格式，繁琐而重复地组织会议，而参加各种会议的人们，永远都是那一些，有时多几个，有时少几个，开得这些泥腿子干部晕头晕脑不知所向。小齐同志既是组织者，又是主讲者，当然也很辛苦。颜组长到太平区去参加区委整风的会议去了，葫芦坝的工作就多亏小齐主持。跑腿和下通知的事，自然有郑百如和龙庆二位。团支书许琴则是每会必到的，小齐同志似乎格外器重她，什么会都叫通知她参加；党支部的会，许琴还不是党员，可也叫她到会，弄得她很有些难堪。小齐开导她说：“不开会怎么提高思想呢？”还鼓励她：“这个领导班子缺乏年轻人，缺乏女的，你应该入党，补充进班子来。”过分的关怀，反而使这个二十岁的大姑娘产生了几分畏缩的情绪。她不仅没有按照小齐的吩咐，立即递交入党申请书，而且在会上发言也没有从前踊跃了。她看不出这些会议老开下去，究竟是不是可以解决葫芦坝的问题。

这天一早，龙庆头戴斗笠，披着蓑衣，手里拄着一根木棍子，又来通知许琴开会了。

“昨天晚上散会时不是都说了嘛，今天下午要开社员大会，上午就不开了……”

代理支书脸色忧郁，红肿的眼睛不停地流出一种液体来。他苦笑道：

“哪能不开啊！当干部，不开会，还干啥子嘛。”

“又是什么会呢？”

“齐同志叫通知开党员大会呢。”龙庆的表情很不自然，“说是今天要讨论你的入党申请。我还要去通知全体党员。你快去吧，不要忘了带上你的申请书。”说着，也不看许琴一眼，便转身要走。

许琴忙叫住他，慌张地说：“龙二叔，这合适么？我……”

龙庆回过头来，注意地看了她一眼。许琴那纯正的目光里露出一丝疑虑的神色，接着说：

“我还没有向党支部交过申请，连介绍人都还没有找。……这，合适么？”

代理支书心里暗暗称赞这个单纯而又诚实的姑娘。但嘴里却说：“哎，如今的事情，说不清。人家是上边来的，还不是他咋说，就咋办。我看，你还是去吧。”

许琴犹豫着。

“怎么样啊？”龙庆催问道。

“龙二叔，这个不太合适吧！我……我还是不去算了。”许琴说。心头的矛盾使她痛苦地咬着嘴唇，眼泪都快流出来了。

龙庆感到十分为难。这个被人在背地里称为“维持会长”的代理支书，这些年曾遇到过不少左右为难的事情。要按党性原则办吧，难！违背自己的良心去办吧，也难！多数时候，他就只好混混糊糊，马马虎虎，一拖，二推，三了愿，支吾过去。他感到在这些年头，做人难，当干部更难！眼面前这个团支书许琴，依他内心想来，也并非不是一棵好苗子，经过锻炼培养，是可以吸收入党的。但像齐明江这样主观独断，个人说了算，无视党的组织手续，“搞突击”的行为，他却十分的反感！

“哎……”他烦躁地耸一耸肩膀，嘟哝道，“不去吧，当然……不过……”

许琴倚在大门上，茫然地望着烟雨蒙蒙的田野，牙齿咬着小手绢儿的一角，心头像有十五个吊桶打水——七上八下的。

入党，在九姑娘纯洁的心灵中，原是人生一件神圣而又庄严的大事。她从小热爱党，很早就热烈地向往着自己将来能做一名光荣的共产党员。高中毕业回乡以后，她不止一次地偷偷写过入党申请书。她把党看成自己亲爱的母亲，一想到自己将要投入母亲的怀抱，她就会激动得热泪盈眶。……然而，她的申请书却一次也没有向党支部递交过。为什么又不交呢？甚至，也没有向任何一个党员同志透露过她的崇高的要求呢？这原因就太复杂了，她自己也说不明白。也许是葫芦坝的茫茫大雾使她迷惑了，也许是她还没有足够的水平去区分“支流和主流”。总之，存在决定意识，葫芦坝这个党支部的负责人郑百如的所作所为，使她非常失望。她把自己强烈的要求深深地埋在心底，等待着、盼望着，像小草盼望雨露，像杨柳盼望春风，等待着有一天云开雾散，那时，她就会将自己的整个青春和生命都献出去！

但是，今天龙二叔给她带来的这个通知，不仅没有使她感受到丝毫的温暖，反而给她的心灵罩上了一层阴影。

“这样入党，有什么意义呢？……”诚实而又天真的九姑娘望着原野上的雨雾，对自己说，心头很不平静。

就在这时,她从那蒙蒙的雨雾中,隐隐约约地看到一个身量不高、丰腴健壮的女子,肩上挂着个鼓鼓囊囊的旅行包,撑着花油布伞,急匆匆地埋头向这儿走来了。

"那是七姐回来了。"许琴想着,眉头皱得更紧,昨天下午,一个放学归来的中学生,把许贞的一封长信带回葫芦坝,许琴看了以后百感交集,一夜都没有睡好。此刻,不由得思绪更加烦乱。她趁机对代理支书说:"龙二叔,我这会儿不去开会。看嘛,七姐回来了,我们家里还有事情呢。"

"那……"龙庆困惑地说,"齐同志那里……哎,老九咧,我看如今也不必去管这些那些了,反正到处都差不多,也不是就你一个。那郑百如不也是两年前的工作组长点名入党的么！如今这个风气……"

"不,"许琴痛苦地说,"我不去。请你在齐同志那时说明一下,我的入党条件不够。哎,我不晓得该咋办,等颜组长回来,问问她再说吧。……呃,七姐!"

七姑娘许贞已来到面前,在门楼底下收起雨伞,笑吟吟地向代理支书问好。

龙庆毅然对九姑娘说:"好吧,就这样。不去也对头。齐同志那里我去回话。"说完转身走了。

许琴望着雨雾中那披蓑衣戴斗笠的龙庆的背影,拄着棍子一步一滑地艰难地走向远处以后,才"唉——"了一声,收回视线来。

"啥子事情啊？叫你到哪儿去?"七姑娘问道,明亮的双眸盯着许琴。

许琴懒懒地回答:"开党支部会。工作组叫我去入党。可我……"

“你不去?”七姑娘一听就懂,她瞪着自己的妹妹,“你真傻哟!工作组那么重视你,你却不去,这种机会别的人想断了肠子还想不到呢!难道你不晓得,入了党的姑娘家,什么事都更容易办到哩!”

许琴痛苦地咬着嘴唇,摇着头,制止许贞往下说,挽起她的胳臂向屋里走去。

“爹在屋头么?”许贞边走边问。

“在,他病了。”

“四姐呢,也在家么?”

“在给爹爹缝皮袄。”

“我的信你收到了么?”

“七姐,我真不明白你究竟是咋个一回事?你成天都在想些什么哇!”

“我想的呀,都是些最实际的事,哪儿像你们那些人,吃没吃着,穿没穿着,尽用些空想来骗自己。什么‘理想’呀,‘幻想’呀,那些全都不实在。等庙子修起,鬼都老了!”

说着,姐妹二人进了堂屋。老七免不了先到父亲的卧室去问候一番,老九径直回自己房间去了。

二

六十四岁的许茂老汉,在他的生日即将到来的前夕病倒了。去年夏天那个工作组逼着他去唱戏,扮演一个名叫“常富”的老中农角色,他不得不装病在屋里躺了整整一个月。这一回,工作组并未把他怎么样,他倒真正害病了,从他那苍白消瘦的脸颊和深陷的眼眶就看得出来不是假装的。自那天从三姑娘家里回来,他没有再迈出大门一步，心爱的自留地也未去看一看，连日凄风冷雨早把“韭菜黄”沤烂了。有啥法呢？没脸见人呢，咋能走得出去！

新培训回来的大队赤脚医生是个年轻妹子，许琴的同学。她十分关心许大爷的健康，前来看了病，说是重感冒，处了方。但是却并不见好起来。昨天许琴又把她找来了，她耐心地询问老汉近日来都吃了一些什么食物，许琴告诉她：自从那天在三姐家里吃过一顿瘟鸡肉，回来就再也吃不下什么。医生这才找到了病根，说是鸡肉本来就难消化，更何况瘟鸡有毒呢，外感风寒，内伤饮食，说不定还中了毒。于是用了“保和汤”外加鱼鳅串引子。到今天，依然未见效。

四肢无力，头晕眼花，老汉已经相信自己会从此一病不起。他躺在床上，抱着烘笼，白日黑夜地思考着人生。没进过学堂门的思想家许茂对于人生的思考，没有从什么现成的定义出发，他当然不知道“人是社会关系的总和”这个道理，但他却并不孤立地去总结自己这几十年的生活经验。当他从自己少年时代能记事的时候起，挨着年月回顾到如今，他感到无限惋惜，岁月漫漫，解放前悲苦的年辰不用说，近年来的坷坎也不值得怀念，真正值得纪念的金色的日月却是那样短暂。——他私心眷恋的是合作化年代。那时候，他个人的生活与时代的潮流是多么的和谐，共产党的政策，样样合他的心意，在葫芦坝这个小小的社会上，人心思上，他是拼着命在往前赶，同人们一道建设幸福的家园。那时候，人们选举他担任作业组长，羡慕他种庄稼的渊博学识，钦佩他积极学习药剂拌种新技术的精神。连云场乡政府还奖给他“爱社如家”的奖状。那时候，谁也不曾批评过他自私。

如果问，社会在前进，许茂何以反其道而行，变得自私起来了呢？这不是三言两语所能回答清楚的。不错，许茂自己也不否认他有自私自利的缺点，但他却往往原谅自己。在上市的小菜里多掺一些水，或在市场上买几斤油，又卖掉赚几个小钱，这当然不义；但比起那些干大买卖的，贪污公款的，盗窃公共财物的来，又算得了什么！……有许多事情许茂也看不惯，但他没有能力往深处探究。生活的如此不和谐，他把原因归结到自己那已故的妻子没有能生下一个儿子来。

“要是有儿子，我这把年纪，何曾不晓得坐在家里享福呢！又何必要去为吃穿操心呢？……”他想，不免就埋怨起他那些姑娘们来了。

不论过去还是现在，老汉并不怀疑自己对女儿们的教育方面有什么欠妥的地方。她们一个个不是从小就勤劳，能干，品行端正么？可为什么老四偏偏会做出那种丢脸的事呢？真是奇耻大辱！为什么老七要同那个流氓搅在一起，在连云场上闹出那样丢人现眼的事来？难道这一切是他许茂的过错么？许茂什么时候唆使过他的女儿们去干那些不要脸面的事了？

许茂种了一辈子地，在人生的道路上经历过许多忧患，也曾体验过短暂的幸福。没想到，真没想到，如今会孤独地躺在床上，听着屋外淅沥的风雨，这样痛苦地思索人生！……

七姑娘一身上下都是城市姑娘的打扮，来到老汉床前，叫了一声：“爹！”

这圆润而又亲切的声音把老汉从思索的折磨中惊醒过来，他微微睁开蒙眬的双眼，隐隐约约地看到一对乌黑明亮的眸子，垂到额上的黑发，光彩照人的圆脸庞，一股浓烈的香水味儿刺激着他的鼻黏膜。老汉厌恶地重新闭上了眼睛。

“爹,你……病了么?”七姑娘问道。

半晌,老汉回答说:“我没得病!你回来干啥子?还认得这条路么!”

“咋个这么大的气哟!”七姑娘并没有被吓退,嘻嘻笑了两声,“回来给你老人家做生呢!”说罢放下肩上的挎包,取出白糖和挂面,一一堆放在床头的平柜上,然后在床沿坐下来,继续娇嗔地说:

“二姐、五姐、六姐,她们全都要回来给你老人家做生,就不准我一个人回来么!未必我是后妈生的么?老八当了女兵,你爱得像心肝宝贝,就嫌我老七一个人……”

二十四岁的大姑娘这样娇滴滴地对老子说话,越发地使许茂感到厌恶。又想到那天在老七屋里同那个小胡子的遭遇,他心头更痛苦地自语:“我前世造了什么孽,这辈子生下这样不成器的东西!”

“要喝一点糖开水么?”老七又讨好地问。

老汉没好气地说:“不喝!你出去吧!”

讨了个没趣,七姑娘有点扫兴。提着挎包跨出房门,向老九房里走。

“转来!”老汉突然坐了起来,叫道。

许贞怔怔地站住,回转身走近床前。

老汉的嘴唇翕动着,半天说不出话来。看样子他是想询问七姑娘一件什么事,却又难以启齿。

七姑娘自从到供销社去工作以后,一年四季很难得回到葫芦坝这个家里来。这绝不是因为路途遥远,葫芦坝离连云场近得很嘛。别人家的儿女在外边工作,千里迢迢还要回来看看家乡的亲人呢。她不,遇到休假的日子,宁愿往百里外的县城跑,甚至跟着她的男朋友乘车到更为遥远的省会去,为的是享受一下都市风光。城乡的差别本来是历史的产物,逐渐缩小这个差别,应该是城乡劳动者共同的任务。可怜的许贞不懂得这个道理,她被那些高楼大厦、公园、戏院、大马路,以及那些穿着时髦服装在大街上闲游的人们吸引着,越发地感到自己出生的地方太寒酸、太丑陋了!为了向城市物质生活水平看齐,这个供销分社营业员的微薄的薪水,差不多全花在服装上,她努力把自己打扮得像一个城里的姑娘,不让别人发现她身上曾有过泥土的气息。这是她不常回家的原因,也是她和自己亲老子在感情上生疏起来的根由。众所周知,许茂老汉是并不忌讳"钱"字的。而每月挣三十多元的七姑娘竟然对老汉的财政没有一点贡献,还谈得上什么感情呢?——"钱"字使许茂和七姑娘之间的父女感情淡漠了!老汉有时不能不气愤而失望地想:"只当没有生她罢了!"

然而,话虽如此,人,究竟不是石头。许茂老汉把金钱看得重,也难以把骨肉之情完全撇开,他有时也会原谅这个还没有出嫁的漂亮而轻佻的姑娘。尤其是当他发现七姑娘竟然同那样一个流氓混在一起的时候,使他感到羞辱,更使他感到担心。那天离开连云场时,七姑娘的痛哭声,不能不引动老汉内心深处的恻隐之情,父亲之爱……

这时,他终于开口询问道:

"那个……姓朱的小流氓,还到连云场来?"

许贞一听父亲问的这个,不由收起了笑脸,羞愧地回答:"没……没有来了。"

"是实话么?"老汉紧接着厉声问。

"真的。"许贞低着头说,"他要再来,我也不理他了。我……我瞎了眼睛!”

老汉睁开一只眼,从旁打量着七姑娘,他发觉女儿眼里包着一泡泪水。

的确,在这一刹那间,羞愧和懊悔突然使七姑娘的容颜变得老实、庄重起来,一反平时那种娇骄和浅薄的神态。

她继续悔恨地说:“那天的事情,真丢人!我晓得你怄气了。领导上又找我谈话,批评我。我真痛恨自己糊涂!……爹,你原谅我吧,以后我再也不敢那样了。”

“晓得了么?晓得错了,也好。”老汉教训老七,“人活脸,树活皮。老子一辈子就是你们几个姐妹。我现在老了,我不能看着你们……唉,要是你们娘在世,老子也焦不到这样多的心!”

七姑娘掩着脸,呜呜地哭出声来了。

许贞刚刚生下地的时候,也和所有的姑娘们一样,并未带有什么不好的印记。就是在她已经长到二十岁的时候,许家姑娘们所具有的那种纯朴和敦厚的品性,在她身上也同样存在着。为什么后来就不同了呢?……可惜,许茂老汉和她本人都没有从社会物质和精神生活方面去加以探究。他们只怨自己,而无从去怨别人。其实,就算许家的老太婆还活在人世,那一位性情像棉花一样温柔的母亲,又有几多的作为能叫七姑娘免于那样的丢人现眼呢?

女儿凄楚的眼泪,今天意外地使老汉的心肠变软了。他觉得还有一个重要的意思要说出来,告诫这个长得太漂亮了的女儿,他咳嗽着,在心中斟酌字句。一会儿,终于说道:“女孩儿家,自己要尊重自己嘛……唉,名声要得紧哟!……一辈子的终身大事,要把稳。”说到这里停了停,太阳穴上鼓起两条青筋。他很奇怪自己的语言为什么竟这样的温和。平常遇到这种场合,他可不这样对女儿们说话,他会瞪着眼,严厉训斥:“不给老子顾脸!看老子捶断你的脚杆!”

古人云:“人之将死,其言也善。”这话要是用在此刻的许茂老汉身上,是最合适的了。他在这一刻,确实想到他不会活得太久的了。他接着往下说:

“要把稳!……我是管不了你们许多事了,要是能管,我就一定得把你许配给有根有底的庄户人家,诚实子弟,牢牢靠靠的好人。”

“爹!我不……”七姑娘痛苦地回答道,“我这一辈子都不找对象,不结婚了……”

“瞎说!”老汉喝道。忧郁地望了她一眼之后,又说:“为啥子说这种胡话!”

七姑娘捂着脸,伤心地回答:“我看到那些人就厌烦!爹,你不晓得,现在……‘诚实子弟’在哪儿啊?……‘牢牢靠靠’的人,哪里还有哇!……”

老汉剧烈地咳嗽起来。他瘦骨嶙峋的拳头不停地捶着床沿,似乎想制止许贞那凄厉的呼喊。这时,外面的屋檐水正滴滴答答打在美人蕉的枯叶上。

三

人生有些局面,真是艰难。年纪轻轻的九姑娘,风华正茂的团支书,此刻正两手托腮,黛眉深锁,满面愁容。她天天都在开会,比葫芦坝的庄稼人懂得更多的革命理论,然而她却不能用那些道理去解开她自己思想上的疙瘩!遇到这种时候,不论多么快活的人,都会感到愁苦的。

送走了代理支书龙二叔以后，许琴没有跟许贞一起跨进父亲卧室去。她需要冷静地想一想眼前发生的事情。

她坐在自己屋里，两眼怔怔地望着颜组长床上的白床单和整整齐齐叠着的被盖，心想：今天自己拒绝去参加党支部大会的行为，对不对呢？颜组长从区上回来，工作组的齐同志向她汇报了这件事，她会不会批评我呢？我又怎么向她解释这件事呢？……

她拉开柏木条桌的抽屉，拿出一个旧时的讲义夹。打开讲义夹，里面并没有什么“讲义”，而是夹着共有十页的一份“入党申请书”——这是她前年读完高中回来，被公社指定为团支书时写下的。

“……我坚信，在中国共产党的领导下，共产主义的理想一定能实现，我自愿为这一壮丽的事业贡献出我的青春和生命，终身跟党走，誓死不回头！……”

两年了，那洁白的纸张边缘已经发黄，墨迹已开始褪淡，然而字里行间依然燃烧着火一般的激情。两年来，许琴一次一次地把这申请书取出来，又一次一次地放回去。她始终没有交给葫芦坝的党支部。她觉得，郑百如把持下的党支部，不是她心目中的那个崇高、光荣和伟大的党。这的确使她十分伤心。她不明白，为什么葫芦坝的党支部会失去那夺目的光彩呢？有时她天真地想着：也许在别的地区，我们的党依旧是光荣伟大的，只有在葫芦坝才被云遮雾罩吧？要真是如此，那么，她许琴才真不该生活在葫芦坝！特别是几天前，她夜里偷偷读完《青春之歌》，心里更是深悔自己“生不逢辰”，要是自己生活在林道静那个时代，才真有意义啦！

“入党是人生一件大事，应该是庄严无比的，没有经过自己积极的争取,就突然被什么人'看中了'而拉进党里,这样做一个党员,有什么意义呢?……"

许琴思索着,甚至感到有些厌恶了,仿佛有谁玷污了她对党的纯真的感情。她终于关上讲义夹,又放回抽屉里去。她两手托腮,越想越觉得惆怅。她真恨不得立刻跑出去,跑到风雨漫漫的田野里去,向什么人吐露自己的心声,得到他的帮助,也许能解开心上的疙瘩!

这时,七姑娘许贞从父亲那边走过来了,一边走,一边还用花手绢儿揩着眼睛。这会儿的九姑娘多么不愿意见着她的这个姐姐呀!她觉得,自己和七姐之间不可能有共同的语言。

这姐妹俩之间确实少有共同之点。老九向来看不起七姑娘在连云场的生活方式,她为老七的浅薄无聊而感到羞耻。尤其是在这个时候,许贞那不高的身材,漂亮的脸蛋,高耸的胸脯,粉红毛衣,花呢外套,衣服上飘出来的香水味儿,这一切在九姑娘的眼里,真是显得俗不可耐,使她厌恶极了!

许贞很难为情地在床沿上坐下,然后问:

"这张铺,是四姐的么?"

"不,不是。"

"是哪个的呀?"

"工作组颜组长的。"

"呵!……那么,四姐不住在隔壁了么?"

"嗯。"

"她搬到哪儿去了呀?"

"院子里——那间破小屋。"

"呵,这是为啥子呢?"

“……”一言难尽。许琴不愿向这个不关心人只关心自己的七姐枉费口舌。

许贞从妹妹脸上明显地感到了冷淡。她停了停,才又问:

“我的信你们收到了么?”

“收到了。”许琴回答,从上衣口袋摸出一封信来。这是许贞托人带回来,向四姐和九妹俩诉说她和小朱分手以后的各种感想和苦闷心情的。

“你看过了么?”

“看过了。”

“四姐也看了么?”

“我没有给四姐看。”

“为什么呢?”七姑娘一点也不知道这些日子来葫芦坝上的事情和家里的变化,她为九妹这样不重视她的信而万分委屈,差点要哭出来了。她重复说:“为什么不给四姐看?我原以为能从你们这里得到一点安慰,谁知你是这样的不把我放在心上!……拿来,我去请四姐看看……”

许琴冷淡地打断她的话:“用不着!何必呢?”

“你……”

“你只关心你一个人,自私自利!你可知道,这些日子,家里都出了些什么事情?四姐的问题比你多得多,哪有工夫管你的事呀?你,只不过是……又失恋了吧,再说,对于你,失恋也不是第一次……”九姑娘不知道那天连云场上的风波,因此言语有些尖刻。七姑娘哪里受得了,不由得伤心地哭了起来。她一边哭,一边从许琴手上抓过那封信,跑出去了。

“转来!你跑哪儿去?”九姑娘见势不妙,怕七姐真的被气跑了,老汉问起来,又讨气怄。她起身追出房门。

七姑娘在院坝里站着,天上的细雨,树叶上的水滴,很快就淋湿了她的头发和肩膀。许琴站在阶沿上叫道:

"转来呀!有话慢慢说……"

许贞没有转来。她向四姑娘的破小屋走去,叫了一声:"四姐!"

四姑娘打开门,揉揉眼睛看清了是七姑娘,便淡淡的一笑,说:"快进来。"

许贞扑上去,抱着四姐瘦削的肩膀,哭了起来。四姑娘大惑不解,忙问:"啥子事情啊,是谁欺负你么?"说着,把许贞拉进了小屋。

本来就很狭窄的小屋当中,又铺上了一块门板,四姑娘在上面缝制父亲的皮袄,白生生的毛皮,白生生的棉花,青色哔叽布头堆在门板上,门板的一端搭在四姑娘的床沿上,另一端搭着一条高板凳。七姑娘进得门来,四下里张望了一下,一种惊惶的感觉使她止住了啼哭。四姐居住的屋子,在她看来确实是太寒碜了。她一时竟不晓得该往哪儿坐。细心的四姑娘招呼她坐在仅有的一条小板凳上,又把一个空箩篼倒转过来,自己坐了,强装出一脸高兴的样子,和气地问道:

"才回来,就哭哭啼啼的,出了什么事啦?"

七姑娘怔怔地望着这冷清清的小屋,漂亮的脸上掠过一丝疑问的神色,忘了回答四姐的问话。

"爹爹病倒了,你听说了么?"

七姑娘看见老九也来到小屋门口,便赌气地掉过脸去,拿后脑勺对着门口。

四姐看在眼里,不明白这小姐妹间发生了什么事,便对老九说：

“还不快来招呼你七姐啦。”随即又向许贞说，“快把胶鞋换下来吧，满是稀泥……”

老九站在门口不动。自从前天她参加大队专案组的会，听人说起关于大姐夫和四姐的“作风问题”的传言以后，她就没有再跨进过四姐这孤独的小屋。她心头惴惴不安，她本来不相信那个肮脏的传言，但是，那晚“闹贼”的事，她又明知确实发生过。当时真有一个人影儿从这小屋里蹿了出去，虽然，她不明白四姐为什么会惊叫，在慌乱中也没有看清那人是谁。但是，不信其有，却不敢否认其无，她自己的嘴先软了，便没胆量去反驳人家，这令她多么的难受啊！心地洁白正直的九姑娘，不相信自己的四姐会干下那样伤风败俗的事。有时，她真想当面质问和斥责四姐，然而，万一真有其事呢？四姐已经够可怜了，善良的九姑娘怎么也不忍心对她放下脸，透露出那令人痛苦的流言来。她只好回避四姐，怀着一线希望，希望那些事全是无中生有，希望四姐不至于那样。……

烦恼啊！为什么生活会如此的艰难，把一切不顺心的事情全都推到年纪轻轻的九姑娘身上来呢？

四姑娘自从那天在三姐门上受了那一场冷遇之后，就没有再迈出大门一步。许茂老汉病在床上，她两次去问候，两次都使她难堪：许茂不仅不回答四姑娘亲切的问候，竟然把脑壳掉过去，面对墙壁，看都不看她一眼！她只好吞声饮泣地退了出来，回到小屋里，一边为老汉镶皮袄，一边伤心地想：往后的日子怎么过啊？……

当一个人被痛苦折磨得近乎麻木的时候，一种固执的忧郁症就会慢慢地生根，痛苦也就变得并不是那么难以忍受了。四姑娘虽然还没有达到“麻木”的程度，但是因为经受得多了，时间长了，她也并不把那一步步向她逼近的苦难看得怎样的了不起。她想：父亲要把她嫁到耳鼓山去，她拒绝了；三姐和三姐夫劝她跟郑百如复婚，她也没有听从。这样一来二去的违抗他们的心意，他们生了她的气，这也是很自然的事情，没什么了不起。她如今看见这个一向同情和支持自己的九妹子也这样冷淡，更加使她相信自己得出的结论的正确性：如今这个世道，什么都是假的，谁也不同情谁，只有自己顾自己！

九姑娘站在小屋门口，既不回答四姐的话，也不看四姐的脸。她俩各有各的心事。

老七更不了解那些内情，也不可能知道此刻四姐和老九她们心中的秘密。一时间，姐妹三人谁都不说话，空气都好像凝固起来了。院子里的天空灰蒙蒙的，绵绵细雨还没有要停止的样子。几树梅花被无情的风雨摧残着，曾经在寂寞中开放，而今眼看就要在寂寞中凋零了。

四

中午时分，生产队长挨户通知社员们：下午去大队村小教室里参加社员大会，每个评级劳力都不得缺席。同时，他还告诫那些平时不喜欢参加会议的社员，今天不去是不行的，因为工作组已经把各队社员花名册收去了，会上是一定要按名册点数的。

吃过午饭以后，许琴匆匆刷锅碗、喂猪，然后戴起斗笠，出门开会去了。

四姑娘有点犹豫。一边吃饭，一边就想着：去，还是不去呢？

这两年,平常每逢开社员大会,她总是像出工干活一样,准时去参加,坐在本队的妇女群中,埋着头纳鞋底。别人在下面开“小会”,叽叽喳喳的,她不搭白,也不朝前面会议主席位子上的大队干部们看,为的是不愿意看见郑百如的小白脸。

然而,今天的情形却不同了。天气这样冷,皮袄还没有给老汉做起。虽然老人对自己冷淡,可他总是自己的老人啊!更何况老汉又在病中,她私心期望着:老汉穿上她亲手缝的新皮袄以后,父女之间的关系也许能有一点儿解冻吧?……为这个现实的理由,四姑娘不打算去参加社员大会。但是,她成天这样孤独地关在自己小屋里,就像住在监牢里似的与世隔绝,她又多想出去看看,听听人们都在做些什么,讲些什么啊!即便是四姑娘这样被生活遗弃的女人,她也依然怀着希望,希望从更为广大的“社会”那里听到或看到一点点与自己的利益有关的信息,以鼓舞自己生活下去的勇气,或证实一下她私心猜测过的事情是否存在。

许贞和老九赌气,午饭也没有去吃,就在四姑娘这里吃红苕汤。她见老九穿过院坝出了大门,便问四姐道:

“你不去开大会么?”

四姑娘犹豫了一会儿才答道:“去!……不是说要点名么?”她是决定要去了;对七姑娘说出这样一个原因,表示她本来是不愿意去的。

七姑娘哪里知道个中情由。她对葫芦坝以及整个社会生活向来漠不关心,如今又只为自己婚姻恋爱问题而苦恼着,似乎当今大事只有一件,人们都应该关切她的不幸,全力以赴地为她的恋爱问题提出切实的建议。此外,她绝不相信,别人的生活里也有值得思索和苦恼的事情。这个傻姑娘!糊涂人!……自从那天发生了那桩丢人现眼的戏剧性事件以后,她十分的懊恼,但却并未正确地去总结一番教训。她盼着别人同情她,更盼着突然出现一个心地善良的漂亮青年来分担或解除她的苦痛。但供销分社里的同志们并不怎么关心她的不幸,有的姑娘反而用鄙夷的目光瞧着她,小伙子们拿她的不幸当笑料,经理还批评她不注意生活作风。失望之下,她想从亲人们这里得到同情和安慰,哪知老九一见面就批评她"自私自利"。沉湎于个人情怀中的七姑娘,好不伤心!虽然,老汉今天例外地对她那样温和,但当父亲的哪能知道她深沉的苦恼?这个二十四岁的傻姑娘,焦急地盼着找一个称心、老实、前途远大的对象,恨不得快一点儿嫁出去,但她当着父亲的面,却保证自己"这一辈子"都不结婚。可笑不可笑!

她急于要把自己的"不幸"向四姐倾诉,好像全世界只有善良的四姐是她惟一的亲人了。她认定:既然全世界的事情都没有比她的"不幸"更为重要和急迫,那么,四姐今天就完全没有必要去开会。她对四姑娘说:

"开会,厌烦死了!到处都一样开会,像发了潮一样。翻来覆去还不就是说那些事,耳朵都听得起茧了。我在单位上,就不喜欢开会哩。四姐,你今天何必要去?点名,不过是吓唬人罢了!他们能把人怎么样!"

四姑娘匆匆洗刷锅碗,苦笑一下。像诳小孩子似的望着老七说道:

"七妹,你嫌把你丢在家里冷冷清清不好耍么?你去陪着爹摆摆龙门阵嘛。要不,就去串一串门儿,行么?要不,干脆和我一路开会去。在那儿你能遇着许多熟人,你从前相好的那些姑娘们都在会场上呢。"

许贞撇一撇嘴，“姑娘们！”她才不要找那些姑娘们哩，她们对于七姑娘有什么用场！她摇了摇头，双手抱着膝盖，表示不愿意跟四姑娘一路去。

“那么，你就在屋里帮我把爹的皮袄缝好吧，只差上领子、钉纽子了。好不好？不多一会儿，我就回来了。”四姑娘说着，就动手换衣裳，挽裤脚，换上一双黑色水胶鞋，取下墙头斗笠，最后拿了一只没纳完的鞋底和顶针，再次对七姑娘苦笑一下，便出去了。走到院坝中间，她又回头对七姑娘叮嘱道：“这会儿雨下得小了，你出去转一转吧，别在屋里闷出病来了。记住半下午的时候，到爹房里去看看他吃药没有。”说罢，才跨出大门去了。

许贞失望地望着四姐出去，却没法生四姐的气。不生气，越感憋得慌。她坐在孤零零的小屋里，不由得开始自悲自怜起来。面对自己的过去，现在，未来，空虚的滋味，头一回涌上许家这个二十四岁的漂亮姑娘的心头……

在许茂家里众多的姐妹们中，如果依照连云场百货商店兼管照相业务的那位摄影师的审美观点来判断，七姑娘许贞是最美的一个。早在四年前，他就从无数到连云场赶场的姑娘们中把许贞挑出来，为她免费拍了一张照片，涂上彩色陈列在太平镇堂堂皇皇的照相馆的玻璃橱窗里，引得许多赶街过路的姑娘们羡慕不已。许贞自然更是顾影自怜。一个心地纯洁具有革命事业心的姑娘，对于自己外在的美是不怎么看重的；而过于看重自己外表的漂亮，并为此骄傲，把青春和精力都花费在俗气的恋爱生活里的女子，也说不上会有什么高尚的革命情操。可怜的许家七姑娘正是后一种人当中的一个。她太过于看重自己丰腴的外表，太爱追求虚荣了。还在读书的时候，她就表现出一种同姐妹们朴素严肃的生活不协调的行动，过早地谈起恋爱来，那时还只有十八岁，她初恋的情人是她的同学，葫芦坝上一个数一数二的漂亮青年。她的恋爱是热烈的，然而冷却也快。原因是，那个青年高中毕业以后回家做了个小队会计，成天汗一把泥一把，甘心当个农民。而当她参加了工作，吃上公粮以后，她便认为，嫁个农民，生儿育女，烧锅煮饭，不是埋没了自己么？分手是理所当然的。问题是，她全然没有问一问人家的意见，不，她根本没有想到过要打个招呼，便抛弃了人家；至于人家会怎么样，她自然不去管了。在只顾自己这一点上，七姑娘倒很像她爹哩。三年前，当她拼命去缠她的四姐夫，要四姐夫“推荐”她出去工作的时候，那个伤天害理的郑百如糟蹋了她。当然，那丑事，葫芦坝至今没有一个人知道。可是，那个阴影却并不因为世上无人知晓就能轻轻从她心里抹去。从那以后，她急于寻觅对象，一个又一个，但都不中意。不是人家嫌她太轻浮，就是她看不起人家的外貌。年复一年地耽搁下来，转眼间二十四岁了！

哦，如果将来某一天，许茂没有死掉，还能思索人生的话，那么，他定能发现在那些乱纷纷的年月里，他和他的女儿们损失最为惨重的是什么东西。不是他自留地的南瓜，不是连云场上的一罐菜油，也不仅仅是金钱和粮食，而是女儿们被耽误了的青春！……如果许茂能开阔自己的视野，走进更为广阔的社会去思索，他将会更痛心地惋惜：像七姑娘这样的一代青年，被攫走了灵魂和理想！

……许贞伏在四姐的床上嘤嘤哭泣一阵以后，仍觉得心头空得发慌，好像那身比农家姑娘要华贵得多的衣服裹着的健壮的躯体也不存在了似的。

她翻身爬了起来，坐在床沿上，百无聊赖之中，缓缓地掠着额上散乱的头发。随后，便动手拈起针线来，试着按四姐的吩咐去缝皮袄领子。

然而，好几年来不事女红，连衣服补钉都不会缝的七姑娘，指头不听使唤，没有几下，针尖就扎进手指头，冒出鲜红的血珠来了。她气愤地丢开这讨厌的针线活，站起身来，慢慢踱到门外去。

她反身掩上大门，漫步走向田野。

细雨刚刚停歇，天空显得高了一些，也亮了一些。只是，远处的山峦仍是朦朦胧胧的，柳溪河上还挂着白色的水雾。葫芦坝静得出奇。人们都集合到村小的几间破教室里开会去了。偶尔有两三个小孩子出现在红花草田里采摘那些小红花儿，玩“娶亲”的游戏。这些孩子们，穿着黑色、蓝色的破棉袄，头上戴着他们哥哥或父亲的棉帽子或毛皮帽，很难分清哪一个是男孩，哪一个是女孩。

许贞踏着泥泞的田坎路，无目的地朝前走着。寒风吹在她身上，冷飕飕的。她后悔自己为什么不穿棉袄。——这是近来在一些年轻人中流行的一种时髦的风尚，他们为了显示自己苗条的身材和“风度”，冬天里也不穿棉衣。七姑娘刚刚学到这种时髦，还没有完全适应，尤其是这空旷原野上的“刀儿风”，她那毛线衣以及花呢外套哪里抵挡得住！

前面田边上有一棵年老的柳树，树下是一眼古井，有个白发苍苍的老太婆拄着竹竿提着小桶走上井台。许贞见她那吃力的样子，便走上前去，一看原是三队的五保老人姜三婆。她说：“三婆婆，我来帮你提吧。”她不由老太婆分说，便抢过小桶和扯水竿，迅速地打起一桶水来。她觉得这个活儿很好玩，便又说：“三婆婆，我给你提回去吧！”说罢便提起那一小桶清亮亮的井水朝姜三婆家走。当她把水桶放在那虚掩着的篱笆门外，回转身来时，姜三婆才走到半路上。老太婆高兴地说道：“我想了半天，是谁家的姑娘呀？

哈哈哈……原来是许家老七啊！七姑娘，你如今出落得这样富态，我这老太婆都差点儿认不出来啦！”许贞因为刚才的劳动，脸上红喷喷的，显得容光焕发。她说：“三婆婆，你老人家好啊！”老太婆回答道：“好啥子哟！这条命死不下去罢了。落几天雨，吃水都成困难啰！呃，七姑娘，几时回来的啊？你爹可好呀？……从前你娘在世，也像你这样肯帮忙。有一回，我病在床上爬不起来，你娘天天来看我，给我熬药汤，那时你才两三岁，你家老八还在吃奶，老九还没出世。葫芦坝上正组织互助组，你爹当组长，对我们这些孤寡人家才好咧！那一回我害的是伤寒夹湿……”整天整月没有一个说话的对象，老太婆今天像要把存放在肚子里的陈年老话一股脑儿向七姑娘倒出来。她东拉西扯地说着。好一会，许贞听得厌烦了，便说：“三婆婆，天冷呢，你回去烤烘笼去吧！”说完便离开老太婆，继续漫无目标地向前走去。

许贞绕过一块干涸的堰塘，从一片竹林里穿过去。突然，背后有一个年轻人的声音叫着她的名字：

“许贞！……嗨呀，你也在家么？”

她回过头，只见一个披翻领大衣，露一段深红色绒线围巾的青年向她奔跑过来，板平的脸上现出兴高采烈的神色，只有在荒凉沙漠中的旅行者意外地与知己重逢时，才会有那样的神态。

许贞淡淡地回答：“呵，你也在家么？”

“昨天回来的，可今天就想走啦！明天一定回县上去。真没意思。”小伙子说，“我妈一封信又一封信叫我回来，原来是给我拉了一个对象……好笑人！”他自己先笑了，接着补充道：“是个‘向阳花’，哈哈……”

许贞有点讨厌这个人。他舅舅是县商业局的什么主任，前几年开后门把他弄去当了百货公司的工作员。

“怎么？你不懂得啥子叫做‘向阳花’么?”

“不懂,没听说过。”

“你真不懂还是假不懂啊？……你会唱一支歌吧?”说着,小伙子唱起来了,“……社员(呀)都是(那个)向、阳、花(呀)……”

唱得荒腔顶板的怪难听,许贞嘴一撇。小伙子忙说:“还不懂么？‘农二’！懂了吧？我妈给我找了个‘农二’。笑死人!”

许贞懂得了。这是城里某些青年对农民轻蔑、鄙视的称呼。她不由更加讨厌这个无聊的青年了。此刻,不知怎么的,她听见人家用轻慢的语言提到农村姑娘,就觉得难以容忍！虽然她自己并不热爱广袤的土地和农家的草屋。

七姑娘转身要走,小伙子却跨前一步,拦住她:

“到我家去坐一坐吧。”

“不坐了,我还……有事呀!”

“只坐一会儿吧!”青年自作多情地瞅着她,轻声说,“我妈在家,舅妈也在……你愿意离开供销分社到县上去么？百货公司阔气多啦。只要给我舅妈说一声……”

要在平时,许贞会动心的。百货公司的店堂、柜台、橱窗,哪一样像连云场供销分社那般寒酸呀！但是,她此刻却不感兴趣。她觉得此人比她自己更浅薄,更空虚。

她伸手推开那青年,傲然地向前走去。只有这一刻,七姑娘脸上才突然闪耀出许家姑娘们所共有的那种固执和高洁的神采来。

“唉！……”板平脸、围红围巾青年怅然地站立在原地,望着七姑娘健美的腰肢,沉重地叹了一口气。

七姑娘心上突然涌起一阵愤懑的情绪！——她背后没有眼

睛，可是她却知道那个人在用怎样令人讨厌的目光盯着她，使她无端地感到受了侮辱。

“好气人哟！……”她自成年以来，这会儿才第一次感到作为一个女子，自尊心是多么重要。“他们那些人，都一样讨厌，像饿狗一样，可恶死了！”

在许贞这个大姑娘的爱情词典里，早已抹掉了“纯真”二字。别人欺骗过她，她也欺骗过别人。但是，尽管如此，严峻的生活仍然在不厌其烦地唤醒她去追求一种真正的生活、纯洁的爱情。她对自己以往的鬼混感到羞耻和厌倦了。她又一次明白地意识到：自己原来是多么的浅薄无聊，而现在又是多么的空虚啊！

她依然漫无目的地走着。她不知道自己绕过多少根田埂，跳过多少条小水沟，也不知道自己要往哪里去。这样在泥泞的路上走，任凭寒风刮着她的脸，透进她的心。她冷得牙齿打颤，却感到一种从未体验过的清新的气息。一阵猛烈的风吹来，掀起她花呢短外套的前襟。

她时而走得很慢，从眼前随便什么东西——一丘田，一方土，一个大石包，一棵道旁的柳树——身上，去追寻少女时代的记忆，让自己的思绪久久地沉湎在那些纯洁生活的回忆中；时而她又飞快地走着，泥浆溅起老高，溅满了她的裤脚，好像是要抓住那突然断了线的思绪，又像是为了甩掉记忆的长河中的某一个令人不愉快的细节。

她的童年时代，是在不声不响中度过的。姐妹们过多的家庭中，做母亲的人不可能把她们全都搂在怀里。那时候，她像小鸡似的，成天跟着姐姐们转，下田，挖地，收割或在家里做饭洗衣。她最爱跟的是三姐，爱看三姐大声说话大声笑。可有时候三姐要打她，挨了打以后，她去找四姐，四姐总是温和地给她擦干眼泪。在不知不觉中，她逐渐地长大起来，告别了童年，又跨进了少女的美妙年月。她亲眼看着姐姐们一个个长成大人之后，就有一个个陌生的小伙子相继而来，都是精神饱满，声音浑厚，眼睛燃烧着热情，做出害羞的样子，而对老人们却表现得很有礼貌。接着，把姐姐们一个个地带出了许家的大门。姐姐们走的时候，都要哭，好像很舍不得这个院子似的。但后来证明，她们哪里是舍不得，她们有了丈夫、孩子以后，都挺高兴呢。这一切，七姑娘都是亲眼见到的。送走了姐姐们，她有时不能不想到自己。没有母亲来引导她、教育她。于是，她过早地开始了恋爱。她的初恋虽然还多少带着一点小孩子的顽皮色彩，但那开始的时候却是纯洁而忠诚的。劳动中互相关怀，青年会上暗送秋波，梨树林里谈情说爱，柳溪河边私订终身。两年过去了，郑百如问她："你打算一辈子蹲在农村么？出去工作，挣工资、住楼房、穿料子，不晒太阳不淋雨的生活，你想不想啊？"她动摇了。……后来的经过，正如前面叙述过了的那样，可以借用"被诱惑"或"堕落"这些词儿去概括。

然而，这个心不在焉的轻佻女子，怎么也想不到，她的传情的眼睛和默默的相许，却害苦了一个忠厚的痴情的青年！她说过的话，私许终身的诺言，她自己淡忘了，而他却一字一句刻在心上，永世难忘。这个痴情的男儿名叫吴昌全。

五

吴昌全走进大会会场不久，看看天上亮开了，雨也住了，他便立即挤出村小的教室往回跑，跑进他们的科研地里干活来了。

这几天,他为豌豆“霜前花”问题的一个新发现苦恼着,焦灼得吃不下、睡不好。落雨前,他在偶然的情况下观察到一个怪现象:霜前花在气温还没有达到豌豆授粉温度的情况下,居然也能授粉,证明“霜前花”也有结果的可能。这个意外的发现使他惊喜万分,正待继续观察,天却落起雨来了。久晴有久雨,开了头就没完没了地落,落得叫人牵肠挂肚。雨天的花,开不了无法进行观察。每天,工作组的齐明江同志开完会回去吃饭,都看见吴昌全不是在翻书,就是坐在门槛上忧郁地望着雨雾茫茫的天空出神。小齐同志心想:这个人准是又害相思病了。

吴昌全盼着天空放晴,只有天晴以后,才好继续他对霜前花授粉问题的研究。说吴昌全“痴情”,这不是没有道理的。他这个人,只要迷上什么,就总是丢不下,放不开,长久地眷眷于心怀。他对乡土的眷恋,对以提高产量为目的的科学研究倾注满腔的热情,既不是为了完成谁交给他的任务,也不是出于好奇的心理,更不是为了去领赏,完全是一种强烈的热爱人民的情感,使他对农村家乡的贫困感到切肤之痛。葫芦坝的农业产量不高;庄稼人缺吃少穿;上学的孩子们趴在凹凸不平的石板书桌上写字;妇女们打着赤脚;青年妙龄的女子不听亲人的劝告,被骗卖到那遥远的地方……所有这些触目伤心的事,都发生在七十年代的葫芦坝上。而这些勤劳苦作创造物质财富以支撑祖国社会主义大厦的妇女,是不应该遭受这种命运的!……吴昌全对于他的乡土人民,有一颗赤子之心,他沉重感受到这一切,他简单而又固执地认定:这一切都是由于技术落后,产量太低,人不够吃,生活不富。他天真而又诚挚地相信:靠集体的力量,用新的科学办法生产,就一定可以解决这些问题。

这就是葫芦坝新一代农民吴昌全的“痴情”的一例。工作组的同志齐明江,难以理解这个农村知识分子朴实的感情和高尚的情操,当然并不奇怪。他有他的理由和根据。自从他第一次偷看了吴昌全的日记以后,他怎么也按捺不住好奇的心情去继续侦探吴昌全的秘密。不久前,他又偷偷地看到了如下一段记载:

我已经把不少的精力和时光都花费在那刻骨的相思之中了。……看来,她是完全被那些低级庸俗的生活情趣同化了。这是一个心性高傲的姑娘终于走向堕落的最明显的事实。这两年来,我远远地望着她。为什么她成天同那些游手好闲的青年混在一起?常常往城里跑,并没有结婚,却在别人那里吃住,节假日天天在别人家中。干些什么呢?不外是给人家做家务、做奴隶、做妻子!……在这样的可悲的事实面前,我不应该恋恋不舍。她是宁肯要那种没有爱情的婚姻,而不愿去艰苦奋斗,争得真正的爱情和幸福。她厌恶劳动,永远也跳不出庸俗的市侩习气的束缚。……看着她的堕落,像看五月落花一样,那是没有办法的。这样的"规律",现今世上很少有人违抗得了,她跳不出那个世俗的罗网。我只好眼望着花落春去……我宁愿让那些初恋的美好的回忆长留在心里,不愿看到她如今这可悲的形象去毁坏了那高洁纯真的回忆!……

吴昌全的近乎傻气的爱恋,被齐明江视为荒诞。他认为吴昌全性情古怪,思想路线不端正,已经堕落到资产阶级的泥坑里去了。因此,他决定在运动的"第二阶段"狠狠触及一下他的灵魂!

天空放晴以后,吴昌全已经出现在科研地里那两畦早花的豌豆面前了。

前几天开放得那般鲜丽的蝴蝶形状的花朵,经历一场风雨之后,凋谢了,萎蔫了。吴昌全摸出一个放大镜来,一朵又一朵地察看着那些萎缩了的花蕊中间的“花柱”。

他蹲在潮湿的泥土上，脚腿蹲得麻木了，眼睛看得昏花了，便站起身来活动一下四肢，然后又蹲下去继续他的神圣的工作。这样不知过了多久，连一个膨大了的“柱头”都没有发现。显然，还没有发现一朵已授粉成功的花。他站起身来，略为估计了一下，如果把这两畦豌豆每一朵开过的花都这么看一遍，大约需要五天。就是说，他一个人得照这个样儿，在又湿又冷的泥土里蹲着，整整地蹲五天，目的就仅仅是为了观察一下有没有那样一棵授粉成功而膨大变形的“柱头”。吴昌全在默算着这一切的时候，脸上并没有显出那种惊骇或失望的神色来。他想：明天跟队长商量一下，让科研组的社员们都来参加这一工作，他可以教给他们怎样观察。这样想着的时候，他又蹲下身子去了。

这种十分平凡，而且看来并没有什么“立竿见影”效果，立即可以引起人们重视的劳动，那种“精灵人”是决不愿意干的。这也是吴昌全“痴”的一个方面。有谁给他下命令，叫他这样蹲着么？没有。从葫芦坝、连云场、太平区、一直到北京城，有谁看见或者想到在这朔风凛冽的穷乡僻壤，有一个名叫吴昌全的同志蹲在这又冷又湿的泥地里么？没有。何必要人知道呢！吴昌全是朴实庄稼人的后代。过去他的祖辈们勤巴苦做，是为了养家餬口，现在吴昌全忘我劳动，为的是葫芦坝众乡亲丰衣足食！这里，没有什么苦不苦的观念。好像他来到这个世界上，就是为着干这个事来的；他干得很带劲，干得很有味儿！

…………

昌全全神贯注地蹲在那里，掰开一个一个花瓣儿，对着放大镜观察着，时而站起来换一换姿势，活动一下麻木的腿脚。……当他某一次站起身来，伸开手臂，半眯着有些酸涩的双眼眺望远方时，他看到一个在田野上踟蹰的姑娘，山风吹拂着她的头发，白亮亮的冬田水中映着她的倒影。

像偶尔间在一本书上翻到一幅描写冬景的插图：灰茫茫的天空，光秃秃的柳树，黑苍苍的山野，白花花的水田，一个女子匆匆走着，走向她要去的地方。……这幅图也许画得很不错，看着能使人想到一些美妙的或者忧愁的事情，但既是看书，总得往下看，于是就把这一页图画翻过去了，甚至当这本书出现新的情节或一幅新的插图时，也许就不再记起那个画面了。

然而，此刻对于吴昌全来说，这一页却怎么也“翻”不过去！

他久久的呆立着，激动地凝望着这幅“冬天的图画”。他的血在往上涌，心里有一万个问题向他自己提出来……显然，他已经认出了或感觉出了那个姑娘是谁。

那是同他一起幸福地度过了青梅竹马童年的姑娘。后来他们一块儿回到太平镇去上中学，后来又一块儿回到葫芦坝家乡。他们曾经两小无猜地度过了一些最美好的日月，当他们由初恋而私订终身的时候，他们谁也不曾怀疑过自己的许诺有什么不实际或不忠诚。……

那是他痴心爱过、期待过的姑娘。两三年来，他忠心耿耿地在葫芦坝的茅草房里思念着她，卫护着这个心中的偶像。那种虔诚和眷恋简直使人吃惊。……

那是近些日子来，常常使他心里发痛的姑娘。像亲眼看见一块纯洁无疵的美玉怎样慢慢落在泥淖之中，又像眼巴巴地望着一轮满月渐渐坠入柳溪河对岸环形山峦的背后，他为这姑娘无限怅惘、惋惜和心里发痛！……

昌全终于又蹲了下来。有一个声音在对他说:“这是最后一次了,从此以后再也不要挂记着她。命运既然给你们俩安排了不同的生活道路,你们就各奔前程吧！你要努力克服心中的不畅快!”

他把放大镜对准一朵凋谢的花,轻轻伸出指尖去掰开花瓣,试图使自己恢复平静,重新干他的活路。然而,不行,他的指头抖得厉害,那朵花连带花蕊一起都给捏碎了;而且,他视线模糊,眼前的事物全都变成了茫茫的白雾……哎呀！刚强的青年,眼里滚出晶莹的泪珠来了!

曾有人用权威的口气告诉我们:一个献身于人民的英雄,当他们在向着“完善”迈进的时候,或进行着艰苦卓绝的奋斗的时候,他们早已摒弃了一切属于“感情”的东西,如父母,亲人,爱情,等等。

不,这不是真的!

吴昌全把自己的智慧和劳动倾注在多打粮食的科研事业上,把青春献给人民大众,然而,这并不妨碍他去思念一个曾经相爱过的姑娘。假如说,现在有谁下个命令,禁止他吴昌全从事他心爱的科研活动,他会非常痛苦;那么,当他真心感到自己确实失去了心爱的女伴,他同样也会伤心。吴昌全这个普普通通的庄稼人的儿子,如何能没有他丰富的感情?

……许贞急匆匆地从科研地旁边走过来了。她的雨鞋已经灌满了泥浆,走路时发出“咕咕”的响声。隔着一道竹片编织用来拦鸡的篱笆,已经听到她的脚步声和衣服被风吹动的窸窣声,但粗心大意的许贞没有发现他,也不曾想到应该向篱笆那面望上一眼,便匆匆走了过去。

昌全听见脚步声过去,也没有抬起头来。男性的骄傲阻止他首先招呼对方。他私心希望她也许会回过头来。但没有,她对直沿着篱笆去了。昌全满腹委屈和懊恼，又不由得升起另一个新的念头：把她叫住，谈一次话，以便得到一个确切的印象，证实她确实变了心，从今以后，就再也不思念她了（“我们已经两年没有说过一句话，谁知她是怎么想的呢？”——他这样为自己的决定寻找理由）。于是，他“唬”的一下子站起身来，叫了一声：

“许贞！……”

七姑娘猛地站住，回过头来，惊愕地望着他。好一阵，紧张的神色才稍稍和缓下来，露出一丝苦笑：“呵，是昌全哥？”

昌全为自己刚才的冲动羞红了脸。他笨拙地立在原地。两年多来，心头积下了多少话语，此刻却不知该从何说起，连一般的见面话也没有一句。他有些后悔，但又依然怀有一种渺茫的希望。

“你一个人在那儿干什么呀？”许贞的声音和从前一样圆润清亮，她顺着篱笆往回走几步，站在离昌全不远的地方，只要跨过低矮的篱笆，他们就能在一起了。

在这默默的注视里，这一对青梅竹马的伴侣，你们在想什么呢？是不是在回忆你们如花似锦的童年？当你们想起那些珍贵的时光，你们的心境是幸福，还是辛酸？是轻松，还是沉重呢？你们是不是在思索：在如今新社会，既非封建的“父母之命”，也不是因为讨厌的“媒妁之言”，而你们两小无猜的爱情，却不能永久，这是为什么？为什么啊！……

依许贞看来，这两三年来，吴昌全似乎苍老了许多。今天这身打扮，更使他浑身显得穷困和凄惶：头发蓬松，衣衫破旧，水湿的裤管搅在脚肚上，泥糊糊的胶鞋已看不出本来的颜色。她不由怜悯地想道：“当初就是不听我的劝告，出去找个事情做。那样好的学问。出去了，还会像这个样儿么！多可惜……”

昌全看看天,突然说道:“咳,又落起来了。”

“是么?”七姑娘仰起脸,细得像粉一样的雨珠儿洒在她发烧的面颊上。

接着,雨滴就大起来了。

“哎呀!我要转去了。”七姑娘说着转身就走,她走得很快,像小跑似的。

昌全呼唤她:“躲一下再走吧。”

他追上去。绕过那片竹林,看见她站在屋檐底下躲雨,微微地喘气。

昌全上前推开大门,说:“屋里坐吧。”

许贞猛然想起,这原是吴昌全的家。她犹豫了,没有进屋。

昌全一只脚踏进门口,一只脚留在门外,他望着七姑娘说道:

“坐一会儿吧,喝杯开水。……呃,这两三年来,虽说我们也常见面,可从来没有说一句话。……难道你就没有一句话对我说一说么?我一直以为你有一天会说……”

七姑娘的脸色苍白了,她紧盯着自己的鞋尖。

人生有些局面,总是会永远牢牢地占据着人们的心,哪怕有时暂时把它忘记,但在另一些场合又会想起它来。想当初那个风和日丽的春天,梨树坪里的小鸟在枝头跳跃,雪白的梨花飘落在他们肩上,一只小兔突然从他们身边跑过,昌全要去追那小兔,七姑娘突然止住他。他们眼里闪耀着纯洁的爱情的光彩,进行了这样一场意味深长的谈话——

“别逮它吧,怪可怜的。我问你句话……”

“问吧,也许我回答不上呢。”

“……呃,昌全哥,你看这梨花好看不好看?”

“好看极了,雪白一片,像十里烟波……”

“杏花呢?”

“杏花也好看,嫣红色,花蕊很长,像你的眼睫毛一样……”

“滚你的!……呃,桃花呢?”

“也不错,不过……嗨,你问这些干啥呀?”

“哎,人家都说,我比姐姐们长得好看,劝我去当演员,你看笑不笑人!”

“……”

“可是比起四姐来,我不如她。你看是不是?”

“我看不出来。”

“你真傻!……你愿意跟我好么?”

“谁说不愿意?现在不是……”

“我说的是永久的,一辈子好!”

“愿意!”

“不变心么!”

“嗯。”

“我不信!”

“哎……”

“你赌个咒!”

“好,我赌咒。上有天,下有地,我吴昌全将来要是变了心,雷打……”

“不不不!我不要你赌……”

那个多少还带着一点童稚的嬉戏式的初恋场面,此刻是这样清晰地浮现在七姑娘的脑际。是的,由于这个轻浮女子的主动追求,确实赢得了诚实青年吴昌全的倾心相爱。然而,时过境迁,当她后来又主动地抛开他的时候，她却是不辞而别，既没有当面打个招呼，也未曾写一封信通知一下。

想到这个不光彩的往事，七姑娘十分羞愧。说实话，她这两年已经“锻炼”得不大知道害羞了。只是此刻，羞耻心才又回到她的灵魂里来。她没有抬起头来，然而她感觉到了吴昌全那炽热的纯洁的目光，正期待地凝望着她。

“我现在还对你说什么呢？……我不说了，一切你都知道……”她伤心地这样回答昌全。随后，就突然奔到如麻的雨雾中去了。

她埋着头，沿着泥泞的田坎小路，飞也似的跑起来。

当吴昌全回过神的时候，她已经跑过两条田埂了。昌全在忙乱中抓起一顶斗笠向她追去，喊道：“等一等，戴上斗笠吧！……”

听到喊声，七姑娘奔跑得更快了。雨水淋湿了她的长发，浸湿了她的衣服，滚烫的眼泪合着冰凉的雨水从脸上流到胸前。

昌全眼望着她的背影，消失在通往许家院子的小路上，消失在茫茫的烟雨中。他站住了，心里塞满了难言的惆怅。

雨，潇潇地落着，无穷无尽……

第八章　寂　寞

一

社员大会在村里小学召开。在解放前,那原是一座香烟缭绕的尼姑庵,许多年轻的妇女曾经在这里过着坟场一样寂寞的生活,那悲苦的命运这儿就不多说了。解放以后,尼庵的大殿变成了村公所,后来经过一番改建,又变成了小学校。许茂的女儿们除了已故的大姑娘许素云——金东水的妻子以外,都在这里的一片琅琅的读书声中度过了自己的童年,留下了美好的记忆,这似乎也是很久远的事情了。

现在,小齐同志正端坐在大殿上,板着面孔,严肃地望着大门口鱼贯而入的披老棉袄的庄稼人,心里却在焦急地盼望着门口立即出现那个矫健、秀气的身影。他望了很久,终于脱口叫道:

“来了！快叫她过来!”

坐在侧边的郑百如向大门口一看,高声叫喊:

“许琴！快上这里来!”

许琴走上大殿。

“上午咋个不来开会啊?”郑百如问。

许琴瞟了一眼代理支书龙庆,只见他埋着脑壳,眼睛肿起像一对桃子,脸上现出痛苦的表情。她回答道:

“屋头有事走不开。我爹病倒了。”她没有说出七姐回来的事。说罢，沉默着，等待领受工作组齐同志的批评。

哪知，小齐同志对她特别的照顾，不仅没有教训她，反而露出笑脸来，说：

“没得关系，你不在，我们一样的讨论。不过，申请书还是得由你自己写一个。”停了停，他收起笑容，恢复了严肃的神态，又说：“许琴同志，请你做好思想准备，当革命斗争需要你担负起更重要的任务的时候……”说到这里，他又不由自主地流露出温和的笑意来，“呃，我代表工作组，向你祝贺！公社要提拔你去做社干了。考察报告都搞好了，只等颜组长回来过目。但是，我们想先解决你的组织问题……”

郑百如在一旁补充道：“许琴，你看，这个机会很好呀！你不是早就要求出去么？你七姐不止一次向我说这个事。现在正好有这个机会。——昨天，公社指示，叫我们推荐一个年轻的，高中文化水平的人到公社去工作……”

“不能从‘机会’这个角度去理解参加工作的意义。”小齐纠正郑百如的话，“革命工作嘛，上级的指示嘛。当然，还有本人的表现，工作组和支部的意见……许琴同志，你说是不是？”

太突然了！九姑娘一时竟回不过神来，只听见郑百如又接道：“当然，这也是革命的需要嘛！你晓不晓得？现在的形势，农业学大寨，抓革命，促生产，各级都要开始抓生产了！要加强农业战线的干部力量，县上分配了指标，因此，所以……”他向许琴笑了笑，继续说：“听公社讲，还要先到县上去培训一个时候，回来就是专家了！……”

九姑娘没有听他天花乱坠地往下说，脸红筋胀地退到一旁去了。墙边上，金顺玉大娘独坐在一条板凳上，她挪挪身子，让许琴和她一块坐了。许琴把斗笠放在墙边上。

妇女们大半是拿着针线活儿前来的，任何时候，只要是人多的地方，她们总找得到谈话或玩笑的题材。由于她们的声音，才使这个场合显得有一点儿生气，要不，就跟从前的尼姑庵差不多了——因为男人们大都沉默着。那年头，冷漠和愁容简直成了庄稼人的统一表情，或表情的基本格式，谁也说不清是什么原因。

往常遇到这样大的会议，团支书许琴算是个比较活跃的人物，她让姑娘们和小伙子们合唱歌曲，或自己带头教唱。此刻，她却没想到她那个职责来。

如果说，今天早晨通知她去“入党”，使她感到太突然的话，那么，此刻带给她的这个消息，就更使她茫然无措。

生活在时代的雾霭中的姑娘，太可怜了！她正当妙龄青春，正该享受学习、劳动、欢乐的权利，享受德智体健康发展的幸福；正该大声歌唱，大声欢笑，像鸟儿一样跳跃飞翔，像马儿一样驰骋在开满鲜花的原野；正该好好儿地生活。可是，非常遗憾，生活却偏偏给她带来许多难题，使她百思而不得其解。她不懂得阶级斗争，她甚至讨厌那些满口尖锐的政治术语的同伴。她渴望安定、平和、心情舒畅地劳动以及抒情诗一般的田园生活，她只要听到或看到那些你争我夺，相互猜忌，或伤风败俗、徇私舞弊的事情，都会感到心惊肉跳。……然而，生活却硬把那些亵渎人类的东西塞给她！这些天来，她听到看到的，太多了，多得使她那颗单纯的心快要炸裂了！

如果说，她的七姐对待生活和爱情的轻浮态度使她气愤的话，那么，有关她最为敬爱的四姐和金大哥的那个传闻，却使她对于整个人生的真、善、美的价值,都产生了怀疑,动摇了她对于葫芦坝的未来生活的信念。

早晨,人家叫她去参加党的会议,讨论她的入党问题,她觉得那样做是一种徇私舞弊,不光彩的行为,终于没有去参加。现在,人家又通知她被上调工作,是不是又因为七姐或其他什么人为她走的“后门”呢?

许琴坐在金顺玉大娘身旁,心事重重。后来,她终于产生了这样的想法:

“哎,既然是上级正式调去的,这又有什么不光彩的嫌疑呢?既然家里的人变成那样不可亲近,姐妹之间再也没有什么感情,干脆趁这个机会离开家吧!……既然葫芦坝是这个样子,我们青年人还有什么前途啊,不如……”想到这里,她忽然想起那个埋头苦干的吴昌全来了,不觉心头又乱成了一团麻。

“这件事,要不要告诉他,问问他的意见呢?”她想,“……哎呀,使不得!我咋好和他谈这个嘛?……”昌全是她所崇拜的、私心眷恋着的人,但尽管她偷偷地钟情于他,而她凭着自己细致的心,却还未曾体察出他对自己有过一点儿倾心或超出一般同志关系的表示。像她这样清高的女子,自尊心极强,她怎么能那样主动地把自己的个人生活方面的问题同他去商量呢?真是叫人为难啊!

是啊,许琴遇到的问题,都是漫长的人生道路上几个关键性的转折点。改变生活的方式,决定终身职业,选择终身伴侣,对于一个有文化知识的农村大姑娘来说,还有什么比这更为关键的呢?有谁来替她出出主意,或给她一个明确的指示就好了。但那一个人是谁呢?……母亲不在人世,爹那个样,给她帮不了忙。姐姐们呢?也不顶事。昌全呢?不知道人家愿不愿意。除此以外,在她的生活圈子内还有谁来同她商量啊？……党支部的干部龙二叔，能启示她一点什么？郑百如，根本不能相信！金大哥呢？……不行。

这时候，她想到了身边坐着的金顺玉大娘，想到颜组长："她们能不能……"

金顺玉大娘早早地就来到了会场。她老人家虽然没有担任什么干部职务，但，她在党多年，已经成了习惯：热切关心葫芦坝各项社会工作，准时出席会议，积极提建议和意见等。今天上午的支部大会上，关于许琴"入党"问题的提出和讨论，以及推荐许琴上公社做"农业技术辅导站副站长"的事情，金顺玉大娘已经全部知晓。依她的意见，许琴这个姑娘是棵好苗子，可以吸收入党，但是必须严格按照入党的规矩，履行组织手续，不能这样马马虎虎，把章程搞坏了。她的这个意见，在支部会上遭到小齐同志的批驳。齐明江提醒这位党龄跟他年龄一样长的农村老大娘："你不懂得形势在发展，革命在前进，过去那些老一套不时兴了！"对于调许琴出去工作，金顺玉大娘没得意见，有文化的年轻人，应该出去见见世面，给党做更多的工作。老大娘确是这样想的。但心中微微感到歉然的是：现在这个风气，出外参加工作的姑娘，一般都不会找农村的庄稼人做丈夫；那么，这个称心的儿媳妇是要不成的了。她请龙庆去向许茂提亲，龙庆至今未给她回话，金顺玉大娘在这一点上，心中不大畅快。"不，不能为我母子俩的利益，耽误九姑娘的前程。"她遗憾地这样想着，继而又思量道，"算了，趁现在还没有公开提出亲事，干脆不提了，让它烂在我肚子里算啦。……但是，昌全呢？在哪儿还能找到配得上我家昌全的姑娘啊？"

"唉！……"大娘不由自主地长叹一声。

九姑娘忙问:“怎么啦？身上哪儿不舒服么?”

“哦,不……是有点儿脑壳晕……”

“冷么?”

“不,不见得冷……老九,你爹的病好一点了没有啊?”金顺玉找到了另一个谈话题目来掩饰自己怅然的心情。

“还不见好呢。”许琴回答。心里却在想着:“要不要现在就跟她商量一下？她会把我调工作的事告诉昌全哥的……”

就在这时,这老少两辈妇女的目光无意中碰在一起了,都含着同样的忧郁。一刹那间的对视,像触电似的,她们急忙“脱离接触”,各自低下头来。但此刻,她们谁也不知道对方心上难言的隐衷。

吴昌全修长的身影穿过熙熙攘攘的人群,向着小学校大门口走去的时候,会场上引起了一阵小小的骚动。小齐同志严肃地指出:

“这个人一点不讲纪律性！快把他叫转来!”

有人解释说:“大概是上茅厕去……”

许琴的目光又和金顺玉大娘对视了一下,大娘对她说:“他呀！天天都盼着天晴,天晴了才好去研究他那个什么‘霜前花’。这会儿他一定是看见雨停了吧。”

许琴“嗯”了一声。眼前立即现出了那一溜生机勃勃的麦子地和那两畦花团锦簇的豌豆苗,不由得又轻轻叹了一口气。

小齐同志看了看手表,大声地对郑百如说:

“清点人数,看看到齐了没有哇？三点钟都过五分了!”

郑百如站起来,沙哑的声音像破锣似的在大殿上回响:

“坐好,坐好,点名啦。……一队,张家富……李万顺……杨秀英……”

被叫着名字的社员闷声闷气地答应一声："来啦。"有的只是在喉咙管"唔"一声。

这样挨个挨个叫下去，是很费时光的。小齐同志便临时改变了他事前的指示，小声对郑百如说："算啦！叫他们各队队长数一数，记上缺席的名字报来就行了。"

于是，郑百如就停止了长声吆喝的点名，叫队长们报数。

等这个议程完毕，小齐同志碰了一下龙庆的手膀子，龙庆便站起来，开始按齐明江事前布置好的意思，首先发表讲话。他以会议主持人的身份，强调今天这个大会的各种内容及其重要意义，要求社员们遵守会场秩序，不开小会，不乱跑，不早退，妇女们不搞"三线建设"……诸如此类的话说完以后，最后才宣布：

"请工作组的齐同志给我们开会啦！大家欢迎！"他带头鼓掌。

郑百如也说道："欢迎，欢迎。"并使劲鼓起掌来。小齐同志本人也鼓了几下掌。

庄稼人不喜欢或不习惯鼓掌这种礼节，因此，稀稀落落的掌声只响了那么几下，就像被风刮跑了似的，静悄悄没有声息了。

小齐同志站起来，过于严肃的表情使脸上的肌肉都变形了。他轻轻咳嗽一声，便从"同志们！"三个字开头，念起他那长而又长的报告来了。

他的报告很全面，其正确性无可非议，不仅能在葫芦坝讲，任何公社、大队都适用；其广泛性差不多达到"放之四海而皆准"的程度了。因为这是县上印发的统一提纲，加上他自己从报纸上剪裁的文章段落，所以就很长很全面了。光是"前言"部分就有十页，"形势"部分分国际国内共十八页；阐述文化大革命伟大意义部分更长一点,有二十九页;阶级斗争新动向部分,农村资本主义形形色色表现部分,还要长一些;最后还有搞好远景规划的重要性,必要性及其可能性……一共八个部分。幸好那些年纪大一点的庄稼人,大都是提着烘笼来的,要不,可麻烦了。

但是,小齐同志的“前言”部分还没有讲完,会场上又起了点骚动。

先是“闲话公司”女老板郑百香的声音:“来了,看!……”

接着,大多数社员就一齐向会场大门口望去。只见一个身穿蓝色半旧中式衣裳的妇女埋着头,迈着细碎的快步走了进来。

这个形容憔悴的年轻妇女,吸引着全体与会者的目光,当她在一个过风的窗口底下找到座位坐下来以后,人们干脆站起身来,越过别人的肩膀去看她。

小齐同志的报告显然受到了干扰,但他继续念着“前言”:“……所以说,今天这个大会,是在党中央的伟大指示鼓舞下,是在省委重要文件精神指导下,地委、县委直接关怀下,区委、公社党委具体帮助下……召开的!……”

这当儿,郑百香对她周围的人说:

“看啊!那个婊子婆娘还装得满正经的样子呢!哼!……”她的声音虽然不大,却叫人们全听清了,于是“啧啧”声,慨叹声,从四面八方响起来。

郑百如和龙庆两位大队干部连忙站起来了,打着手势,要求人们集中注意听报告。

……这一切,都被许琴看在眼里,听到耳里了,心头说不出有多悲哀。她那青春秀气的脸蛋,红一阵,白一阵。最后,她使劲咬着嘴唇,避免自己眼泪落下来,心里强忍着那种离情别绪,对自己说：

“算啦，葫芦坝就是这个样子，我干脆走！离开了葫芦坝，眼不见，心不烦。出去也是干革命！”

未来的新的生活，开始对这个失望中的少女展示出新奇、迷离的色彩。她含着眼泪在心中向这个生身之地告别，祈祷着一种新的环境，一种风平浪静、欢乐幸福的生活。但不知能否如愿以偿？

二

大会在继续进行中。

社员们——尤其是妇女们，越听越失望。她们家里的细粮早吃光了，窖里贮藏的红苕也不多了。她们原来抱着希望，来听听上边能够拨出多少救济粮给葫芦坝，以度过那即将到来的恼人的春荒。男人们呢，除了这个以外，还想听一听干部们对来年的生产作何打算。然而小齐同志的报告并不涉及这些鸡毛蒜皮的小事，他慷慨激昂地向社员们翻来覆去地说一个意思：要是堵不住资本主义的路，就迈不开社会主义的步；他还吓唬庄稼人说：如果埋头生产不看路，将会导致亡党亡国。

过了一会儿，外面又下起雨来了。

天色麻麻黑的时候，各队都有人悄悄离开会场，他们惦念着家里的事，担心天黑以后，孩子们在家里饿着，鸡鸭不够数，等等。

而小齐同志的报告还没完，八股大概才讲到四股呢。于是，就有更多的人，说是出去“解个小手”，再也没转来。这期间，许家的三姑娘许秋云也动身走了。她刚刚出了小学校的大门，男人罗祖华就跟了上来，小声叫道：

“秋云,你……这就走了么?等一等……”

三姑娘回头嗔道:“你这个人才讨厌咧!自己找不着路么?”

罗祖华哭丧着脸,没头没脑地说:“你没有看到么?今天这个架势……情形有点不妙哩!”

“啥子不妙啊?”三姐没好气地问。

“你真的不晓得呀?那些糟牙巴,当着秀云在那里,说那些淡话。我看她实在有点受不了呢!”

“哼!自作自受,活该!我不管!”

“不能不管啊!我很担心要出事哩!你看她坐在那里,脸色煞白……”

“跟我啥子相干?她自己做出的那种丑事,我还没脸呢!……我许秋云不得给她撑腰!”

“秀云是个烈性子呢,要是有个三长两短……哎,秋云哩,她千错万错,不错都错了,总不能看着她受罪呀!你们到底是姐妹嘛。当然,自己的人犯了错误,哪能不气愤。前几天,我一听到人家说起,就恨不得把脸藏起来。可今天看着这情形一想,就觉得秀云也太可怜!你看,郑百香那种人吼得好凶,她自己又是好人么?再说,那女人又是有名的闲话客,心又坏,嘴又毒,什么谣言都能从她嘴里放出来。我又疑心,秀云和金大哥……真能做出那样的事么?”

三姑娘杏眼圆睁,向罗祖华驳斥道:“还是假的么?那天夜里‘闹贼’,我悄悄问过老九,老九也说是真的呢!那天赶场,不是有好几个人都亲眼看到他们在街上一路走么?……哼!我们许家姐妹的面子都让她一个人造完了,就差点没把爹气死!”

“那那那……”罗祖华困惑地望着他的妻子,“那总得设个法哇！”

“我没得办法。她做得受得，大河又没得盖盖！”

“你咋说这种不吉利的话呀！”

陆续从会场溜出来的人们，看到罗祖华两口子站在树子底下拌嘴，便有几个熟人凑了过来劝解：

“啥子事不能回去说啊？在这儿扯皮。”

三姑娘没好气地回答人家：“清官难断家务事，你的屁留着回家去对你婆娘放！”

“啧啧，三姐，我又没有得罪你……”

“三辣子，你好凶哟！为啥人家相欺你的亲妹子，你倒不敢言声了？”

“这就是欺软怕硬！三辣子再辣，惹得起泼妇郑百香么？”

这几句闲话，倒把三姑娘激得两眼放火光。她呼呼直喘粗气，不容自己多想想，便返身冲进会场去了。

这里，人们忙对吓傻了的老实人罗祖华说：“快跟着，注意，不要打起来！”

罗祖华也跌跌碰碰跟着三姑娘返回会场去了。

“怎么样？转回去看热闹吧！”

“不，我家里还有事哩。”

三姑娘重新进了会场，穿过廊檐下的人群，登上大殿。她两眼四处搜寻，如入无人之境。会场上不由得又引起一阵小小的骚动。她来到后山墙，就靠墙壁坐了，这里隔着郑百香只有两三尺地面。郑百香今天照例打扮得花里胡哨，身上洒了香水，坐在那儿嗑着瓜子。一见三辣子来者不善，便从鼻子里重重地哼了一声，表示轻蔑。

三姑娘立即抓住这机会进攻了：

"'哼'啥子嘛！变猪叫么？我安心来听听母猪是咋个叫的？"

郑百香回敬道："各人嘴巴干净点！"

"干净不干净又咋个嘛，肯信哪个打碗凉水把老娘吞了！"

"吞了不吞了，各人心头明白！"

"我心头明白得很呢！我的男人也明白，烟杆都落在床上了！"

这一句，明显地踩着郑百香的痛脚了。她脸红筋胀地回骂，于是两人就正式拉开了：

"你亲妹子偷人，你明白不明白啊！"

"那还不是向你们学的嘛！"

"……"

"咋个？不是你这骚狐狸带坏了样么？你教会了徒弟，如今师傅却来嚼徒弟的牙巴！世上的男人就准一个人去偷？你偷得完么？我看你这老娼妇有多大的能耐！……呵？哑了么？说呀！"

三姑娘居高临下，几句话就把郑百香压得抬不起头来。按郑百香的一贯战术，接下去就该是哭闹撒泼了。

但是，就这样她们已经严重地干扰了会场，小齐同志没法往下讲了。他回过头问：

"你们闹什么呀？"

郑百如也忙走到后面来，瞪着他的老姐子，批评道："太不像话！不许闹！"接着又对三姑娘劝解道："三姐，有话开完会说吧。"

许琴上前拉住她三姐，小声埋怨说："你疯了么！人家听着才好听呢！"

很明显，今天要是换了别人，既然相信自己妹子确有见不得人的丑事，那是断然不敢去和人家闹架的。可是三姑娘不，她天不怕,地不怕,性子又很直,往往被人一激,就可以大闹一场。但是,如果认为她找郑百香闹,是为了要给四姑娘撑腰,那就错了。从下面发生的情节可以证明这一点。

当小齐同志等会场平静下来,继续念报告的时候,三姑娘站起身来,再次离开了会场。她前面走出大门,四姑娘像个幽灵似的跟了出去。三姑娘走到那棵古老的银杏树下,四姑娘追上来了。

“三姐!”四姑娘叫道,一把抓住三姐的肩膀,并把自己冰凉的面颊偎在三姐的胸前,像个受了天大委屈的孩子来到自己母亲跟前一样,放声大哭起来。

生活在苦水中的四姑娘,本来就够苦的了。今天走进会场以后,从人们投来的异样的目光和郑百香等几个女人不干不净的言语中,又一次意识到自己面临着一场新的迫害。整个会议进程中,她被自己羞愧和愤懑的情绪压迫得抬不起头来。没遮没拦的窗洞里灌进来的寒风,冻得她全身发抖。人家在有声有色地描绘着一个无中生有的可怕故事:那天晚上许家院子闹贼,金东水怎样钻进了许秀云的屋子!……对于一个正当的农村妇女,还有什么迫害能比对她名节贞操的中伤更难忍受的呢?……她想哭,哭不出来,她要喊,喊不出口,她要向众人申诉她的冤屈,可是却不知怎样开头。……当她看到三姑娘走上大殿,和郑百香闹开以后,才感到了一点点慰藉。心想,她的三姐为她打抱不平了,到底还是自己的亲人好啊!

三姑娘使劲从自己肩膀上搬开了秀云的手,轻轻将她推开,自己后退一步,冷冷地说道:“你哭啥子?迟了!”

秀云好容易才说出一句话来:“三姐,我没有那些事,我……冤枉啊!……”

罗祖华赶了出来，正碰上这个场面，不由得被秀云伤心的呼唤感动得掉泪了。

向来嫉恶如仇的三姑娘也不能不为之所动。但她却依然冷冷地说道：

“你呀，你！女人家兴这样做的么？脸皮子还往哪儿放啊！爹叫你气得倒了床，姐妹们脸面全叫你丢尽。……唉，当初，耳鼓山你犟着不去，我都依了你，郑百如要求复婚，我来给你说，你却连我这点面子都不给！……原来，你……唉，就算你想嫁给金大哥，金大哥也愿意娶你吧，你们总该明来明往，先给我们打个招呼呀！如今闹出事情来了，你做得受得，我许秋云眼睛里放不下柴棍儿！”

三姑娘斩钉截铁地说到这里，转身就走。走了几步，又回头用命令的口气对罗祖华说：“走嘛！关你啥子事？”

罗祖华迟疑地跟着妻子走了，一路走一路揩眼泪。

细雨绵绵。

秀云被丢在银杏树下，她感到浑身无力，失魂落魄地将身子靠在湿漉漉的树干上。

不知过了多久，浓重的夜色掩盖了葫芦坝的原野。

大殿上，小齐同志的八股终于念完了。一阵杂沓的脚步踩着泥泞，急匆匆地走了过去。又过一阵，随着两支雪亮的电筒光，从大门里最后走出两个人来。他们一路走，一路在说话。

小齐同志的声音：“今天总算把第一阶段的工作告了个段落。明天开始第二阶段了，要用大批判开路。现在不是掌握了一些点么？可以先批起来。呃，刚才那两个吵架的女人是谁啊？”

郑百如的声音：“一个叫许秋云，是许琴的三姐。一个叫郑百香，是我的姐姐。”

“哦,那就算了吧！那个金东水的材料凑得怎么样啦？除了过去那些问题外……”

“又有一个新的问题。”

“哪方面的问题?”

“作风方面的……说起都臭人！搞男女关系!”

“啊？跟谁搞?”

“跟……哎,齐同志,我才是哑巴吃黄连,有苦说不出!”

“怎么回事情?”

“跟许秀云呀！我正说要跟她复婚……”

“哎,那就不复了吧!”

“不,齐同志。要复。那件事责任全在金东水,秀云嘛,我可以原谅她……”

“呵？你的风格这样高么!”

“哎,齐同志,你还没有结过婚,你不了解,这夫妻之间,原是难解难分的呀!”

“呸！我不要了解那些资产阶级情调！……呃,老郑,你看许琴……今天这个安排,她不会不高兴吧?”

“当然高兴嘛！调出去的机会,打起灯笼火把也难找啊!”

“嘻嘻……”

脚步声去远了,再也听不见他们说话。但是,这些对话却像鞭子抽来似的,把四姑娘从昏昏蒙蒙中惊醒了过来。

面对葫芦坝茫茫的夜色,纷飞的雨箭,呜呜的寒风,四姑娘毅然离开银杏树下,踏着泥泞,一步一步朝前走去。

此刻,自然界一切有生命的东西,哪怕是一棵小草,一只小虫,它们都在集聚着自身一切的力量与这冬天的严寒、淫雨作最后的抗争,以使自己胜利地度过这漫长的冬季,去迎接那风和日丽的春天。

三

连日来凄风苦雨,葫芦坝路断人稀。坝子上的庄稼人没事都不往这儿走,耳鼓山也没有谁从这儿经过。只有金东水一家三口住的这座小草棚顶上,升起袅袅炊烟,才使得这荒漠的孤岛显出一丝儿生气。

这几天,可憋坏了两个孩子。他们不能出门,只好待在屋子里。屋子又窄又小,他们憋得慌了,就蹲在低矮的屋檐底下,像两个成年人似的,默默地沉思着,时而抬头看看天空。这样的日子,在幼小的心灵中留下的怅惘之情,是永远难忘的,他们将来长大了,住进高楼大厦以后,当他们凭窗远望的时候,也一定会记起这些童年生活的情景来。

他们盼望着忽然云破天开,雨住日出。这心境,尤其数小长秀更为急迫。因为在她想来,一切美好的希望都只有等天晴以后才会实现:那时,爹爹将挑着柴上街去卖,卖了柴,爹爹不仅要买肉,还要给她扯花布衣裳;那时,她将在街上再次见到她的四娘。……这一切,都是前几天,和四娘分别以后,金东水对小长秀许下的愿。

老金成天读书,从早晨直到深夜。他几乎完全改变了一个庄稼人的生活方式,仿佛他不是葫芦坝上的倒霉庄稼汉,而是一个"学者"似的。这看来是一个非常奇特的现象。但是,在二十世纪七十年代的中国农村,越来越多的庄稼人已经认识到:美好、富裕、幸福的生活,是等不来、盼不来的,要干,才干得来!"革命"不是挂在嘴上的，哪怕你说得嘴巴出血也不顶用，得看你是不是多打粮食，增加收入，使庄稼人得到实惠。各种各样的“精神刺激法”都已试验过，对于庄稼人来说，实践证明是没有多大用处的。

金东水做党的工作，有过顺利的时候，也有过坷坷坎坎。他不想去追究个人的恩怨，他只怪自己没本事。现在，他拼命地学习生产建设的本领，为的是弥补过去的损失。这个当过兵的庄稼人，太顽强了！他不相信葫芦坝的生活会永远这样乱纷纷下去，他什么时候也不认为自己是一个站在革命队伍外边的人。虽然人家不叫他去开会，把他冷在一旁。看到郑百如的所作所为，金东水觉得自己道德上的力量超过他。

开社员大会，郑百如不让队长通知金东水参加，完全把他抛在革命队伍的行列以外了。他当然不知道人家正在打他的主意啰。但是，这有什么关系呢？丝毫不影响金东水把自己的全副精力放在葫芦坝未来蓝图的筹划上。这会儿，他面前这本《小型水利电站设计》，把他的心思完全钩住了。

老金手不释卷，一个劲儿钻书本子，可就把长生娃子苦了。这个十一岁的男孩子，自从母亲死后，不知不觉之中变得成熟了。过早的成熟当然与他的年龄很不相称，但是有什么办法呢？……此刻，长生娃正在灶下烧火，柏树枝柴是湿的，燃一阵熄一阵，冒起滚滚浓烟，而长生娃的小嘴对着灶门，吹啊，吹啊，一脸通红，眼泪花花都给柴烟熏出来了，还一个劲地吹。

小屋里烟雾弥漫，长秀捂着眼睛直喊：

“烟烟烟，飘那边。烟烟烟，飘那边……”

老金终于从书本上抬起头来，望了望任劳任怨的长生娃，不由得心里一动，说道：

“别吹了,让我来烧吧。”

“不,你要看书……”长生娃揉着眼睛,懂事地说,“马上就燃起来,你别管吧。”

小长秀从床上跳下来,自告奋勇对长生娃说道:“哥哥,我来帮你吹!”

长生娃忙制止她:“不要来,不要来……”

他双手握着火钳,往灶门里使劲儿一捅,柏树柴发出一阵啪啪的爆裂声,终于“轰”的一下子燃烧起来了,红红的火光映着长生娃那抹着几道黑灰的小脸,他脸上挂着胜利的微笑。老金望着这个情景,又爱,又怜,又不免有点心酸!

要是妻子还活着,孩子不会遭此折磨,这个家庭也不是如此境况吧?

老金掩上书本,跨到灶前去代替长生娃烧火。他顺手将一个柏枝把儿放进灶门,立即,火光又熄了,代之而起的又是啪啪的爆裂声和滚滚的浓烟。他嘟着嘴去吹,不顶用,长生娃也凑过来吹,小长秀忙挤到他们父子二人中间,呼呼地往灶门里吹气。三个人都吹,到底还是给吹燃了,火光映出来,兄妹二人笑了,老金也笑了。

然而,老金却怎么也止不住自己刚才撩开了的思绪,他又怀念起自己那已故的贤淑妻子来了。他想:孩子太小了,他们不应该这样幼小就没有了母亲,他们的娘,过早地离开这个家庭,太叫人遗憾!但是,孩子们失去了的母爱,什么时候还能回来,还能补偿么?……

四十岁这个年龄,是人的一生中复杂而又富于诗意的年岁。当金东水跨过这一微妙的年岁时,过往的记忆、未来的途程,都是十分清晰的。壮志未酬，而容颜渐老，未曾磨灭的青春的力量，与初见的白发，是那样尖锐地矛盾着。……一个庄户人家，屋里没有一个女人，本来就有许多的难处。老金呢，他和我们所有的人一样，需要有一个完整的家庭。幼小的孩子需要一个慈爱的母亲，他需要一个贤淑的妻子，一个志同道合的亲人。这，当然不是为了烧锅做饭生娃娃啰！

忙碌了好一阵，当他们的晚饭煮熟的时候，天已黑下来了。

一盏风雨灯挂在屋梁上，把小屋里简陋的陈设照得亮堂堂的。但是床铺、方桌、几条板凳，以及锅灶、瓦缸，这些东西没有一件是属于老金自己的。火灾以后，他是一无所有了，全是龙庆、金顺玉大娘这些同志、亲朋给他借来，以维持起码的家庭生活。要不然，他金东水就只能带着病妻和孩子蹲到别人的屋檐底下去，要不就拖儿带女，背井离乡，去参加活跃在铁路沿线的那些逃荒的队伍。……不！他想也没有想过要离开这个葫芦坝，在这儿倒下去，还得在这儿爬起来，葫芦坝未来的美丽图画还揣在这个下台支书的心头呢！他还准备着要干一番事业呢！他那开花开朵的蓝布棉袄里头，裹着一颗热烈跳动的心，不管眼下日子过得如何窘迫，他的外貌却总是显得不卑不亢，他的精神总是饱满的。

给孩子们一人添上一碗稀饭，把小长秀抱上高板凳，老金自己盛了一海碗红苕，一家人就热热闹闹地吃起来了。

方桌中央放着泡萝卜。小长秀问她爹：

“明天……要买肉肉回来‘欺’（吃）么？”

老金肯定地点头：“对！明天，一定买！”

小长秀欣然地笑出声来。她拍着手，对她的哥哥说：“明天‘欺’肉，明天‘欺’肉……”

长生娃知道,因为落雨,明天不可能有肉吃。但这个过早懂事的孩子也知道怎样安慰他的妹妹,他说:“对,对,明天吃,明天吃。”

小长秀突然又问她爹:“明天赶街街,四娘还在那儿等我么?”

老金没有回答。在这件事情上,他不想对孩子说假话。长生娃停下筷子,忧郁地盯着父亲那犹疑不定的眼神。

但是,小长秀偏着个小脑袋,望着她爹爹,那模样很是固执,不得到一个肯定的回答,小姑娘决不依的。

这可真把老金难住了。一会儿,他笑道:“乖女子,快吃饭啊,一会冷了。”

长秀却娇嗔地摇着头。

真是笑话!四姨子怎么会在街上等他们呢?不会的。但是,要如实告诉孩子说四娘不在街上等她,那么,她立即就会摔了筷子哭闹一场的。这可怎么办呢?

生活曾经给金东水提出过若干有关人生的重大问题。那些问题没有把老金难住。可是,小姑娘提出来的这个小小问题,他却一时不知该怎样回答了。

长生娃见他不说话,便代他安抚小妹妹说:“秀,别闹了,快吃饭吧,明天,四娘在街上等你哩!”

“呵?”小妹妹向小哥哥转过脸来,不无怀疑地望着他,“你不晓得,你不晓得……”

长生娃扯谎说:“我晓得,四娘一定要等你的,她亲口对我说的!”

小长秀偏着头,似乎动开脑筋了。长生娃忙补充道:“你想嘛!四娘那样爱她的小长秀,她能不在街上等么?……她要抱着你去买肉,还要给你扯花布呢!”这一说,长秀终于相信了。她低头看看自己身上穿的暖和的花小袄,这是四娘给她缝的。她肯定地点点头,表示对哥哥的话毫不怀疑。

那种新的、撩人的思绪,此刻又在烦恼着金东水了。他的脸色阴沉下来。

这顿饭吃得并不快活。胃口向来很好,一顿能吃三海碗红苕的老金,才吃了一碗就再不想添了。而两个孩子却在不停地唠叨着,孩子谈话的题目又总是与他们的四娘有关。这样的情形一直持续到小屋门口响起杂沓的脚步声。

最先听到这声响的是长生娃。这娃娃警惕性向来很高的。他用眼神制止小妹妹的噜苏,对他爹说:“有两个人到门外头来了。”

果然,推开虚掩着的屋门,两个头戴斗笠,身披蓑衣的人一前一后跨了进来。

太突然了!金东水无法掩饰自己的惊愕,他显得有点窘,慢慢地站起身来迎接两位女客人。

走在前面的是许琴。并没有像往常那样首先招呼她的大姐夫,她默默地卸下斗笠和蓑衣,就在小长秀身边坐了,摸了摸小侄女的脸蛋。

后面一位是工作组组长颜少春。

颜组长曾经两次到这小屋门前来,两次都遇到主人不在家。这几天,她在区委和公社参加会议,又听到不少关于金东水的事情,特别是,她把从龙庆手上拿到的那份金东水写的计划书介绍出去以后,区、社两级的不少同志都表示了极大的兴趣。这样,就使她更急于想见一见这个被迫离职的支书。所以,天黑时,她刚回到葫芦坝许家院子,遇着老九散会回家,便叫九姑娘陪她前来访问老金。

她们冒着纷纷细雨，踩着泥泞的小路走来。老九捏亮手电筒在前引路，这个姑娘，平时每当提到“金大哥”，就会滔滔不绝地表示崇敬和同情的，今晚却不声不响。颜组长问她一句，她才回答一句，弄得颜少春很费解。不过，由于想见金东水心切，颜少春也没有多去过问九姑娘心头为什么那般不高兴。

颜少春卸下蓑衣斗笠，在床沿上坐下以后，开门见山说道：

“金东水同志，打搅你了。没想到我们两个这么晚还来打搅你吧？”

她向两个孩子仔细看了看，忽然想起初来葫芦坝那天，在柳溪河桥头看到的那个情景来了。她笑着对老金说：

“其实，我们也不是第一次见面。那天下午，在桥头上，这个小女孩吵嚷要你给她摘花。那时，我们就会过面了。还记得吧？”

金东水回想了一下，终于记起来，于是他的神情也不再怎么紧张了，嘴角露出一丝笑意，回答道：“这小娃娃，调皮得很，她要什么，就得给什么，我总是拗不过的……”

倒是长生娃懂事，他望着许琴认真地问道：“幺姨娘，你们吃了晚饭没有啊？没有吃吧！”

九姑娘说：“吃过了。”

颜少春却打断老九的话，慈爱地望着长生娃，说：“还有饭么？给我们一个添一碗来吧，真有点饿了呢！”

“有！还有！”长生娃兴高采烈地回答。他看了父亲一眼，又说：“柜子还有挂面呢。我给你们煮。”

颜少春忙说：“不不，我们不吃挂面，红苕就挺好吃的。”

长生娃觉得既是稀客，就该煮挂面，因为在他们家的食谱里，挂面已经是最高级的饮食了；两把挂面存留在柜子里好几个月，还舍不得煮来吃呢。——这一令人心酸的情形，颜少春完全能够体会得出来，她抓住长生娃的手，说："今晚上不吃你的挂面了，以后一定来吃。"

"以后？啥子时候啊？"长生娃天真地问。

"我说以后，就以后吧。或者明年这个时候，怎么样？哈哈……"

颜少春和九姑娘吃起红苕稀饭来了，泡萝卜在她们口里咬得脆响。一边吃，颜少春从怀里取出一沓纸来，放在桌上，这是老金交给龙庆的那份规划。

"你这个远景规划，我很仔细地看过了。很有意思，了不起啊！这次区委会上，大家对葫芦坝这个因地制宜的规划，反映很强烈，真亏你想得到啊！把这葫芦颈挖开，让柳溪河从这儿流，利用河水的落差，修一个小型电站。……你打算把围绕葫芦坝的河床全都填土造地么？那样，会增加不少耕地，可是，一点儿河道都不留下，要是夏天洪水下来，靠这个新的河道，流得赢么？大家给你建议，最好是在原河床里留下一条排洪沟，那样，也不至于少造多少耕地啊。……灌溉的问题，有了电就好办，可以扩大葫芦颈上这个提水站。建小型水电站，那可是要花一笔钱的啊，你的计划上没有把这个写清楚，你们大队能够凑得出多大一笔钱呀？"

颜少春说得很慢。到这里，她放下碗筷沉思地望着金东水。

九姑娘今天是第一次听到这个规划。她简直有点吃惊了！她默默地想：要真的实行起来，打穿葫芦颈，改造旧河道，建起水电站，还能增加耕地，那样一来，葫芦坝的面貌就要大大改观了。……想到这里，她才抬眼看了看老金。老金很兴奋，脸上露出憨厚的微笑，眼里放出诚实的光芒，正不慌不忙地回答着颜组长的提问，解释着一些计划的细节。……看着这副表情，九姑娘觉得，眼前这个大姐夫，还是从前的诚实正直的大姐夫啊！但是，流传在人们中间的那个丑闻呢，难道那是谣言么？……

“钱么？”老金回答道，“目前，葫芦坝各生产队是拿不出钱来。前些年积累的粮食和公积金都花光了。……我是这样计划的：先改河道，造出土地来，从增加耕地面积上去增加产量，积累下修建小水电站的钱，只要三年就行了。”

颜少春说：“三年倒是不成问题。到时候，还可以从国家争取一笔款子嘛。这一点，你们区委表示愿意帮忙呢。只是，还有个问题：挖开这葫芦颈，需要多少人，你计算的是不是准确？一冬一春，除去田间管理以外，能不能抽出那许多劳动力来呀？”

“这……我是按过去的劳动定额和劳动效率计算的，如今出现的新情况，我倒估计不足呢！”金东水回答，他心中暗暗佩服这位工作组长的细致。“她不仅是个热心人，还是一个搞农村工作的行家里手呢。”他这样在心里对自己说。

“除此以外，你还想到一些什么问题？”

“有些计算还不够准。”

“除此以外，就没有什么问题啦？”

颜少春紧盯着金东水。她希望老金能够察觉出他的计划里的一个不容忽视的大问题，她不愿马上直接向他指出来。老金埋头翻阅着他这倾注了无数心血的草稿，吃力地思考着：问题在什么地方呢？

“比方说，”颜少春启发道，“要是真的动起手来，你没考虑过会出现什么新的困难么？没有动手以前，倒不妨把可能出现的现实问题，考虑得周到一些。”

老金突然明白过来了。他有些丧气地说道：“哎，这规划，原来不过全是纸上谈兵！一切计算，都按着过去的定额，可现在，那些定额早取消了！更没有计划到要开现在这么多会议，要误这么多工……还有……”

“还有什么啦？”

“还有大家的劲头儿……干部队伍……”

金东水一往问题方面想，就有越来越多的问题涌现出来。最后，他失望地叹了一口气：“唉，现在搞这个，不过是空谈！”

“不，不是空谈。”颜少春好像很满意金东水的回答似的，她笑道：“不是空谈。你现在既然明白过来了，实现这个规划有许多困难，那么，你敢不敢迎着这些困难去干起来？”

“我？”

“是呀！你来领导大家干起来。我们帮你创造一个安定的有利于大干的环境，怎么样？……区、社两级党组织这次重新审查了过去对你的处分，撤销了那个停职的决定，恢复你支部书记的职务。”

“……”金东水惊得有点傻眼了，他简直不敢相信这是真的。

颜少春和颜悦色地笑道：“怎么，太突然了吧？哈哈哈……明天，你们公社党委就要派人来宣布这一决定。这是一个正确的及时的决定，所以我先给你通通气。”

这个消息不仅使老金感到吃惊，许琴听着也感到太突然了，她惊愕地望着颜组长那温和宽厚的容颜，心想：这位组长既然说了，那就一定是要算数的，但是，那些关于大姐夫的传闻呢？……真是，葫芦坝的问题越来越复杂了。

小长秀躺在九姑娘温暖的怀抱里睡熟了，她转身轻轻地把小侄女放到床上去。当她回过身来无意中往门口瞟一眼时，她突然觉得眼前一亮，一颗心咚咚地跳起来了！

——吴昌全光着头站在门口，脸上十分难看，蓬松的头发在滴水。

“大老俵！”吴昌全叫着老金，却没有看一眼许琴。

“快进来，昌全！”金东水兴奋地招呼。

颜少春忙起身去将昌全拉到桌子面前来，说道：“坐下坐下，你这位农业专家来得正好！快看看这份规划。”说着，她顺手从墙上取下一条毛巾给吴昌全，“擦一擦吧，你怎么草帽子都不戴一顶出来啊！”

吴昌全很难为情地接过毛巾，往头上胡乱擦着。这位因为与七姑娘的偶然重逢而怅然若失的青年，是在家里晚饭桌上跟齐明江吵了一架跑出来的。两个年轻人终于爆发了这场争吵的原因，是颇微妙的，不过直接导火线却很简单：饭桌上小齐同志批评吴昌全没开会就公然离开会场，要他好好检讨；吴昌全偏偏不吃他这套，两人就顶起来。顶起来之后，小齐同志当着金顺玉大娘的面揭昌全的老底，说昌全“害相思病”，“妄图追求资产阶级爱情”等等，金顺玉大娘听得不明不白，也一旁批评了昌全几句，于是，吴昌全就气得跑了出来。他心头闷得慌，在风雨中乱窜了一阵之后，想起老金来了，他下决心要把自己的一切都向他一向信赖的“大老俵”倾吐出来，希望减轻一点精神上的负担。……哪知，来到这儿，却又遇上别人在这里。

吴昌全忍着心头一团火，勉强地浏览着“远景规划”，而其实，并没有留神那些文字和图表。

颜少春依然和老金继续着他们的谈话。

九姑娘给吴昌全倒了一碗开水，两眼脉脉含情地盯着他，心里在想：

“他到这儿来干什么呀？……他是不是听到关于我上调的消息了？……他是不是在到处找我，有什么话要对我说么？……”

四

许秀云离开从前的尼庵前那棵银杏树，毅然朝前走去的时候，在那一瞬间，她已经忘了自己的一切痛苦和冤屈，愤怒和复仇的情绪控制了她的身心。

俗话说：温驯的小猫被逼得走投无路的时候，也会使用爪子和牙齿的。四姑娘被她三姐奚落一顿，正感到孤独无援、失去了一切勇气的时候，无意中听见了郑百如和小齐两个人的谈话，顿时使她心惊肉跳，愤怒得浑身发抖！她明白了：他们对她造谣中伤还不够，还要借这个伤风败俗的谣言去迫害老金！……她不知从哪儿来的勇气，决定要揭发他们的阴谋，要保护自己的亲人。

她要这样做，是不难的，因为她知道郑百如干过的许多罪恶勾当，只消把那些事实公之于众，他郑百如还能横行下去么！等到什么样的真相都大白于天下之时，她自己的生活也才有可能来一个彻底的改变。

对！生活在苦难中的四姑娘，只有反抗命运的捉弄，才能走向光明。

她勇敢地向前走着。头上的斗笠已不知在什么时候丢失了。细雨湿透了她厚实的黑发，淋湿了她的肩头。不一会儿，她伫立在路上碰到的第一个人家门前，她要从这儿开始，去敲开葫芦坝上每一个庄户人家的大门，去宣布郑百如的罪恶历史！

她稍为犹疑了一下，上前敲门。开门的是一个五十多岁的老头。老头大为惊疑地望着头发流水、面色苍白的许秀云，问道："你敲错了门吧？"说罢，砰一声把门关上了。

四姑娘退到路上来。一分钟以后，她又敲开了另一家大门。一个中年女人立在灯光中。四姑娘马上上前去，说道：

"大嫂！我是来向你们揭发……"这声音在她自己听来都是陌生的。不等她说完，那个女人已经把大门关上了，嘴对着门缝向四姑娘说："许四姐，不是我不让你进屋，实在是我们老二病重。……"

四姑娘又退回到路上来，她失望地想着：人家已经把她当成个不吉利的女人了。

这不由更增加她的愤恨！她向前走去。敲开第四家房门，急忙忙说道：

"郑百如不是好东西，他贪污盗窃，投机倒把，男女关系……啥样坏事都干！他……"

门首的灯影中站着一个十四五岁的女孩，被四姑娘披头散发的形象和没头没脑的语言吓慌了，断定自己遇着了一个疯子，便立即关上大门。

四姑娘被一种强烈的愤怒鼓励着，去敲开一家又一家的院子门。然而，那些人一听到郑百如三个字，就吓破了胆，生怕招惹是非，谁也不愿听她把话说完就关上了大门。

随后，四姑娘又不顾一切地去敲着那一家低矮的屋檐底下的破板门。门虚掩着，轻轻一推就开了。屋里没点灯。

"哪个呀？"黑暗中，一个男子的声音问。

"是我……"

划火柴的声音。灯亮了。肮脏邋遢的板床前面立着一个只穿裤衩的男子。这是谁？不就是葫芦坝上有名的二流子光棍江秃子么！这人从前跟郑百如一块儿造反，至今还是郑百如的枪筒子。……

四姑娘返身就跑。

江秃子提着裤子追了出来，叫着："你跑什么呀？老子又不吃你……转来呀，四姐儿……"

四姑娘没命地奔跑着。

一直跑出了三小队的地界，来到四队金顺玉大娘的门口，她才停下来，喘了口气。她抹着头发上的雨水，渐渐地，她怀疑起自己的行动来了。人们见了她，都像见了疯子一般，这是怎么回事啊？

活了二十九年，性情温柔敦厚，品格端庄的许秀云，平日里不曾大声高气地说过一句话，不曾与人生过口角是非。今晚上这种举动，太突然了，人们难以理解，那是很自然的。当她冷静下来，思索着刚才的行动时，占据着她整个心灵的悲哀情绪又浮了上来，把她那一点点勇气都驱赶得一干二净了。

她恢复到原来的老样儿了。捂着脸，眼泪从指缝里流出来……

但是，她仍想碰碰运气。她不能就这样任凭命运的摆布。于是，她上前去敲金顺玉大娘的门。这一次，她事先想好了该说的话，谁不知道金顺玉大娘是个正直热情的好人？她一定肯帮四姑娘的忙。

门开了。金顺玉大娘惊讶地望着雨夜来访的四姑娘，急忙拉着她湿漉漉的膀子进屋，让她坐下，给她舀来一碗滚热的稀饭。

"吃吧、吃吧，有啥话，吃了再说。"金顺玉大娘热情地望着她。但她哪里吃得下！

一旁坐着吴昌全和齐明江，他们两个都气鼓鼓地互相瞪着眼睛。看样子，四姑娘进屋之前，他们好像正在吵架呢。

金顺玉大娘见四姑娘怔怔的,不摸碗筷,便问道:“有什么急事么?快对我说吧!”

四姑娘低声说:“我……打扰了你们吧?”

昌全瓮声瓮气回答:“我们在吵架,你来正好,来评评道理吧!”

小齐同志一口接了过去:“许秀云!你来干什么?你的问题不小呢!在第二阶段大批判中,要好好检讨才能过关啊!只要检讨得好,老实交代问题,跟老郑复婚,还是没得问题的。……你回去好好想一想吧,我们这儿在讨论工作呢。”

金顺玉大娘一听这话,不由大吃一惊。她忙伸手抱住四姑娘冰凉的肩膀,像生怕这个可怜的女人走掉了似的,说道:“齐同志,你的话从哪儿说起呀?内情都不了解,就叫人交代问题……”

小齐同志一本正经地说:“材料都搞好了,明天支委会研究,你别给运动泼冷水!”

四姑娘突然挣脱了金顺玉大娘的手臂,像逃跑似的,奔大门去了。

她在凄风苦雨中,艰难地行走着。

“姐妹们,乡亲们,还有工作组同志,他们都把我当成仇人,当成坏人啦,所有的人们都和郑百如那个坏蛋联合起来压迫我……”

她伤心地愤愤不平地想着。生活向她关闭了所有的大门。她彻底失望了。这时候,她想到了死。

唉,葫芦坝是多么寂寞啊!

第九章　夜深沉

一

七姑娘躺在四姐的被窝里，像散了架似的，浑身没有一点儿力气。从上房里传来的父亲的咳嗽声，使她心惊肉跳。

晚上没有生火做饭。老九回来一刻不停，又立即和工作组的颜组长出去了。她们像疯了似的，跑来跑去。四姐也不知怎么的，还没有回来。偌大一个许家院子像一座坟墓似的冷清可怕。她决定明天要离开葫芦坝，回连云场供销分社去了。

但是，吴昌全的影子却顽强地站立在她的眼前。

在她看来，这个青年农民的外表是够凄惶的了！但是，为什么他那英俊的容貌，那忧怨的目光，却又怎么也难以从她脑海里消失呢？挨个儿想来，和她接近过的青年男子，没有一个人有着正气堂堂的吴昌全这样一对诚实的幽怨的目光。这种目光吸引着这个有心事的姑娘，使她倾心，也使她放心。

的确，近年来，和老七相好过的那些男子，他们想从她这里得到的是什么，她越来越清楚了，也越来越讨厌那些俗气的追求了。那些人老是用那不干不净的目光在她身上扫来扫去，多么叫人厌恶呀！她先后曾和好几个青年"耍朋友"，但是，每一个，从别人介绍起到互相往来，再到分手，在她那女性的心灵上，从来不曾产生过可以称之为“爱情”的那样一种高尚、洁白的柔情；就是说，在一起，并不感到温暖，离开了，也不怎么思念。而且，永远有一种担心和互不信任的阴影笼罩在生活之中。有一个教师和她相好，曾因为怀疑她爱过别的男子，而和她分了手；有一个干部向她求爱，她发现那个人把年龄隐瞒了七八岁，而和他各奔前程。社会风气不好，男女之间恋爱，都得自个儿费尽心机从各方面去打听、刺探对方生活作风或道德品质上有无问题。似乎纯洁和忠贞成了稀罕之物，古往今来，那种激励人们去为理想奋斗的、同生死共患难的爱情生活，远远地离开人间。七姑娘在无聊和荒唐中浪费了自己一生中最好的年月，现在才真的感到悔恨的羞耻了！

沉睡在心中几个年头、几乎快要死亡了的爱情幼苗，今天因为与吴昌全的偶然重逢而苏醒了，抬起头来了，变得绿油油，清新可爱了。但是，这次重逢，事后留给七姑娘的，却是无限的惆怅。

她不是从吴昌全的言语，而是从他那默默注视的眼神中看到了一个钟情男子的虔诚的爱恋、无穷无尽的相思与忠贞不渝的爱情。这个发现，使她震惊，使她感动，使她看到生活的光明面，使她自惭形秽。

如果说，爱情的力量在于使人变好，变得正直和勇敢，而不是使人变坏；那么，许家的七姑娘也许会从此变得好起来。

…………

“汪、汪、汪……”一阵狗吠声响彻了空洞寂寞的许家院子。这声音听起来令人恐怖，毛骨悚然。七姑娘拉起被盖严严实实地把脑壳蒙起来，她十分厌恶地想：“真讨厌！这么黑风黑雨的夜晚，还往别人家里跑，咬死活该！”她钻在暖和的被窝里，懒得去看看是谁来了。

来人是郑百如。

这些天来，许家的人除了四姑娘外，都对郑百如和气起来了。许茂老汉和三姑娘夫妇甚至发觉：郑百如原来是个心地善良的好人！……但是，许家这条大黄狗却始终不欢迎这位身材适中、脸孔白净的客人。它和过去任何时候一样，凶猛地吠着，将他阻挡在院坝里，不让他越过这个界线，挨近正房的台阶。

郑百如赤手空拳地和黄狗周旋着。他慢慢退向一旁，绕着树丛，一步步朝四姐的小屋靠拢去。

郑百如是个赌棍！他把整个世界当做一个赌场，虽然他也是一个党员，但在他心目中，“入党”无非也是一种赌博。这就难怪，他同所有的赌徒一样，即使在赢钱的时候，也日夜担心着输出去，不知哪一天会输个精光！这种恐惧时时压迫着他，以致工作组进村以后，他几乎没有一个晚上是闭着眼睛睡的。虽然，这位青云直上的乱世英雄用尽心机，博得了小齐对他的信任，看来局面对他有利，但他仍然觉得头顶上仿佛悬着一块石头，随时都会落下来，把他苦心经营的一切砸得粉碎。他知道，自己这些年来干的见不得人的事，实在太多了！虽然有的干得很秘密，可怎么能通通瞒过许秀云的眼睛？他并不怕那些鸡毛蒜皮的“问题”，惟有几件犯法的勾当，使他放心不下——比如，前年他落井下石，为了把下了台的金东水赶出葫芦坝，拔掉眼中钉，诡秘地放火烧掉老金的房子。这件事他确实干得干净利落，鬼都不知道。但不晓得他身上的哪一股神经在起作用，他总是疑心许秀云觉察了他的蛛丝马迹，使他忐忑不安。特别是，今天社员大会结束后回到家，灯影里闪出了他那位在公社工作的拜把兄弟，神色紧张地捅来个在情理之中、意料之外的消息：区上根据工作组长的建议，已经决定叫他郑百如进“学习班”。那人警告他“这一关你要顶过去哟!”

“这么快么?”郑百如皱紧了眉。他的脑海里顿时浮现出工作组组长颜少春和蔼、安详的面容。真没想到,那个泥塑观音似的女人竟这样狠!她不露声色的这一手,居然没让诡计多端的郑百如事前嗅出一点味道来。他不由得狠狠骂道:“这个婆娘好凶,搞老子的突然袭击哩!”

但郑百如毕竟不是个赌场新手。他很快地在心中检查了一下他预设的“防线”,发觉除了许秀云那里以外,他没有任何破绽。这几天来他紧张的活动,是有成效的,一场“复婚”的把戏,正演得很顺利,只要捂住许秀云的嘴巴,鬼也抓不住他的把柄,就不难渡过这一关了。

他越来越感到许秀云是个最大的威胁,那个冤家对头真要命!

“跟许秀云离婚,真他妈的鬼摸脑壳!要不,如今也不会把老子弄得这样担惊受怕!”在冒雨摸黑前往许家院子的路上,他这样诅咒自己。但他立即又想到严家沟那个女子上月里来催他结婚,说是她的肚子眼看一天天大起来了。想到这个,不由得更加烦躁起来。他又一次在心里掂了掂,单是这些生活作风问题,还治不了他什么罪,要紧的还是在四姑娘那里。

许家的黄狗好凶!郑百如且战且退,退到破小屋门口以后,黄狗就停止进攻了。郑百如一跳,窜到小屋门前,试着轻轻推了一下,发现是虚掩着的,便闪身进了屋,反手将门掩上。小屋里黑乎乎一片,伸手不见五指。

七姑娘正蜷在被窝里,隐隐约约感到有人进了屋,摸到床面前来了,不由吓得发抖,喊都喊不出声来。

郑百如立即发觉床上有人,便咚的一声跪在床前,说道:

“秀云！你睡了么？……秀云！四姐！你听不出我的声音么？……我等你回话，等了这么多天。三姐不是给你说过了嘛，工作组齐同志也劝我们复婚呢！……秀云！从前都是我的不是，你别记着那些吧，从今以后，我们好好地过……”

七姑娘屏住呼吸，听见是郑百如的声音，她不那么怕了，但却十分为难：这么躺着不起来，不出声，他会老是把自己当做四姐；要起身吧，自己连衣服都没穿……

郑百如继续说道：

“我听说你这几天很难过，外面到处都在传起你和金东水……四姐！我相信你不会做出那些丑事来。……哎，就算一时糊涂吧，我也不怪你，不怪你们！……”

“天哪！这是什么意思呀！……”七姑娘简直惊呆了。

“秀云，你原谅我这一回吧！我这儿给你跪着呢！……今晚上，你要不答应，我就跪着，再也不起来了。”

郑百如进屋之前，许茂老汉躺在自己床上，听到狗叫一阵又不叫了，他断定有人进了屋。但是，是谁呢？没有一点响动。有贼么？老汉知道老九不在屋里。为了打个“响声”以表示他的存在，便叫道：

“老九，老九，是哪个来了呀？”

声音微弱得很，简直不像是许茂老汉自己的声音。没有人回答。他只得爬起来，穿上棉袄，趿上鞋，摸根扁担拄着，一步一挨地走到堂屋门外，站在高高的阶沿上侦听着。

除了屋檐水滴答以外，老汉听不出有什么异样的声响。好一阵，忽然从四姑娘的小屋里传出一声惊呼：“哇！……”这不是老七么！

老汉大吃一惊，忙奔下院坝，不知从哪儿来的一股力气，三步两步就跨到小屋门口去了。

原来郑百如的哀声求告，得不到半点回应，他便伸手到床上去抚摸。老七感到两只大手在被盖上摸来摸去，被吓得魂不附体，不由失声惊叫起来。

郑百如还在继续说："你不答应，我就不起来了。"

许茂老汉气急败坏地堵在小屋门口。此刻，这个向来对女儿们管教很严格的老汉，听着那些响动，眼睛发黑，脚杆发软，只觉得天昏地转。屋里又突然响起老七的声音："滚！滚出去！"

郑百如这才一下子听清了是七姑娘的声音，不由得愣了一下，站起身来。正在进退两难的时候，许茂老汉嘶声叫道：

"郑家的！你小子好恶哇！"

郑百如还没有回过神来，棍子已经落到他背上了。

就在这个时候，四姑娘披头散发，浑身水湿，像个幽灵似的突然出现在小屋门口。

二

"出去！你们全都出去！"四姑娘冷冷地命令。

老七穿好衣服，哆哆嗦嗦地划火柴点起灯来。四姐脸色惨白。她已经没有了悲伤。她把长长的黑发绕到胸前绞着水，不向谁看一眼，再次用冷漠的声音说道："全都给我出去！"

这声音，不是四姑娘平常的声音！

郑百如犹豫着，迟疑地退出小屋去了。

接着许茂老汉也拄着扁担去了。

老七一把抱住四姐,惊疑地问道:

“你这是怎么啦!”

四姑娘继续绞着长发里的水,也不问一问刚才屋里发生了什么事。不,她不问,她现在对一切事都不关心,不想过问了!她显出惊人的平静。这时候,即使是那些对她的名节贞操的诽谤,她也不会理睬,不会动气了。她甚至连七姑娘也不看一眼。

老七望着她这副模样,忽然感到害怕起来。——这是四姐么?是人,还是鬼啊?她慌忙把手抽了回来,提心吊胆地退了出去,奔到正房高高的阶沿上,站在许茂老汉的身边,怔怔地望着小屋出神。

老七走出小屋以后,四姑娘将门砰一声关上,拉过一条板凳顶住,便迅速地动手换下水淋淋的衣服,然后,就对着镜子梳理湿漉漉的长发。乌黑细柔的长发,泛着油亮亮的光泽,四姑娘从小珍惜它。从前当姑娘的时候,把它编成一对长辫子,走起路来,辫梢儿在她柔韧的后腰上轻轻跳跃。后来,她的美丽的少女时代匆匆地结束了,她就将长发盘成髻子,走进郑家瓦房去过那漫长而凄楚的岁月。

湿漉漉的头发是不好挽成髻子的,就让它们披在肩上吧!四姑娘动手工作了。她从柜子里将一个结好的包袱取出来。这里面有一件红花衣服和一条草绿色裤子,还有那天在连云场买的杂糖、挂面。

她提着包袱要往外走,却又停下来了,木板上还堆放着没缝完工的皮袄。于是,她又坐下来,对着油灯迅速地缝着。不多一会儿,衣领就上好了,纽扣儿也锁好了,便把它叠起来,整整齐齐地放在床上。

她像告别似的,环顾着这间破小屋的四壁。好一阵,终于吹灭了油灯,出门去了。小门在她身后洞开着。

正房的阶沿上,许茂老汉声音微弱地对七姑娘说:“快去给我追回来!……我冤,冤……冤枉她了!……”

七姑娘惊愕地说:“爹,你吓糊涂了吧?”

老汉摇了摇脑壳,说:“不,我从前糊涂,如今才清醒了!……郑家小子不是好人,你四姐受……受罪了!”

可是,老七依然不明白。

老汉把手上的扁担在石板地上拄得咚咚响,使出最后的力气来,对七姑娘吼道:

“快去给我追!……追……他们要逼死她……老四,老四呀!”

老汉立不住。七姑娘慌张地将老人扶到他的床上去躺下。然后,她就奔了出去。

田野里漆黑,风在吹,细雨还不停地在落,天空像锅底一样。七姑娘睁大了眼睛使劲往前看,什么也看不见。她把手掌卷在嘴上,高声呼唤着:

“四姐!四姐……你在哪儿呀!”

喊声被风撕碎,飘在田野上。

四姑娘听见了,她站住,回头望着。虽然什么也望不到,但她却好像看到了什么,眼泪珠儿扑簌簌落下来。她听着七妹的声音,心里想起她的老父亲。像天下所有的孝顺儿女一样,四姑娘不记恨她的父亲的过错。许茂老汉对她不好,太无情,甚至太残酷了;但是无情和残酷并非他的本性,他之所以那样,是另有原因啊!

四姑娘毅然掉过头去,继续朝前走……

大约一个钟头前,她曾经想到死,而且确实是死过一回了!

当她从金顺玉大娘屋里出来那一刹那，她的确是绝望了，生活对她把所有的大门都关闭了！一个人，只要有三寸宽的一条路，也不会想到死。然而她没有路了：父亲、姐姐，所有的人，都把她当成了一个坏女人，全都用冷漠和敌视的眼睛瞅着她。她不平、气愤、失望……她直端端地奔到柳溪河边，没有丝毫犹豫，“咚”的一声跳下去，将自己二十九岁的生命交给了美丽安详的柳溪河。

蜿蜒曲折的柳溪河啊，古往今来，有多少劳动妇女满怀忧愤，把自己美好的身躯、青春以及理想投向你冰凉的河水！难道你果真见惯不惊了吗？你睁开眼睛来看看躺在你怀抱里的许家四姑娘吧，多么善良的女子！你曾经抚育过她，伴随她度过了幸福欢乐的童年、阳光灿烂的少女时代……你怎么能无动于衷呢？

四姑娘沉下去了，沉下去了。然而，就在她奄奄一息的时刻，仿佛忽然看见了小长秀那对闪亮的眼睛，使她浑身战栗，从心灵深处发出一声凄厉的呼喊：

“不，不，我要活！我不能死啊！……”

四姑娘这人，不论她个人的生活多么艰难，为着别人，她也要活下去。小长秀天真秀美的小脸，长生娃那小大人似的可怜模样，以及他们呼叫“四娘”的声音，是那样亲切，那样凄婉。她舍不得离开他们，割不断那条紧紧系着他们的情思，为了这一对孤苦伶仃的侄儿侄女，她要活，就是天塌下来，她也要活下去！她要是离开了人世，那么，他们冷了，谁给他们做衣裳，饿了，谁去照料他们？要是遭到谁家孩子的欺负，谁去安慰他们、为他们擦干眼泪？孩子们一天天长大，谁去教养他们，把他们培育成材？……大姐临死时，流着泪，把孩子的命运嘱托给众姐妹们，那情景至今历历在目啊！……

希望,总是永远都有的。要为美好的希望活下去!求生的欲望给了她无穷的力量,那种令人难以置信的近乎疯狂的奋斗,使她终于从地狱的边缘走回来了。怀着一线希望,她死而复生。

她爬到岸边来了,周身无力,软瘫在河坝里坚硬的石头上,嘴角漫出水来。

寒风呼啸,四姑娘忘掉了冷。为了孩子们,她从死神手中挣脱了出来,从自己懦弱和哀怨的性格中解放了出来。那种只有母亲才具有的伟大感情,使她眷恋这苦难的人生。她明知此举会招来更大的灾难,迎着她的决不是美丽的鲜花,但是,从死亡里复活过来的四姑娘,对一切都无所顾忌了。为了心爱的人,她什么都能忍受!苦,对于她已无所谓了。

她倚着一棵柳树,在河岸上坐了很久。双手抱着膝盖,没有悲伤的眼泪,没有痛苦的叹息。她完全变成了另一个人。望着漆黑的夜空,忍受着刺骨的寒冷,她站了起来,决定再尝尝人世间的甘苦,开始一种新的生活。于是,她拖着湿漉漉的身躯回去,毅然和许家院子、破小屋告别了。

梨树坪就在眼前了。狗吠声响彻空旷的田野,棵棵梨树把光秃秃的枝条,愤怒地指向雨雾蒙蒙的夜空,前面再也没有纵横的阡陌,只有一条笔直的长满荒草的小路,通向葫芦颈上去。四姑娘突然放慢了脚步。

心呵,你不要跳得那样快。那个即将出现的情景,是幸福?是辛酸?四姑娘需要先平静一下自己,以迎接那困难的时刻!

她慢慢走着,低头沉思。即将来临的相见,到底是太突然,使人难堪啊!……这时,四姑娘才不得不承认隐藏在心底的一个强硬的事实:此去,不仅仅是为了两个失去了母亲的孩子,也是为了——他啊！

当想到这个的时候，平常间不曾明确的一种潜在意识，像开闸的流水，一发而不可收拾！原来，她朝朝暮暮思念的是他，在她心中播下希望的种子的人，也是他。平日里，他越是回避她，她却越是将他眷恋。

一种羞怯的心情，使她苍白的面颊现出一抹红晕。爱情这个东西，越是遭到灾难和折磨，却越是浓烈得刻骨铭心！

这个发现使她自己也吃惊，她的心跳得更加厉害了，她的脚步放得更慢了。

“这样去……合适么？”这个念头浮上心来，她稍微犹豫了一下。

“但是，除了这条路，我还能往哪儿去呢？”她这样想着，又不由自主地加快了脚步。心里默默叫喊着她那死去的大姐：

“大姐！你要是可怜我们这几个苦命人，那么，请你在天上保佑我们吧！”

三

老七呼唤四姐的声音消失在茫茫风雨中。看不清前面的路，她又惊又怕，慌乱地走着，时而停下来辨别一下自己在什么地方。

她一直不知道究竟发生了什么事情。许茂老汉的神态令人迷惑不解，她只记住了老汉的一句话：“他们要逼死她！……”这句话的力量催动着她的脚腿，不停地，机械地行走在泥泞的田野上。

但是，在这样漆黑的夜里行走，她很害怕。这个傻大姐，竟然还迷信呢，她怕“鬼”。小时候听过的关于鬼怪妖狐的故事里，大都少不了有一个披头散发的女鬼。四姐刚才那副模样,不就像个女鬼么?……前面一棵光秃秃的老树、路旁一块石包、风吹断了的竹子,什么样的东西都使她害怕。

七姑娘还害怕遇到歹人,尤其是担心遇到郑百如。郑百如不是刚离开不久么?说不定这会儿也正在哪一条路上走着呢!一想到前一会儿的情景,她还直是心跳:那个家伙不是就要爬到床上了么?

郑百如是个坏蛋。这一点,葫芦坝上的人,除了四姑娘清楚以外,恐怕就要算老七明白了。三年前,为了出去工作,郑百如利用机会,残暴地污辱了她。那些情形,如今想来,她还气愤得很呢!这是她隐藏在内心深处难以愈合的伤痕。今天,当她醒悟的时刻,当她从吴昌全眼睛里懂得了什么是纯洁和忠贞的时候,觉得尤为痛心,使她没有胆量去正视吴昌全那种透彻的目光。

"挨千刀的郑百如!你害得人不浅哩。"她心里骂着。她痛恨自己:为什么平常还和他周旋呀?

然而,她依然还是怕。"一个姑娘家,赤手空拳的……"

她停下来,倚着树干,努力辨别着方向,她肯定自己来到梨树坪了。前面是一条小路,通向荒僻狭窄的葫芦颈,那个地方在她的记忆里,除了一个守水人的小草棚外,什么也没有,太可怕了。

这时,她甚至觉得许茂老汉大惊小怪,糊里糊涂地把她支使到这荒野里来,实在是不应该。

"一个人,活得好好儿的,为什么要去死嘛?……'他们逼她',谁逼她啊?是郑百如么?对,郑百如要求跟四姐复婚哩。"老七这样思索着。但她依然看不出四姐有什么必要去寻短路。

转身往回走吧,老七又怕在她爹面前交不了差。老汉的脾气她是晓得的。

怎么办呢?

七姑娘不知道:此刻她的四姐就在她前边慢慢地走着。只要她轻轻地呼喊一声,四姐都会听得见的。然而,她没有喊。她怕自己的声音招来野狗或什么歹人。

可怜啊! 在这样寒风飕飕、细雨纷飞的夜晚,在每一个家庭里,妇女们偎着自己的孩子,轻声哼着催眠的歌儿,姑娘们早已困在温暖的被窝里,进入了甜蜜的梦乡。……而许茂家里的两个姑娘,却还怀着重重心事,孤独地艰难地行走在这泥泞的羊肠小道上。这一切,都是为什么? 都是怎么发生的啊?

…………

生活是一本最全面的教材。

许茂老汉将七姑娘打发出去追赶四姑娘,不用说,这个举动本身包含着异常复杂的心理活动过程。可以认为,这是他精神上的一次飞跃,或者说是他生活中的一个转折点。

当他浑身无力,躺在床上,把刚才发生的事情回想一遍以后,败兴,当然是很败兴;然而,他倒觉得心头渐渐地明亮起来了。眼下,一个最强硬、最有说服力的事实摆在他面前,不能不使他对于他周围的人和事,来一个重新估价。他大声地骂道:

"郑百如,你这个混账东西! 小混蛋! 老子把你祖宗八代……"

他骂得咬牙切齿,唾沫横飞,把庄稼人用来骂人、骂牲畜的所有词汇都用上了。而平时,这位颇为自尊的当家老者是不喜欢使用那些肮脏语言的。

接着,老汉就责骂起自己来了:"糊涂! 我才糊涂哩!"

这里指的是不久前的一天,擦黑时候,郑百如绕到老汉的自留地里的那一番表演。当时,对于郑百如的“检讨”,老汉心头确曾涌起过满足和胜利的喜悦。正是那种虚荣心,使现实主义者许茂老汉上了当,忘记了自己的现实主义原则,相信起郑百如这个混蛋来了。

不,还不止这一点。老汉近日来思索着的一些问题,这会儿仿佛也找到了答案。这几年葫芦坝生活给他和他的女儿们的种种不愉快,不都和郑百如上台有关系么?——金东水当支书的年头,日子不是这样的啊!

这是一场严重的教训。

认识一个人,本来就不容易,认识自己也同样的困难。许茂这一回可不简单:他在识破郑百如的面目的同时,看到了自己的虚伪和残忍。

他懊悔,不该那样对待自己的亲生女儿——许秀云!

但是,他又担心:如今懊悔,已经太迟了,恐怕已经来不及了吧?

他慢慢坐起来,倾听着院子里有什么动静没有?老七去追赶她,是不是回来了?

没有动静。只有屋檐水不紧不慢的滴答声。

好急人啦!

四

郑百如的背上挨了许茂老汉一棍子,当时还不觉得怎么样;可是一跨出大门,走了几步,就感到不是滋味了。他不得不靠在石头院墙上,腰眼痛得要命!

“莫不是把腰子打落了吧?”

他自语道，反过手去摸着腰部。

“不对！……是背脊骨……”

他摸到背脊骨上一块隆起的大包块，而一想到眼下这个处境，额头上就冒起冷汗来了。他的身子支撑不住，只得往下蹲。哪知，一屁股就坐在水汪汪的泥地上了。

不知过了多久，他看见许秀云迈出大门，手上提个小包袱，往梨树坪方向走去。

“她到金东水那儿去？……完了！”郑百如恨得牙痒痒地咒骂。如果这会儿他能够动弹的话，他会上前一把抓住四姑娘，将她掐死。怎奈背上痛得站都站不起来。

接着，他又看见七姑娘许贞奔出门，叫喊着“四姐”，跟踪追去了……

“我不能老蹲在这个鬼地方啊！”郑百如考虑着下一步怎么办的时候，首先想到，必须立即离开这个地方。

郑百如，一个堂堂正正的“大队干部”，党支部的“副支书”，一两个钟头以前，还端端正正坐在社员大会主席台上的“大人物”，这会儿可真是狼狈极了。你看他：四肢着地，正像一条狗似的在泥泞的路上爬着走哩。

他具有一切赌棍的顽强劲儿。他不能待在这里让人发现他的这副丑态，他得回到他的窝里去。要是明天别人问他为什么受了伤，他还可以给自己抹点红颜色，编排一个什么英勇的故事情节呢。这个流氓什么谎话都说得出来。

他一步一挨地爬行着。黑暗的大幕掩藏着他的丑态。

突然，前面射来一道雪白的手电的光柱。有人对着他走来了。

“糟了！”郑百如想躲开去，可小路两旁都是满盈盈的冬水田，连一棵树，一块石头都没有，往哪儿躲呢？

郑百如到底不愧为一个乱世英雄贼坯子。他急中生智，顺势往左边一滚，扑通一声，掉进水田中去了。

与此同时，拿手电的人发出问询：

“吔，是哪个掉进水田去了？”

这是小齐同志的声音。

郑百如忙喊道：“哎呀，不好……”

小齐同志听到叫喊，紧跑几步，来到面前，手电光直射着躺在水田里的郑百如，大惊失色：

“老郑！你怎么啦？伤着哪儿没有哇？”

郑百如吃力地往田坎上爬，齐明江捋了捋袖子，弯腰去将他拉了起来。郑百如说：“糟了，糟了，齐同志，我的腰杆……”

“腰杆闪了么？”

“好像是闪了呢。”

“还走得动么？”

“不行，痛得很呢！”

“那……我叫人抬你到大队医疗站去？”

小齐十分关心，立即跑到附近一个草房院里去，不一会就领着两个壮年汉子出来，将他们的副支书放在一个大箩筐里面，抬着前往医疗站去了。

齐明江弯腰在田里洗掉手上的泥巴以后，便又亮着电筒往前走。

他是前往许家院子找许琴的。

这个面孔严肃、脑子僵化的青年，一向把恋爱视为一种不正当的行为。吃晚饭的时候，为这个问题，跟吴昌全闹了一架，吴昌全气冲冲地出走以后,他再也憋不住要去找许琴谈了。近日来,不知怎么搞的,他一会儿不看见许琴,就总觉得心头空空的。不论开什么会,他都要叫人去通知许琴参加。他主动介绍许琴入党,提名推荐许琴出去工作,这种明明白白的偏心眼,谁都看得出来是为什么。可小齐同志呢,却并不认为自己是在“搞恋爱”。小齐同志怎么会去做那些事呢?他找许琴是为了谈工作嘛!但是,不管咋说,反正一样,他脑子里满是许琴的音容笑貌,他事实上是坠入情网了。

许家院子的黄狗守卫着大门,“汪!汪!汪!”叫着,不让他进去。他站在门外,满心希望许琴会出来把狗赶到一边去,像往天一样,礼貌地将他迎接进屋。然而,等了一阵,院子里没有声响。

“奇怪!”

对于许琴的如此冷淡,他不由得感到委屈了。停了停,他喊道:

“许琴同志!你们的狗好凶哟,你快来救救我呀!……”声音,不像是他自己的;令人感到可笑的是,这声音、语气里充满着一种俗气的感情流露。

“是哪个在喊呀?”

许茂老汉的愤怒的声音,像一瓢冷水泼来,使小齐同志从头凉到足。他马上恢复镇定,回答道:“是我呀!许大爷……”

“老九没在家!”许茂在堂屋门口说。

“没在家么?到哪儿去了呀?”

“跟颜组长出去了。”

“咹?”小齐同志大吃一惊,“颜组长都回来了么,几时回来的呀?又到哪儿去了呢?”

许茂老汉很不愿多说话，冷冷地回答：

“我咋个晓得？”

小齐同志来找团支书“谈谈工作”的兴趣，此刻全都冰消了。他觉得自己犯了一个不能容忍的错误：颜组长都回来了，而他竟然不知道！颜组长回来，一定带着上边的新精神或重要指示，这是他急需了解的。而他呢，也有许多的事情需要向颜组长汇报。

不容多想，他转身就走。

但是，走了几步，他又停住了，把雪亮的手电光胡乱射向黑沉沉雨纷纷的田野，心头茫茫然地想：“颜组长此刻在哪里呢？”

五

颜少春和许琴还在葫芦颈。

这会儿金东水居住的小屋里还正热闹着呢！吴昌全来了以后，龙庆又接着来了。代理支书龙庆到来的时候，眼睛红肿，满面愁容，看见颜组长坐在这里，他更加不安。金东水今晚的气色却很好，对他说：“老龙，你这么黑天黑地冒雨跑来，一定又有什么话对我说吧？颜组长、昌全和老九先到一步，我们正在谈规划呢，你有什么话，只管说，不必见外。”

颜组长很喜欢龙庆这个憨厚老实而又胆小的大队长。她笑道：“哟，你们两个还有什么机密要说吧？不该我们听，我们就走吧。”

许琴也对龙庆笑吟吟地问道：“龙二叔，你的眼睛不好，这么又黑又烂的路都来了，一定有什么急事吧？”

龙庆额头冒汗，说：“走惯了……急事儿？没得……不过，嗨嗨……”

“嗨嗨。”长生娃在一旁学龙庆的模样,惹得满屋子的人都笑了起来。

龙庆的紧张神色缓和下来以后,才把自己担心的事说出来。

“我来找老金,本来是随便扯谈扯谈。有两件事情……呃,我就当着颜组长说出来吧。这头一件,是‘运动’的问题。这几天,会是开得不少啦,依我看这‘第一阶段’走了过场。原来不是说,用宣传‘远景规划’来调动群众的积极性么?看来硬是落了空。……规划么?宣传了,小齐同志讲得不少,可群众还是没有发动起来。啥子‘人造平原’哟!好像葫芦坝还不够平,还要弄得一展平才安逸么?呃,空事。我担心,这个冬春,把劳动力拿去造平原,不抓积肥和整理水沟的工作,明年大春看咋个种!还有哩,要是这一冬不抓紧扩大葫芦颈这个提水站,那么明年再遇上天干,又得像今年一样减产。哪怕你‘超千斤’的口号喊得再嘚,到时候还不是……没眼!”

吴昌全接过去,说道:“不要担心,刚才我们还在讨论这个事情。按老金这个规划搞,保险你没意见。一手抓当前,一手抓长远。肥要积,沟要整,还要打开葫芦颈,扩大提水站,新建水电站,改河造田两百亩。你看,合适不合适?”

龙庆听着,望望颜组长,又望望老金,高兴得合不拢嘴来:“是么,是么?那才好呢!社员听了才高兴呢!”

颜组长却打断他的话,问:“老龙同志不是有两件事要说么?说了第一个担心,还有第二个呢?”

“这……”龙庆合上嘴巴,为难地望一望金东水,然后一扬手:“算了吧,不说啰!”

老金盯着他:“不行。你我多年的老规矩,有话当面说,不兴打肚皮官司。”

龙庆脸都憋红了,正要说,又不安地看了看许琴。

九姑娘见状,心里明白了八九分,忙低下头,脸色阴沉下来了。

这是怎么回事啊?颜少春看看众人,料想必定有什么重要问题。于是,她严肃地对龙庆说道:“今晚上我们这里坐着三个党员,两个团员。你要不信任大家,就别说……”

长生娃插言道:“三个党员,两个团员,还有我呢!我是少先队员。”

人们又被孩子一本正经的样儿逗笑了。

龙庆这才说道:“这是一个闲话……”他不安地瞟了金东水一眼,忙掏出手帕来挡着红眼睛,继续往下说:“我听着已经两天了。两天来闷在肚子头,怪难受的。老金,你莫发火哇!又是关于你的闲话呢!说是那天夜里,你……你……你上许家院子去来么?……”

“什么话?你直说!”老金催着他。

“好,我直说。你跑到人家许……秀云屋头去了?——这简直叫人难相信!”

老金脸色铁青,眼看就要发火了。

颜少春忙问龙庆:“说的是哪天晚上?”

“工作组进村前一天。”龙庆哭丧着脸回答。

颜少春又问许琴:“你知道不知道这事?”

许琴把头埋得更低了。

吴昌全气愤地往桌上捶着拳头:“造谣!造谣!血口喷人!”

龙庆怪难为情,他申辩道:“我当时一听到这话,就肯定有人造谣嘛。”

颜少春沉思着。

吴昌全看了看许琴,说道:“那天晚上我去过许家院子呀,没听说……”

“你?”龙庆大吃一惊。

吴昌全老老实实地叙述:“是呀！那晚上许琴到我们家来,是我送她回去的嘛。我把她送到大门外,回转身的时候,还听见许四姐在和许琴说话呢！是不是啊?”

许琴的脸红了。

长生娃突然抢着说:“我想起来啦！那天晚上,我四娘还上葫芦颈来过呢！给长秀送来了花棉袄。”

“呵?”所有的人,除老金外,都不由得大吃一惊。

长生娃气愤愤地说:“可是,我爹不让我给四娘开门。好气人哟！……四娘把小棉袄放在门槛底下……我打开门一看,人都走了,我急得直想哭。可四娘还没走远,她把我叫了出去,对我说,说……”

“说什么呀?”人们眼巴巴盯着长生娃。

“她叫我给我爹说,工作组马上就要进村了。”

“哦!”众人松了一口气。

颜少春问长生娃:“你四娘还说什么啦?”

“她还叫我给爹说一声,外公的生日快到了,叫我爹一定要过去看看,外公的身体一年不如一年了。还说,做生的礼品么,她去办好给我们送来。……我四娘太好了,她晓得我们家穷,没得钱办礼品……”末了,长生娃还气愤地瞟了他爹一眼,嘟着小嘴巴,埋怨道:“我爹才不讲人情呢！人家黑天黑地走了来,他不让开门,照面都没打一下。还骂我啦！……”

许琴吃惊地望了望她的大姐夫。

老金垂着脑袋，不说话，不申辩。只是两眼红红的，要不是众人在场，他一定要大发雷霆了。

龙庆如释重负。他笑起来："我晓得又是谣言嘛！嗨嗨……颜组长，你在葫芦坝住久一点，就有体会了：这个背时地方啥也不出产，就是出产谣言！"

吴昌全好像想起了什么，突然说道：

"怪事！偏偏要造老金的谣言么！任何事物都不是孤立存在的，这里面倒有点文章呢。那天晚上，我把许琴送到大门口，往回走，才不过一杆烟的工夫吧，郑百如慌慌张张从我后面跑来了，跑得好快，闷着脑壳瞎闯，我要不是闪得快，一定把我撞到冬水田里去了。我一闪身让他，他从我身边擦过，跑了几步，才回过脸来看了我一眼的。……这，这怎么解释呀？……不信，我和他对质。许琴，你一定知道，是怎么回事。"

许琴恍然说道："是啊，不说不像！我刚拢大门上，四姐也正在门口站着，她没有对我说她为什么站在那儿。可刚才长生娃说了，那么她准是刚从葫芦颈回去的。我们在门口只说几句话，一同进了院子，我还没有跨进堂屋，就听得四姐'哇'一声叫起来了，我忙跑去一看，四姐倒在地上，从她屋里蹿出来一条黑影，飞也似的跑出大门去了！……这么说来，是……哎，我……"说着，她哭了起来。

龙庆忙说："哭什么呀，这有啥子哭的！"

许琴揩着眼睛，负疚地回答：

"我听了人家的谣言，这几天，我是错怪我四姐和金大哥了！"

"现在不怪他们不就行了嘛！"龙庆说。

“可这谣言,非弄个水落石出不可!”吴昌全愤愤不平地说,“葫芦坝真他妈是个‘葫芦’,‘葫芦’里装着什么药,真该打开来看一看了!……就说那个‘折成’的事情吧,活生生虚报四万多斤产量,吹说跨了‘农纲’——这里面包的是啥子药?”

颜少春一直在听他们说,心里渐渐明白了。这时她插言道:“那四万多斤产量么?区委讨论了,根本不给承认,还要追究虚报产量的原因呢。”

“是么?”龙庆脸上露出笑意。

接着,大家又谈起近几天来葫芦坝发生的新闻、新事、大会、小会什么的。谈到各个会议的中心人物小齐同志的时候,颜组长问大家对小齐同志有什么意见。

龙庆不开腔了。他不是没意见,是胆子小不敢说,像齐明江那样没本事的人,龙庆虽然看不起,但极不愿意对人家评头论脚。

吴昌全却憋不住,他说:“我对他有意见!第一,理论不联系实际,生搬硬套瞎指挥;第二,帽子棍子满天飞,说我妈是‘民主革命’、‘小生产’、‘农民意识’,说我呢,‘埋头生产’、‘修正主义’、‘资产阶级爱情至上’……全是瞎说;还有第三,他还侵犯人权……”

“什么?侵犯人权啦?”颜少春问。

“当然啦!他偷看我的日记本。”

“呵?哈哈,有什么秘密么?”

“有秘密没秘密,都不应该偷看嘛!”吴昌全的脸都涨红了。

颜少春笑道:“对,是不应该偷看人家的日记嘛!”她这时想起齐明江向她汇报过的一件事:吴昌全偷偷地爱着许家老七。但她并不认为这是什么坏事情。看看时间不早,为了结束这次访问,她突然对老金说道:“呃,老金呀,你这屋子里总像是缺少着一个人呢!”

“缺一个人?”老金迷惑不解地问。

颜少春笑道:“是呀!没得个女主人家招呼我们,像我们这样的女同志是感到有些不方便嘛!”接着,她转向龙庆:“老龙同志,可要帮帮忙啊!以后,给老金同志介绍一个嘛!当然,要各方面都比较强的才成,不然,老金同志看不起人家。是不是?哈哈哈……”

龙庆更是笑得合不拢嘴,他说:“颜组长,不瞒你说,这件事,我早就放在心上啦!”

“是么,有门儿啦!”

“有啦!”

“在哪儿?”

“这可要暂时保密呢!”

“人品怎么样啊?”

“人品么?不瞒你说,这葫芦坝没得人赶得上她。”

“真的么?”

“当然嘛!”

颜少春忙问老金:“是真的么?”

老金笑道:“莫听他瞎吹牛,我这辈子不再讨老婆啦!年纪不轻啦,娃娃也一年年大起来了,何必费神。”

龙庆大声反驳:“全是假话!你要是听我把名字说出来,你一定会鼓掌欢迎。”

“说!”众人兴高采烈地望着龙庆。龙庆慢条斯理说道:“好吧!——河对面,刘家大队有个妇女队长,三十岁,党员,工作能力强,又有文化。只因为家里弟妹多,父母年老,劳力少,至今还没有嫁出去。听说,她不再找那些小伙子啦,要找年纪比她大一点的、根底扎实的人,还要是党员的……怎么样?……呵呵,看嘛!脸红啦!脸红啦!……”

龙庆大声笑起来,而老金只是不停地摇头。颜组长一旁大笑着。

小屋里谈笑风生。门外头却有一个人失魂落魄了!

她已经来了一阵了。这个已经死了一回的女人,是怀着惟一的希望投到这里来的。她没有想到屋子里有那么多人,走到门口时,不由得有点迟疑,便停在矮檐下,想等待那些人离开以后才进去。

一路上,她想了好多好多。这个被苦难摧残、被谣言中伤、被亲人唾弃、被生活践踏的女人,她是为着自己,为小长秀,为着长生娃,为着金东水,而从死亡的门槛上逃了来的。除此以外,她是再没有第二条路可走了。一路上,她想过,她的这个举动,明天将在葫芦坝掀起多大的波涛,人们将会怎样地唾骂她不顾廉耻;她还想过,老金将会胆怯地拒绝她的大胆的爱情。她担心,此举不会有什么好下场……然而,她顾不了那么多!这个一向温柔善良得近乎软弱的女人,血管里流着固执的许茂老汉的血液,一旦被逼得走投无路之时,她就变得令人难以置信的顽强。这一点,是丝毫不足为怪的。

然而,她的顽强却仍然是有限度的。这个农村妇女的一线希望,被龙庆的一段话,彻底地毁灭了!……听到龙庆说起刘家大队的妇女队长如何如何的好……老金呢,并未反对,“脸红了,脸红了”……听到这里,她只觉眼前一团黑影袭来,摇摇晃晃站立不住,手上的包袱落在稀泥地上。她闭上了眼睛,喉头里像塞住了似的,哭也哭不出声来,只有清泪长流,哽咽,抽泣……面对着从死亡里活过来的现实情景,她又想到了死。她迅速离开小屋,沿着小路往回跑……

她刚跑了几步,却一头碰在迎面走来的许贞身上。七姑娘这一惊,非同小可,不由吓得“哇哇”地惨叫起来。

小屋里的人们听得一声惨叫,急忙奔出门来。吴昌全抢在最前面,他一把从地上拉起一个人,不用看,他已经感觉到是七姑娘许贞了。许贞软瘫地伏在昌全的肩膀上,叫着:“呵,有鬼!”

这时,老金和许琴同时看到一条黑影从地上爬起来,飞快地离开小路,斜插到旁边的枯草坡下去了。他们跟踪追去,喊着:

“站住! 站住!”

那条黑影却并不站住,反倒跑得更快了。当老金赶到河边时,相隔一步,只见那条黑影纵身一跳,扑通一声巨响,水花溅在老金的脸上。而这时,老金却差一点失声大叫起来。他紧跟着跳下河去。

当许琴后一步赶到河边的时候,老金在河水里站着,对她说:“快,拉上去,是你四姐哩!”许琴忙弯腰去拉,老金在下面向上推。到底把昏迷过去了的四姑娘救上岸来了。

长生娃在屋檐底下拾起一个包袱来,他对颜组长说:“这是四娘的包袱。她来了,给我们送礼信来了,还有衣服哩!”

颜少春望着黑乎乎的葫芦坝,陷入了沉思。

第十章　长相思

一

葫芦坝的冬天，十年八年也难得碰上落雪。人们对于雪特别的喜爱。

雨后的一天夜里，风停了，葫芦坝的原野上万籁俱寂。被风雨困在家里的庄稼人感到这天晚上屋子里也不那么冷了，他们睡在被窝里计算着明天应该下地做活路了。金支书又出来工作了，农事活路的铺排，样样合得着庄稼人的心，积肥的积肥，挖渠的挖渠，小麦油菜还要上一次肥，争取多收几颗。“专业队”也组织起来了，就要开始去挖开那千年万载没人动过的葫芦颈，让美丽的柳溪河给庄稼人做更多的事情。……睡吧，睡吧，甜甜地睡一觉，明天有活儿干啦！

就在这时候，洁白洁白的雪花，悄然无声地来了，一点儿也不惊扰庄稼人的梦境，轻轻地落下来。飘飘洒洒，纷纷扬扬。那些黑色的屋顶，泥泞的田坎，长满枯草的斜坡，光溜溜的井台，落了叶的桑树……不多一会儿，全被无私的飞雪打扮起来了，荒芜的葫芦坝穿上了洁白的素装，变得格外美丽，像一个白衣的少妇，身上挂着一条蓝色的丝绦，静静地站立在耳鼓山下，默默地注视着幽邈的苍穹，沉思着……

天亮的时候，最先跳出门来的是孩子们。他们惊呼着，欢跳着，通红的小手抓起一把白雪往嘴里送，往同伴们的颈窝里塞。那些姑娘们，偎在门边，揉一揉惺忪的睡眼，像还在梦中似的，对着美丽的雪原，笑了，她们笑得那么欢快，简直使你心旷神怡，使你忘记这是冬天，使你想起那风和日丽的春天原野上的灿烂鲜花……

颜少春一早就起床了。她想出门去看看。走出大门，正碰上四姑娘在井台上提水回来，对面走过，四姑娘对她嫣然一笑，忙低了头，好像很不好意思似的。

“颜组长，你这么早啊。”

颜少春望着她那含羞草似的容颜，心里着实喜爱，好像工作中各种恼人的事情都一扫而空，不由得露出甜蜜的笑意来。

从四姑娘这嫣然一笑里，颜少春看到无限丰富的内容。她的记忆被拉回到初到葫芦坝那天，在桑园里刨树疙瘩时，第一次从这个俊俏女人脸上看到的凄苦的一笑。从那以后，她留在颜少春记忆里的印象，除了凝目定神的沉思外，就是低声的抽泣，好像她身子里不是血肉，而全是泪水。

如今在这初雪的早晨，她第一次露出这样妩媚的一笑。这是为什么啊？难道她此刻心里又充满了欢乐？

“呃，秀云哪，”颜组长亲切地回答她的问询，“你每天早晨都这样一趟一趟地提水，为什么不一担一担地挑啊？不嫌麻烦么？”

“不麻烦。”四姑娘把满满一桶又清又亮的水从左手换到右手，有点难为情地说，“不麻烦，我就只有这么一只桶，怎么挑呀？”

“哦，就一只桶。”颜少春表示遗憾。接着问道：“你报名参加专业队了么？”

“报啦。”四姑娘放下水桶，“可人家不让我参加。”

“为什么呀？你的劳力很强嘛！”

“是啊，我也不明白为啥不让我参加。队长对我说啦，说是大队支部把我的名字给除下来了！”

“哦，是这样么？”

“要是见着龙二叔，我还要问问他呢！”

“好呀！一会儿我见着老金他们，我替你问问是怎么回事。”

“嗯。”

四姑娘脸上掠过一丝阴影。她提起水桶，飞快地迈着碎步走了，雪地上留下一串脚印。

颜少春回头望着她矫健的背影，心头又闪过她从前那种凄苦的笑，不由叹息道：“这个女人！”

颜少春面前摆着许多的工作要做，要思考，要研究。葫芦坝，连云公社的许多事情，真是百废待兴！而眼下，一切都不过才刚刚开头。从区委开会回来以后，她大刀阔斧地对葫芦坝的领导班子进行了整顿，而公社的班子却还没有动。一些从前行之有效的规章制度得赶快恢复起来，还要创造一个团结安定的理直气壮地搞生产的局面。对社员群众，她不主张用那种刮胡子的办法去“大批资本主义”，她宁肯花更多更细的功夫，加强社会主义前途远景的教育，去调动群众大干社会主义的积极性。然而，即使做了所有这些工作，颜少春仍感到不够，她总觉得哪怕自己一步一步把这些工作做完，也还不行，还不能解决人们心头郁结的创痛，不足以使四姑娘这样善良正直的群众得到应有的美满幸福。这些年来，失去的东西太多了！岂止粮食和金钱？在物质生活和精神生活上，人民都付出了惨重的代价，经历了多少失望和痛苦啊！

颜少春这个体魄健壮的中年妇女，除了是一位经验丰富的宣传部长和工作组长外，还是一个善良的母亲，一个受过苦楚的女人。和祖国大多数的妇女一样，懂得什么是生活的艰辛，以及怎样去维护生活的权利。

她离开丈夫和儿子，在一个偏僻的小农场劳动几年以后，来到葫芦坝时，她既看到一种劫后的荒凉景象，也看到了人们对于美好未来的热烈追求和向往。以金东水为首的几个党员苦心筹划改变山河面貌的扎扎实实的行为，四姑娘的追求婚姻幸福，九妹子对于人生意义的探索，老七的一时糊涂，许茂老汉的并不痛快的心情，还有吴昌全母子的埋头苦干克己待人，三姐的嫉恶如仇等等，在颜少春看来，无不是从各个不同的角度表现出那种“对于美好前途的追求和向往”。

生活绝不是一潭死水，春风在人们心中荡漾。人民从来没有丧失希望。颜少春认定：作为党的工作者，就是要引导这股激动的热流向着美好的未来，沿着正确的轨道前进。为此，要做大量的工作，要做鼓动家，要做战斗者，还要做伯乐，做催生的助产士，这些都是极为艰苦的工作。她出身农民，又长期做农村工作。她不是那种只会“催种催收”的工作干部，她是人类灵魂的工程师。我们党正是通过大量的颜少春这样的忠诚干部，把亿万农民引上了社会主义的集体化道路，并且有决心，有信心，要把他们引到共产主义！

轻柔的雪片，在颜少春的肩膀上，很快就铺上薄薄的一层。她没有去拂它。她的思绪离不开许秀云这个普通的农家妇女。

自从那天夜里，人们从柳溪河里把四姑娘抢救起来以后，颜少春一连几个夜晚坐在四姑娘的小破屋里，和她促膝谈心。开始的时候，她不笑，也不说话。随后，她就哭起来了。颜少春没有用那些通常的好听的话劝慰她,却先让她去尽情地哭,把在心中积了八年的眼泪流尽。她终于把自己在郑百如家经受的一切,包括亲眼见到郑百如干下的为非作歹的事情,全都说了出来。后来,颜少春给她讲自己的生活,从前做童养媳的时候怎样爱哭,解放后,怎样战胜了自己的软弱,去争取婚姻家庭的幸福。参加工作以后怎样学习,丈夫怎样支持和帮助自己,以及如今丈夫在什么地方,儿子在什么地方,一个家庭分居三处带来的各种困难,等等。渐渐地,四姑娘不再老是低着头了,她感到面前这个穿灰布制服的颜组长也是一个女人,和女人有着同样的情感。有一天晚上,她竟抬起头来仔细地打量着颜少春,问道:

“颜组长,你这样整年累月东奔西走,你有时也会挂念他们么?”

“谁啊?挂念谁?”

“你的……丈夫,儿子呀!”

“哎,咋对你说呢?念嘛,咋能不念啊!有时候,真想见一见呢。”

“呵!”四姑娘脸红了。

这样的谈话,常常进行到深夜。

前天晚上,四姑娘参加了生产队的社员大会回来,没有忙着睡觉。她坐在灯下,老觉得心头不安,总像是还有一件什么事没有做完似的。什么事呢?她终于发现:自己是在等待着颜组长归来。颜组长吃罢夜饭去参加党支部的会,深夜才回到许家院子来,四姑娘忙迎出去帮她关上院子门。

“你还没有睡?”颜少春问。

“嗯啦。”四姑娘答,不好意思说自己在等待着她。

“参加队上开会了么?”

“参加了。讨论葫芦颈挖河的事。”

“大家有什么意见?”

“大家都赞成呢! 要真的成功了,葫芦坝的社员们就再也不愁吃穿啦!”

“你发言了么?”

“我? 没有。”

“为什么不发言呢,怕什么呀?”

“……”

颜少春照例跟着四姑娘到小屋里去坐一坐。她说:

“大队决定成立一个专业队到葫芦颈去挖河,你愿意报名参加么?”

四姑娘的眸子一亮,说:“愿意!”

“好! 明天向队长报个名吧。支部还要审查名单,挑一批劳力好、干活认真的人去。我看你够这个条件。”

四姑娘很愿意去。但她今晚上想探问的不是这个,而是一个使颜少春料想不到的问题。她两眼出神地望着油灯的火苗,一手拿着发夹子仔细地挑着灯芯,好一阵,才说道:

“今天晚上大家讨论修电站,点电灯,改河造田多打粮食,这些计划全都是很好的,实现了,大家都能过上好日子。……可是,我就想啦,将来什么都实现了,不愁吃,不愁穿,住砖瓦房,装上电灯,那样就算是‘幸福生活’么?‘幸福’两个字的意思就只是吃喝穿戴么? ……哎呀,我说不清楚。”

已经够清楚了! 颜少春被她这个问题问得睁大了眼睛,完全没有想到这个少言寡欢的女人,脑子里还装着这样一个重大、复杂的问题。

“颜组长，你莫见笑，我……随便问问的。”四姑娘见颜组长惊愕地盯着自己，忙这样补充一句。

“不，你这个问题提得挺好，‘幸福’二字当然不是指的吃喝穿戴。不过，这个问题，我怎样回答你呢？还得让我想想看。”

“不，不，太麻烦你啦，这只不过是随便问问。你成天工作那么忙，不要去为这个没意思的问题动心思吧。”

“不，不，要想，工作再忙也要想，这是个大事情呢！”

“哎呀……”

她们二人这样争执着。颜少春心想：“这个不幸的农村妇女，在折磨中失去了她的一生中最好的年月。但是，她盼望着一个机会，以偿还青春的宿愿。同我们所有的人一样，除了吃穿以外，需要有一个自己的家庭！”但是，她只能这样回答四姑娘：

“你会得到真正的幸福的！——所有的好人，哪怕受了多少磨难，终归会幸福的。共产党干革命的目的是什么？就是为你和所有的劳动人民谋求幸福！要有信心，那样的日子总要到来的。”

四姑娘沉默着。

颜少春看出来，这样的“空头支票”，我们当干部的对人民开得太多了，这显然难以解决实际的问题。于是，她干脆挑明了说：

“秀云啦，我倒是觉得你现在应该安一个家，你还年轻嘛，未来的日子还长呢……”

四姑娘满脸绯红，低下头去。

是的，这是实情。近日来，在新的领导班子和工作组的切合实际的宣传工作中，葫芦坝的社员们被党的号召，全国农业学大寨会议精神鼓舞着，逐渐表现出了一种强烈的改天换地夺取高产的信心，而四姑娘默默地感受着这些新鲜的气氛，被这种火热的改变面貌建设新生活的热情鼓舞着，渴望能解决自身的个人幸福问题。老八的来信不是说了么：“个人的幸福，只有等到国家的情况好转以后才会重新到来……”现在的情形，不是已经显出一点好转了么！

她低着头，心在怦怦跳动。她知道颜组长将把话进一步挑明。她没有做声，等待着颜组长说下去。

果然，颜少春接着说道：“你要愿意，我可以帮你打听打听，看哪儿有合适的人。”

天哪！这还用打听么？四姑娘心都紧了。她偷偷瞧了一眼颜组长。说道：

“那……可要多谢颜组长了。不过……打听？你往哪儿去打听呀？”

颜少春自然是明白了。她笑道：

“这种事情，当然得问一问人家有没意见啦！介绍人哪能主观主义包办代替呀？”

…………

但是，由于工作太忙，而且也没得一个合适的机会，昨天整整的一天里，颜组长没有向金东水提说这件三言两语说不清的事。

至于金东水在复查各队报名参加专业队的名单时，为什么要把许秀云的名字抹下来呢？这个缘故，颜少春不知道。难怪刚才四姑娘在露出那难得的嫣然一笑之后，提到大队支部抹掉她的名字时，脸上掠过了一丝阴影。这是什么原因呢？

颜少春在铺着初雪的道路上慢慢走着。一边筹划着今天要做的工作，一边却总是离不开对许秀云的个人问题的忧虑。

井台上,有几个挑水的社员和颜组长打招呼:

“早啊,颜组长。”

“你们才早呢,水缸都挑满了没有呀?”

“满啦!”一个妇女高兴地说,“可是,颜组长呀,你的一缸水,也要挑满了才能走啊!”

“这是什么意思呀?”颜少春心里震动了一下,忙说:“你是说我们的任务不完成不能走,是么?这还用说!不必担心吧。”

“葫芦坝不改变面貌,你就走了也不放心嘛!可有人背地里说,你们不久就要撤回去,不会的吧?”

“不,不会的……”她回答,却又想起郑百如会继续吓唬社员。

一个老汉说:“这场雪落得好啊!‘瑞雪兆丰年’,明年光景一定会好起来了吧?”

“是哩!会好起来的!”颜少春肯定地回答,离开了挑水的人们,回转身往许家院子走去。她加快步子,对自己说道:

“郑百如这个副支书干脆撤掉,这个人不行啦,还是叫他先到学习班去。”

让郑百如进“学习班”检查几年来犯法行为的决定,本来前几天就定下来了的。但颜少春回葫芦坝后又有点迟疑,她想试一试,让他在工作中检查。谈了几次话,看来是不行了。郑百如认为颜少春让他检查,是打击“造反派”,否定“文化大革命”。而且,他从颜少春的几次谈话中揣摸到:工作组从四姑娘那里得到的不过是些鸡毛蒜皮的材料。他放火烧老金房子的事,看来四姑娘并不知道。那个婆娘如果知道那件事,还能不向工作组揭发吗?他这样想着,断定自己不过是经历了一场虚惊。工作组没有什么可怕的。

二

前两天,有人从连云场给许茂老汉带来一封信。信是出嫁在川西坝子上的三个女儿联名写的。她们寄来一点钱,又说因为农田基本建设搞起来了,要改造“下湿田”夺取明年水稻丰收,任务很重,这一次就不回来给老汉拜生了,请老人家多多保重身体,待春暖以后,欢迎老人家到她们那儿去耍一段时间。

许琴把信念给老汉听了以后,他没有说什么。这天,他拄着木杖亲自到连云场邮政代办所去取了汇款回来。他对许琴说:“叫你三姐、四姐、七姐,晚上都到我这里来。”

许琴奇怪地问:“全都叫来,干什么呀?”

晚上,几个姐妹先后来到许茂的卧室里,围坐在老汉床前,气氛不免有些紧张,看着老汉瘦骨嶙峋的面孔,大家都忧心忡忡的。

许茂耸起高高的眉棱骨,说道:

“都这么看着我干啥?怕我活不长了,是不是?咳……胡说!我还不得死!”

三姑娘笑道:“看你说些啥子嘛!我们才不那样想呢。你老人家多活些年辰,看看好世道吧!葫芦颈要挖河啦,这可是给子孙后代做的好事啊!你还没有听说吧?”

许琴忙告诉大家:“爹听说过了,颜组长为这个事,还专门征求过爹的意见呢!颜组长说,等爹的病好了,大队专业队要请爹去当参谋。”

七姑娘咝咝笑道:“呵哟!爹要升官啦!”

四姑娘轻轻拉了拉老七的袖子,暗示她别在老汉面前这样乱说话。

许茂锐利的目光突然停在四姑娘的脸上。四姑娘忙低下头去。

这样过了好久,老汉才又开言道:

“你们娘去世的时候,对我叮咛又叮咛,要我好好把你们照看着长大成人,不能给她丢下一个……”

姐妹们的脸色阴沉下来了。老汉自己也忍不住,落下一颗泪珠。

“我没有把你们丢下,我尽了力!”老汉不无自豪地说,“没有辜负她……”

女儿们低声抽泣起来了。

许茂老汉继续说,有点语无伦次了:

“那些年你们年纪小,屋头日子过得紧紧巴巴的。入社以后,一年年好起来。我只说这辈子碰上好运气啦!哪晓得,到你们一个个都长大以后,日子过得又不伸展了。有时候,我真担心自己又回到解放前饿肚皮那些年月里去……我心想啊,自己还顾不了呢,哪顾得了你们呀!各管各的事吧。老九批评我自私,我想,你娃娃懂个啥啦?一天不给你饭吃,你还有精神批评老子?亲不亲,邻不邻,一家人见了像仇人样!这些日子,我老是梦见你们娘,她埋怨我呢!老实说,我没有病,我的骨头和五脏六腑结实得很,只是这脑壳里嗡嗡地吵架,吵得厉害的很呢!你们娘跟我吵,你们也跟我吵,我也跟我吵……”

说到这里,许茂像一个做了错事的孩子似的,羞愧地望着他的女儿们。

随后,他就掀开枕头的一角,取出一沓小小的纸封帖,苦笑一下，怪难为情地对女儿们说：

“你们……以为我这些年真的穷了么？没有呢！我积攒着，悄悄存放起来。为的是防着哪一天挨饿。”

他掂了掂那一沓小纸封：“全放在这里了，这些年你们谁也不晓得！老九天天在屋里进进出出，她也不晓得。……存放在信用社里，我是不干的，这样放在身边更保险！……来吧，你们全拿去，一人一份。”

女儿们惊呆了，全都木然地望着老汉。老汉额头上沁出汗珠来了。

还是四姑娘冷静一些，她望着老汉额上的汗水，和脸上突然出现的亢奋状态，她担心老汉的举动里，包含着很不吉利的征兆，也许是……她不愿想下去。

“来呀，一人一个！”老汉把纸封撒在被盖面子上，说，“钱不多，意思够了。”

女儿们都不伸手。

三姑娘的脸色一沉，责备道：“爹，你这是什么意思呀？我们姐妹们再没用，手脚总还是齐全的，还能养得活自己呢！今天晚上，你叫了我们来，原是叫我们听你说断头话，让我们来瓜分你的家私么？”

老七和老九一听这话，便觉得情况不好，急得大睁眼。一时里，姐妹四个都不知道该怎么办才好。

正当大家相对无言的时候，在外面跑了一天的颜少春回来了。

颜组长在葫芦坝大队召开了一个全公社大队支书和工作组员参加的现场会，让大家来对这个大队的远景规划说长道短提意见。当然，也是为了用葫芦坝这个“点”上的经验去启发一下各大队的干部们。她忙了一整天，但是一点儿也不显得疲乏，被一种工作的热情鼓舞着要干一番事业的人，是不会感觉到疲乏的，永远都精神饱满。她见院子里静悄悄的，进了堂屋，却又发现许家的几个姐妹聚在许茂老汉的屋里，便一脚跨了进去，说道：

“呵哟，今晚上你们一齐都到了，在开家庭会么？”

姐妹们忙起身让座。许茂老汉突然发窘了，他不好意思地用手去掩住那些小纸封。

颜少春像这个家庭里的一个成员，和妇女们一块儿坐下。问道：“你们在玩什么把戏呀？那是什么？”她指着被盖面上。

七姑娘捂着嘴巴吃吃地笑。三姑娘也“噗”的一声笑了。

老九见这情景，便一五一十地将刚才的经过向颜少春叙述了一遍，并在结尾的时候，顺便说出自己的意见：

“不管咋说，我认为爹不把钱财看得那么重了，也是一个思想上的进步吧，我们大家应该欢迎爹的进步表现！……现在，既然爹一定要把这些钱分给我们，姐妹们又感到不好接受，依我看，干脆用爹的名义把这笔钱捐献给大队修水电站。眼下，大队的资金又很困难。好不好呀？”

老七说：“要得！献出去，还要给我爹登报表扬呢！”

三姑娘不同意：“登报表扬又怎么样？不当衣穿，不当饭吃，依我说还不如拿来打酒割肉，给他老人家改善伙食，养得白胖胖的，多活些年辰！大家有没有意见？”

四姑娘觉得各种办法都不好，她没有发言。

大家都望着许茂老汉。显然，女儿们的发言很有点使老汉扫兴。他不说行，也不说不行，闷起不开腔。

姐妹们很自然地把目光转向颜组长，想听听她说怎么办。

颜少春笑道:“这是你们的家务事,按理,没得我的发言权。只是如今大家意见不统一,我就来当个裁判,要不要得?”

姐妹们说:“欢迎欢迎!”

“那就按许大爷的意思办吧!他要给你们,你们就领情嘛,至于老人家的吃呀穿呀,将来你们姐妹们各自尽心好了。这样不就搁平了么!”说着,她又对着许琴和许贞二人:“你们的意思,别说你爹不会同意,我也认为不妥当。目前群众生活都有这样那样的困难呢,大队如果接受‘捐献’,影响不好。这里面有一个集体和个人的关系问题呢!什么时候也不要马马虎虎,‘共产风’可是刮不得的。大队资金困难的问题,支部已经讨论了办法,靠自力更生,明年多种些经济作物,再搞些集体副业赚钱。另外,国家银行还有一点贷款。”

颜少春的话,叫许茂老汉听着很顺心。姐妹们也再没理由不接受许茂老汉的馈赠了。她们推推搡搡的,谁也不先动手去取自己的一份。后来,就由老九分送到姐姐们手上。颜组长在一旁看着,笑得合不拢嘴。

各人都拿到一份。老九把属于八姐、六姐、五姐、二姐的四份也一一写上名字。最后,大家发现被盖上面还放着一份呢!

剩下的一个小纸封,孤单单地放在那里。颜少春一时不知道是怎么一回事,便问道:“谁还没有拿到呀?”

“都拿到了呢!”老九回答。

许茂欲言又止,姐妹们都低下头去。四姑娘首先悄悄地抽泣起来,接着,另外三个姐妹都哭了。许茂老汉使劲咬着自己的唇髭……

颜少春终于明白过来了:许茂的九个女儿,目前只有八个了。

她们的大姐——金东水的妻子——过早地离开了人世。

“但是,许茂老汉为什么偏偏又这样分配呢?”颜少春想。她早已听龙庆介绍过许家大姑娘断气以后关于棺材问题的故事,她也了解到这些年来许茂老汉和金东水之间早已生疏了的关系。她思路一转,忽然想到,“是不是许大爷回心转意啦,对大女婿的境遇表示同情啦?这可是一个值得高兴的变化呢!”

为了证实自己的猜测,颜少春故意对大家说道:“许大姐既然都不在了,何必再给她留着一份嘛!这样让你们一家子勾起那些旧事来,白白地伤心一场,何苦呢?”

老九擦擦眼睛,提议说:“这一份,明天我给金大哥送去吧!”

大家表示这样办最好。

可颜少春却说:“老金要是不收下,又怎么办呢?这是许大爷送给大女儿的,人都不在了,我要是老金,也断然不好接受的。”

许茂老汉一听这话,也露出十分为难的神态来了。依他的原意,这一份是送给金东水的,这是他对自己过去行为的批判,也是他向大女婿表示和解的一个信号。老汉接受生活的教训,对这些年来活跃在葫芦坝的两个有名人物——金东水和郑百如——终于有了一个正确的认识,谁是谁非,他心中明亮了。

但他在分配这个纸封儿的时候,却忽视了一个不应该忽视的因素:金东水这个人,是一个硬汉子,人穷志不穷呢!再说,如今人家又当支书了,咋能接受钱财呢?

颜少春眼珠一转,笑道:

“嗨,我这个人啦,就爱多管闲事!还是我来提个建议,看行不行?”

“快说吧。”三姑娘催促着。

“许大爷一定要送金东水一份，又怕他不接受，这是一件难办的事。不过，既然老人有这份心意，依我说还是得叫他收下。你们不晓得，目前老金的日子过得够困难的啦！前两年为了给长秀的妈医病，欠下的债到如今也还没有还清，三爷子连个自己的屋子都没有，一张床，一条被盖……哎，看着真叫人难受。家里没得个女人，鸡鸭都养不起一只，往哪儿去找一个油盐钱？我们要给他一点民政救济款吧，他又高矮不接受。呃，看我扯到哪儿去了！……回过来说我的意见吧。依我看，九姑娘送去，他一定不会收的；就是许大爷，你老人家亲自送了去，他还是不会收的，必须换个办法。”

“换个什么办法呀？”众人着急地问。

“换一个间接的办法。”

“哎呀！你莫绕圈子嘛！”九姑娘埋怨起来了。

“好！不绕圈子吧！”颜少春快活地说，“九妹子，你把你大姐那一份，交给你四姐吧，秀云会知道怎样安排这笔钱的。这就叫间接的办法。不过，实际上是一回事。”

她的话，使众人听得愣头愣脑，就是四姑娘本人，也感到吃惊。而颜少春不等大家回过神来，又一口气往下说了：

“我不是说过了嘛！我这个人就爱管闲事。嘿嘿……这一回，来到葫芦坝，住在你们家，我想，趁这个机会当一次‘红娘’吧！给秀云找个好婆家……还不知许大爷肯不肯赏我这个脸哩？”说到这儿，她又哈哈笑起来。

姐妹们已经听明白颜组长的话了。她们脸上现出放心的神情望着面前这个自愿做媒的工作组长。

四姑娘早已羞得把头埋在膝盖上了。

许茂老汉脸上的表情急剧地变化着。先是吃惊，后是沉思。

当大家都把目光集中到他脸上，等他表态时，他干脆把眼睛闭了起来。三姑娘说：

“哎呀！闹了这半天，是这么回事啊！我为啥从前就没有打这个主意呢？害得四妹惹了那么多的气怄！”

七姑娘问：“四姐，叫你跟金大哥合户，你没得意见吧？”

老九自己觉得姑娘家，不便过问这件事，她不开腔，心头却很同意这门亲上加亲的喜事。

“许大爷，我来讨个喜讯，你不肯赏脸么？”颜少春紧追着问许茂老汉。

老汉终于克服了自己的难为情，睁开眼睛，望着颜组长，一本正经地说道：“这……这可要劳烦颜组长了，事情要真能办成了，一定要请你多喝杯喜酒！好！拜托，拜托。”

“哈哈哈！”颜少春大笑起来，“不用再拜托啦！我这可是‘先斩后奏’呢。现在，我就等着喝喜酒了！只是，希望快一点儿喝到才好。”

许茂挑起眉毛，大睁着眼：“呵！……”

接着，他不得不在心里承认：这是他见到过的所有的共产党干部中最好的一个干部。

随后，九姑娘代表父亲，把属于她大姐的那个纸封硬塞在四姑娘的怀里。

接着，姐妹们就开始无休止地讨论起什么时候给四姑娘和金大哥办喜事的问题来了。大家的意见不一致。老汉主张过两年葫芦坝的生产翻了梢，金东水有了一个比较好的居住条件以后再结婚；但三姑娘认为，两年太长了，不如明年好；老七和老九不同意上面两个意见，她们认为，建立新的家庭，只要男女双方相爱就成了，不必去考虑什么住房条件等物质的东西,她们说:在老汉做生日那天最好。

"颜组长,你看行不行?"老七、老九问。她俩希望颜组长支持她们那种新思想。

但颜少春却说:"这个,我可不能乱说了,得看人家男女当事人。让他们去商量研究一番之后,通知我们这些客人就行了。不过,你们当姐姐妹妹的,还是早点把礼物准备一下为好。对不对呀?"

大家又说笑一阵。因为颜组长还没有吃晚饭,许琴忙去给她热饭。这一场特别的"家庭会议"就散会了。

送走了三姐,四姑娘神情恍惚地站在大门口。雪花轻轻地落在她发烫的脸颊上。她深深地吸了一口清凉的空气,仰头拢了拢乌黑美丽的发髻。她有点不相信眼前的变化是真实的,她心里问:"真的么?这一切都在变,在好转,可这是真的么?……我怎么会感到好像不是真的呢?……"

经过一番周折的女人,站在新生活的门槛上,还有些迟疑哩!

雪花轻轻地轻轻地飞舞着。

三

第二天一早,许琴接到公社的通知,要她在当天上午赶到区上去办理手续,并同几位也是新推荐上去的青年一道,去县委组织部报到。

颜少春已经知道这件事。她对许琴说:"去吧,好好干,不要辜负了党和人民的希望。你在县上学习一个时候,将会分配出来做公社干部,不要忘了贫下中农,忘了群众,要一辈子实心实意地为他们服务。”

这是颜少春的临别赠言。许琴含着热泪倾听着,并记在心上了。前几天,她对颜组长汇报过大队的那次“不光彩”的推荐。她决定拒绝接受,并希望颜组长重新考虑推荐比她更强的青年出去工作。但颜组长想了想,说:“已经报了表,不便改了,你不必顾虑那些细节问题,关键是你自己思想要端正,要有一颗为人民服务的心。”

对于九姑娘的上调,许茂老汉是现在才听说。他简直有点大惊失色了。他埋怨九姑娘为什么早几天不和他商量商量。

吃罢早饭以后,四姐到专业队干活去了,颜组长也出了门,许琴草草地收拾着自己的被盖行李。许茂老汉垂头丧气地在一旁望着自己这最小的一个女儿,如今就要远走高飞了。

“爹,我在县上学习一段时间,将来还是会分配到公社来的,你放心吧,又不走远呢。就算我有时不回家,葫芦坝还有三姐,四姐,她们也会随时来看望你老人家。”

“不,我不是不让你走,我不能耽误了你们年轻人的前程。”老汉这样说。按他从前的打算,他是要为老九招个诚实青年来做上门女婿的。既然生活如今是这样安排的,他也就只好依从,而且他觉得老九比老七聪明得多,出去工作也合适,人家颜组长不也是一个女同志么?

但是,他仍然感到伤心。他指责九姑娘:“这样的大事情,你也不先对我说一声,你骨头长硬了,什么也不跟老子商量商量!”

九姑娘却烦躁地回答道:“爹! 前几天我自己心里都七上八下的不愿意出去,有啥子商量头嘛!”

老汉对于女儿这样的说话方式，竟然没有发脾气或喷鼻子，这一点，连他自己都不免惊奇。看见女儿不快活的样子，他悄悄退回自己屋里去了。他想："我不能老是这样躺着。老九这一走，我要烧锅、煮饭、喂猪……我不能再躺下去了，硬撑着，也得起来干些事情啦！"

勤劳的老庄稼人许茂，从这天起，虽然身子仍然衰弱，却再不想躺在床上了。

许琴很快就收拾好行李。

但她却没有忙着走。有些青年人，一经人家叫他"出去工作"，脚板心就会像擦了清油似的，恨不得快一点儿离开庄稼院，远走高飞。九姑娘跟那些人不一样。这会儿，她怔怔地坐在床沿，半靠着捆得齐齐整整的行李卷儿，满腹惆怅！

此刻，世界上没有一个人知道九姑娘心头是个啥滋味。是喜欢呢？或是忧愁？是年轻人即将改换生活环境，奔向未来途程时常有的那种激动呢？抑或是望着前面茫茫人海大千世界而产生的迷惘和惆怅？

不，都不是。

她在考虑一个简单而又复杂的问题：自己就要走了，要不要去看看吴昌全？要不要打个招呼，告别一下？

这个问题，她想了一清早，就是定不下来。去吧，为什么要去？葫芦坝一千多人，为什么单单去和他告别？不去吧，为什么不去？不打个招呼，不向他说上一句重要的话，就是到了县上，坐在那儿学习也不会安下心来啊！

这个纯洁的少女的苦苦相思，有谁知道她心头是哪样的滋味？

七姑娘吃罢早饭到大队医疗站去抓了药回来，一见九妹还心事重重地坐在床沿,便大声说道:“你怎么还不走呀,都快十点啦!”

七姑娘自从在风雨里偶然遇见吴昌全的那天到现在,一直在吃药,说是淋雨害感冒了。她每天心神不宁,喜怒无常,既不想马上回供销社上班,又不愿在家里干家务活。对于老九的上调,她既高兴,又羡慕,她认为自己的工作是营业员,而老九去学习出来后就当干部了,社会地位比自己高,将来一定能找到一个很好的丈夫。……这个七姑娘!她哪里能知道妹妹的心事呢!

“快十点啦,还在等啥子啊!还有啥子舍不得的么?……来,我送你一程吧!”

七姑娘说着就去拉她九妹。

许琴站起来了。她说:“不要送,我自己走。”说罢,将行李背在背上,左手提着线网兜,怏怏地跨出房门。七姑娘从一旁看见她有点泪眼模糊的样子,不由得好笑。

“呃,不去给爹告别一声么?”七姑娘在她后面指点。

老九走到许茂老汉的卧室门口,叫了声:“爹!”

眼泪再也包不住,回过头快步走到院子里去。当许茂追出来时,她已经消失在大门外面去了。

纷飞的雪花早在昨天夜里就停了。多日不见的太阳照着葫芦坝洁白的田野。风在吹,雪在溶化,房檐上,树枝上,点点晶莹的水珠滴下来。

葫芦坝的每一条路,每一棵树,都是如此令人留恋!凡是眼睛望到的地方,没一处不勾起许琴对童年的回忆。有甜,有苦,有幸福,也有辛酸……二十岁的姑娘,今天才第一次尝到了人世间古往今来最令人痛苦的东西,她开始知道那“离情”、“别绪”是什么了。

“……我去看他,别人会笑我的;到了县上,我给他写封信好了。……”九姑娘这样想着,加快了脚步。

然而,她又不愿走得太快,她怀着渺茫的希望:“说不定能在路上突然遇见他呢,遇见了,说上一句话也好啊!我要对他说,叫他等着我,别灰心,我虽然参加了工作,可我决不会像别的姑娘,我将来一定永远是他的。”

“天哪,我怎么好说出口嘛!”还没有说出口,只在心里这样想着,她的脸就发起烧来了。

谁规定了非得诗人才有一颗诗意的心?

在这个纯朴的农村姑娘心上,难道没有丰富的美好的诗意!

九姑娘走着,一步一步就要离开家乡了。这会儿,人们都到葫芦颈干活去了。积肥的社员们,又都在远远的河边上。葫芦坝的道路好清静啊!她多么盼望能碰到一个人,哪怕不是昌全哥,谁都行,只要他能给吴昌全捎去一个口信。

背后有人噔噔噔地跑来了。九姑娘感觉到是有一个人追赶她来了。她停下来,凝目回望——哎,原来是工作组的齐明江。

“许琴,你走了么?听说今天早晨来了通知。我刚才跑到你家去,说你刚走呢!”

小齐同志这一阵脸上的表情仍然是严肃的。他擦了擦汗,站在许琴面前。

九姑娘心想:“对了,齐同志住在吴昌全家,他一定会把我走了的消息告诉昌全哥,我要不要请他转达一下……呵!不,咋好意思对工作组的同志说呢!”

“许琴同志,走吧,我送你过桥去。”齐明江提议说。

九姑娘不大情愿让他送自己。她说:“齐同志工作忙,不耽搁你吧。”

“不忙，忙啥啊！”他先举步朝前走。

九姑娘就只得跟上去了。

路上，齐明江对她说了一些到区里、县里办手续的各种规矩，什么部、什么局在什么地方，谁是部长、副部长，局长、副局长，等等。但他发现许琴并不爱听这些，便改了口说：

“你学习十五天。可能不等你们学习完毕，我也就回县上去了。”

许琴吃惊地问：“不是说这次运动最少搞半年么？咋个一个月不到就撤回县去了？”

“你不晓得。”齐明江向本来就空旷无人的野地里看了看，带着机密的神情对许琴说道：“听说上面又有新精神呐！这个运动的大方向都有问题呢！……当然不是县里，这是上边，上边传出来的新精神。有些提法和口号都很新，我正在琢磨它们的意义，比如说，‘大资反小资’。这可是个最新提法啊！我想，是不是我们这次运动，批了农村资本主义，又整拐啦？那天我做报告之前，可惜没有听到这些风声，要不，我也不会大批资本主义的。还有，比如说‘右倾回潮路线’，这个提法也含有新的意义啊！这一回，颜组长把前几年打下去的干部又都放出来工作，评工记分，劳动管理，都恢复十年前的办法。老天爷爷！这是不是‘回潮’呀，‘复辟’呀？……一个人，要是不随时注意学习上边的新精神，可就完啦！所以我分析，我们一定待不长，很快会被叫回去，说不定回去还得写检讨哩！呃，这些话，是小道消息，可别传出去啦。我是为你好，你到了县里，可别乱说话，就是讨论发言，也要按上面的精神，如今的精神又很多，有时几天变个样，你千万要留心，要抓住最新精神。”

一席话，把九姑娘说得懵懵懂懂起来了。她从来没有想过，到了县里就有那么多的精神,要是到了省里呢?怕该憋死了。

但是,许琴忧心的却是工作组如果真的半途撤走,那么葫芦坝目前出现的一股建设热潮就会冷下来,人们的希望又会落空。

"嗨!告诉你一个秘密。"小齐眨了眨眼睛,嘲弄地笑道,"简直是不可想象的事情!你猜是什么事?嘻嘻……你家许贞,在和吴昌全搞恋爱!"

"是么?"许琴忙问。她不相信会有这事。

"你还不相信么?难道你没有发觉么?从吴昌全的日记本上看,早几年他们就好上了!中间有过一段波折,近来又好起来了。这几天,你七姐还到吴昌全家去过两次啦!……"

许琴忽然想起,那天在葫芦颈金大哥家里,吴昌全曾经向颜组长反映过齐同志偷看他的日记……

"那么,这全是真的了!他们……吴昌全和七姐,原来早就……幸好,今天听到这个消息。从此,我绝不再思念他了!"

九姑娘咬紧嘴唇,飞快地朝前走去。她深为自己这些日子来的感情冲动和单相思感到羞怯和懊悔。但是,此刻反倒又轻松了。她的爱情在这一瞬间死灭了,从此不再思念他。她将专心一意地去学习,去工作。

"你跑那么快干什么呀?"小齐同志在后面追赶着。"等一等,我还有句非常、非常重要的话要对你说呀!"

"齐同志请转去吧,我要赶路呢!"她头也不回地跑过了柳溪河小桥。

小齐同志跑得直喘气,终于站住了,他扯开嗓子向河对岸喊道:"呃!许琴,你到了县上,就到我家去玩吧!我爸爸妈妈在家……呃,你记住街道门牌,我念给你听……"

许琴回头大声说:“我不听……”

九姑娘就这样暂时告别了家乡。当她离得远了以后,对于家乡的感情依然是浓烈的。秘密的单相思,由崇拜而生长起来的真正的爱恋,有时回想起来,仍然会心里隐隐发痛的!

四

荒凉的葫芦颈,不知沉睡了多少年代。在这个大雾茫茫的早晨,葫芦坝的庄稼人的队伍忽然开上来了。这是一支年轻的、欢乐的队伍,他们手上拿着上代祖先使用过的简单的农具,心里怀着为子孙后代造福的崇高理想,向葫芦颈的顽石开战了。

这是一场多么壮烈而又艰辛的战斗!没有挖掘机、推土机,以及电力爆破等新式装备,只有锄头、钢钎和肩膀。中国农村五十年代的集体化运动,和七十年代用锄头改造山河面貌的壮举,同样是世界农民运动史上的两页伟大的篇章。在勤奋、智慧、吃苦耐劳等方面,中国这支伟大的农民队伍可以和世界上任何一支劳动队伍相媲美。表面看去,他们开山挖河,改田造地,只是为了自己的吃穿,而历史地看,则正是他们这种辛勤的简单劳动,在丰富着人类的生活,支撑着祖国社会主义大厦。历史,应该写上这一笔。

许秀云在千千万万中国农民中间,是最普通、最不起眼的一个妇女。当她在这天清晨,参加到葫芦颈这支年轻的、欢乐的队伍中,挥动着锄头,从事建设新生活的艰辛劳动时,这个朴实、俊俏的农村少妇,并不计较过去的苦难,也没有沉湎于几度生死的悲痛,她心中只有对未来美好生活的热烈向往和对共产党的感激之情。

她消瘦的脸上泛着红晕,淌着汗珠,像一朵风雨后迟迟开放的海棠。但这绝不像养花人放在阳台上的那种修整得过于娇嫩的花朵,而是只有在浓雾的早晨,行走在高高的崖畔上,才看得到的开放在石缝中的那种带露的鲜花,人们称她们叫野海棠。

中午收工的时候,社员们把锄头放在工地上,跑着回家吃午饭去了。长生娃和小长秀围着秀云,不让她回坝子上去。孩子们好高兴啊!他们邀请四娘到他们家去吃饭。

她犹豫不定。

“你爹在家么?”她悄悄问长生娃。她觉得此刻在老金屋里遇见他,很有点难为情。

长生娃回答:“还没回家呢。一早进山去了。”

“呵!”她跟随在欢呼雀跃的孩子们后面走着,心里又觉得歉然。她是多愿意见到他呀!今天在工地上,她在几百个面孔中没有见到金东水的面孔。她不知他到哪儿去了,又不好问人家。龙庆大队长挤着红肿的眼睛对她笑,向她表示祝贺,把她羞得什么似的。

金东水的小屋里冷冷清清的,还没有生火。本来就显得很挤的屋子,如今偏偏堆进许多的箩篼、钢钎、炸药等物件,简直像个工地上的零乱混杂的物资仓库。谁见了都会皱起眉头来的。

四姑娘自从大姐去世以后,在抚养小长秀的日子里曾来过一两次,后来因为谣言,大姐夫将孩子从她手里抱走了,就再也没有进过这间小屋。今天走了进来,她此刻的感受很不寻常,好像经过艰苦的长途跋涉,从干旱的沙漠突然走进了一片水清月白、柳暗花明的绿洲。她觉得这又窄又挤又冷清的小屋,是非常宽敞,也是无比温暖的。

她动起手来,很快地把屋子里零乱的工具、杂物收拾得齐齐整整。长生娃在灶洞里生起了火。她对长生娃说:“带着长秀去耍吧,我来煮。”她说这话的神情,和天底下所有勤劳的母亲一样,对孩子充满了慈爱。

长生娃忧虑地告诉他四娘:他们现在住着的这间小屋,过两天就要拆掉了。新的河床正是该从这一段地面挖下去。而他们一家三口将搬到哪儿住的问题,现在还没有决定,但他爹对这件事好像并不怎样关心,一天到晚只忙着开河的事。

“是啊,搬到哪儿去住呢?”四姑娘责怪自己为什么没有想过这个明摆着的困难呢?但她却温和地笑着鼓励长生娃说:

“莫着急,总会有房子住的。”

但是,到哪儿去住呢?她也一筹莫展。

傍晚时分,她在工地上看到金东水领着一群汉子从山上回来了。他们每人掮着一根柏树,穿着开花开朵的破棉袄,脸上还有被树枝划破的一道道血痕。老金在工地上兴奋地告诉大家:耳鼓山的同志很支持,照国家牌价卖给他们这么多挖河工程所需要的木料。

收工以后,四姑娘不便再到老金家里去。她回到许家院子自己那破小屋里去了。

吃罢晚饭,七姑娘像往常一样,放下碗筷就出去了,也不告诉家里人她要到什么地方去。

一会,颜少春来到小屋门口,问四姑娘:

“秀云,你愿意陪我到四队去参加一个会议么?”

四姑娘当然愿意。她反身关上房门,就陪颜组长一块儿去了。

路上,颜少春告诉四姑娘说:“老金这个人挺固执,他坚决不同意在现在一切都还乱纷纷的时候考虑结婚的问题。的确,他太忙了,他的一切心思和精力都放在刚刚开始的工作上。我想,他的意见也是对的。现在的确是有点太仓促了。你看,怎么样,想得通么?”

四姑娘说:“我想得通。这么些年辰都过来了呢……”

“我想,也不会等待得太长久的。”

“不管多久,我都不怕。我能等。”

“好!秀云,你真是个好女人!”颜组长说话,声音有些哽塞。接着,她好像忍不住了一样,告诉四姑娘:

“今天接到电话通知,明天工作组要回县里去了。”

“是么?”四姑娘被这消息震动了。

“不过,我们还会回来的。”颜少春坚定地说。她没有告诉许秀云工作组被迫撤离的原因,她不忍心对许秀云说出目前党内斗争的实际情形,她不愿意把那些令人痛苦的情形说出来伤这个农村妇女的心。

四姑娘紧紧地靠着颜少春的肩膀,感到颜组长的肩膀在轻轻地战栗。

“现在葫芦坝这个党支部很坚强,即使外面又有什么风吹草动,我相信老金他们能顶得住的。有了这几年沉痛的教训呢!……秀云,你放心。你受的那些苦楚,是不会再回来的了。……无论在什么样的情形下,秀云啦,你要相信:我们党时时刻刻都把人民放在心上的。请你把这个去向人民宣传!”

颜少春哭起来了。她还有一个关于她个人的事情没有告诉四姑娘——她今天收到儿子的来信,她那被折磨了几年,身体衰弱的丈夫,已经在半个月前死在矿井里面了。……她多么想大声疾呼,把这个悲痛诉说给人们!然而,她到底隐忍下来了。人民也有痛苦啊,何必再去伤他们的心!

四姑娘问:“你冷么?”

“嗯,是有点……不过……”

星空灿烂,柳溪河在一旁闪闪发光。黑沉沉的田野上,一条白晃晃的大路伸向远方。饱含着蚕豆花香的夜风,呼呼吹来,依然令人感到寒冷,但又有一点春天的味道,使人确实能够闻到一股清新的跃跃欲试的春的气息。她们肩挨肩地默默地走着,各自都在心里想象着春天将是一个什么样子。

颜少春突然问道:“这葫芦坝的春天,一定很美吧?”

“嗯!”四姑娘点点头,说,“一到春天,斜坡上河边上土坎上小水沟里,到处开满了花。红的、紫的、黄的、白的、粉红的,满坡遍野,放开眼界望去,活像一片彩霞。那些野海棠、野蔷薇、木芙蓉、桃花、李花、梨儿花、金丝娘等等,金钱草、金针菜、夜娇娇……呵呀,真是数也数不清呢!”

这天夜里,在金顺玉大娘家里开大队党支部委员会。新的支委会信心百倍地表示不论遇到多大的困难,葫芦坝这块社会主义阵地绝不能再丢失了。已经动起手的建设事业,一定要扎扎实实地干下去,绝不能半途而废。

屋里的会开得热气腾腾。四姑娘坐在一旁“旁听”,等待着陪颜组长一块回去。她从来没有听过人们这样的发言。从这一群普普通通的、包括金东水在内的庄稼人身上,她汲取到一股巨大的力量。她坚信:葫芦坝一定能一天天好起来。

与此同时,吴昌全正在隔家不远的科研地篱笆那儿和许家七姑娘幽会。

近来,他们常常进行这样的幽会。近旁,早油菜花散发出沁人肺腑的香味，这香味，常常会使人想起一些称心如意的事情。但是，在吴昌全心里，爱情的向往，已不那么强烈了，有一颗微小的厌倦的种子，渐渐被七姑娘给浇灌得膨大起来，他感到的只是冷漠。爱情的悲剧并不都是生离死别，应该说，冷漠，更是爱情的悲剧。他感到他们之间隔着的墙壁越来越厚，各人的道路不同，这是毫无办法的事情！好比天冷天热，那是人们没有办法控制的。

七姑娘说："昌全……明天我要回连云场去了，你有空常到供销社来耍嘛。呵！……你听我的话吧，莫犟性了！你这么好的学问，应该努力争取出去工作，我去为你奔走吧！我就不信有打不开的门。昌全，我说过多少遍了，我还和从前一样爱你，以后，我也绝不再和别人好，只和你！……我要尽一切办法，克服重重困难，把你从农村弄出去。那时候，我们生活在一起，该是多幸福啊！……哎，你怎么不说话呀？"

七姑娘的话，确实是真诚的，一点也没有她和别的男子相好时的那种虚情假意，她是真心实意爱着吴昌全。然而，怪！昌全心里感到厌倦，在这个他曾经为之倾倒过的姑娘面前，此刻，他心里没有爱情。因为在他看来，过去那个天真纯洁的七姑娘已经死了！现在，站在依稀的月影下的这个漂亮的七姑娘不是从前那个了。

他不说话。他已经丝毫不再希望从她那里得到什么，这个古怪的青年！

…………

第二天，就是许茂老汉一年一度的生日了。一早，颜组长就向他祝贺生日，并很大方地给他结算伙食账。许茂老汉心情不佳。他推辞不收颜组长的钱粮，但她还是说服他收下了。颜少春把被盖卷留在许家，说是以后还要回来。

她走了。四姑娘无论如何要去短送一程。

七姑娘没等吃午饭,她心烦意乱地要回供销社去。她对许茂老汉表示决心:她要到公社、到区、到县里去找那些有办法的熟人,为昌全的前程争取一条路子。许茂老汉听着,不置可否,他心里乱得很。

人们都走了。

偌大一个许家院子好寂寞!

许茂老汉弯着腰,独自在院坝里徘徊愤愤地喷着鼻子。他感到委屈,愤怒,又觉得怅惘和空虚。

老汉老了,确实老了!他的高大的身躯佝偻得很厉害,骨瘦如柴。

他徘徊着,思考着。后来,他终于锁上大门,向着葫芦颈方向走去。

葫芦坝上享有盛望的老农民许茂,如今显得十分的凄惶。他拄着一根扁担,一步一挨地走着,时而仰脸看看蓝蓝天空上的流云。

到了葫芦颈上,他绕过沸腾的工地上的人群,含羞地来到金东水居住的小屋门前。

这里有几个社员正在扒屋顶的草,小屋就要被拆掉了。长生娃拉着小长秀的手站在门外的小草坪上,忧郁地观望着屋顶上的人。

许茂的眼睛四处搜寻着,老金不在这里,但他看到两个小外孙了。他们也在打量他呢!

他跨过去,蹲下身子,张开瘦长的手臂,将小长秀搂在自己胸前。

小女孩不认得这个花白胡须的瘦长老人,“哇”的一声惊叫起来了。

懂事的少年忙对妹妹说:“这是外公,这是外公! 你不是常想外公么? 看,外公这就来了呢!”

小长秀睁大了美丽的眼睛,望着她的陌生的外公。许茂呢,由于一种冷酷的原因,他今天是第一次见到他的大女儿许素云留下的这块骨血。悔恨和羞耻,使这位刚强的老汉洒下了一串泪珠。长生娃说:“我们就要搬到生产队的空牛棚去住了。”

老汉说:“不,不,你们到外公家去住吧,那儿的房子多呢! 全是你们的。”

孩子睁大了惊愕的双眼。

“你们老子在哪儿呀? 快去找他来。今天就搬过去吧!”

孩子们依然迟疑着,不敢相信是真的。……

1978 年初稿

1979 年 8 月 26 日改毕

“新中国70年70部长篇小说典藏”书目

书名	作者
风云初记	孙犁
铁道游击队	知侠
保卫延安	杜鹏程
三里湾	赵树理
红日	吴强
红旗谱	梁斌
我们播种爱情	徐怀中
山乡巨变	周立波
林海雪原	曲波
青春之歌	杨沫
苦菜花	冯德英
野火春风斗古城	李英儒
上海的早晨	周而复
三家巷	欧阳山
创业史	柳青
红岩	罗广斌　杨益言
艳阳天	浩然
大刀记	郭澄清
万山红遍	黎汝清
东方	魏巍
青春万岁	王蒙
许茂和他的女儿们	周克芹
冬天里的春天	李国文
沉重的翅膀	张洁
黄河东流去	李凖
蹉跎岁月	叶辛
新星	柯云路
钟鼓楼	刘心武
平凡的世界	路遥
第二个太阳	刘白羽
红高粱家族	莫言
雪城	梁晓声
浴血罗霄	萧克
穆斯林的葬礼	霍达
九月寓言	张炜
白鹿原	陈忠实
长恨歌	王安忆
马桥词典	韩少功
抉择	张平
草房子	曹文轩
中国制造	周梅森
尘埃落定	阿来
突出重围	柳建伟
李自成	姚雪垠
历史的天空	徐贵祥
亮剑	都梁
茶人三部曲	王旭烽
东藏记	宗璞
雍正皇帝	二月河
日出东方	黄亚洲
省委书记	陆天明
水乳大地	范稳
狼图腾	姜戎
秦腔	贾平凹
额尔古纳河右岸	迟子建
藏獒	杨志军
暗算	麦家
笨花	铁凝
我的丁一之旅	史铁生
我是我的神	邓一光
三体	刘慈欣
推拿	毕飞宇
湖光山色	周大新
大江东去	阿耐
天行者	刘醒龙
焦裕禄	何香久
生命册	李佩甫
繁花	金宇澄
黄雀记	苏童
装台	陈彦